心理学视野下的《红楼梦》探析

汤洁 著

中国纺织出版社有限公司

图书在版编目(CIP)数据

心理学视野下的《红楼梦》探析/汤洁著. -- 北京：中国纺织出版社有限公司, 2024.6. -- ISBN 978-7-5229-1916-4

Ⅰ. I207.411；B84

中国国家版本馆 CIP 数据核字第 2024QH8687 号

责任编辑：张　宏　　责任校对：高　涵　　责任印制：储志伟

中国纺织出版社有限公司出版发行
地址：北京市朝阳区百子湾东里 A407 号楼　邮政编码：100124
销售电话：010—67004422　传真：010—87155801
http://www.c-textilep.com
中国纺织出版社天猫旗舰店
官方微博 http://weibo.com/2119887771
河北延风印务有限公司印刷　各地新华书店经销
2024 年 6 月第 1 版第 1 次印刷
开本：787×1092　1/16　印张：10.25
字数：218 千字　定价：98.00 元

凡购本书，如有缺页、倒页、脱页，由本社图书营销中心调换

前言 PREFACE

《红楼梦》作为中国古典文学的瑰宝，自问世以来一直为学者们所推崇和研究。其丰富的情节、复杂的人物关系以及深邃的文学内涵一直以来都是学术界的研究焦点。然而，本书试图通过一种新的视角——心理学，来重新审视《红楼梦》这部文学巨著。通过对荣格心理学理论的运用，我们将探索小说中蕴含的原型意象、女性形象和青少年成长过程，进而揭示人物深刻的内在动机。

随着心理学的发展，学者们越来越关注文学作品中的心理元素，这一研究方向在西方文学中得到了广泛应用。而在中国文学研究领域，尤其是古典文学中，心理学视角的应用相对较为有限。通过学习心理学的理论体系，我们可以更全面地理解文学作品中人物的心理构建、情感变迁和成长历程。荣格的集体无意识、原型意象和阿尼玛理论提供的独特的心理学框架，有助于深入解读《红楼梦》中复杂而深刻的心理现象。集体无意识理论使我们能够从人类共通的心理基础出发，分析作品中的原型意象，揭示人物行为背后的心理驱动力。阿尼玛理论则为研究女性形象提供了新的视角，帮助我们理解金陵十二钗等女性人物的心灵世界。

本书的研究目的在于通过心理学视角深入挖掘《红楼梦》中的人物心理构建，以及揭示作品中所蕴含的深刻的文化、道德和心理学内涵。通过对原型意象、女性形象和青少年成长过程的系统研究，我们旨在为理解古典文学作品提供新的思路，同时为心理学与文学交叉领域的发展贡献一份力量。本书共分为八章，每一章都聚焦于《红楼梦》中不同的心理学主题。通过荣格心理学的理论框架，我们将深入剖析原型意象、女性形象和青少年成长过程，并结合文学作品与心理学的交汇点进行综合探讨。通过对主要人物，尤其是贾宝玉这一形象的心理解读，我们将从一个新的角度理解中国古代社会对青少年的塑造。

我们期望通过本书的研究，揭示《红楼梦》中隐藏的心理学层面的知识，为读者提供一种全新的解读途径。同时，我们期待引发更多学者深入思考心理学与文学之间的关系，并促使更多类似研究的展开。

汤 洁
2023 年 11 月

目 录 CONTENTS

第一章　导论 1
　　第一节　背景介绍 1
　　第二节　目的与意义 3

第二章　原型意象与自性化之旅 7
　　第一节　荣格的集体无意识理论 7
　　第二节　《红楼梦》中的原型意象 20
　　第三节　石头与玉的象征意义 28

第三章　女性形象与阿尼玛 35
　　第一节　荣格的阿尼玛理论 35
　　第二节　金陵十二钗的女性形象 44

第四章　青少年成长与英雄之旅 59
　　第一节　青春期的心理特征 59
　　第二节　《红楼梦》中的青少年形象 66

第五章　贾宝玉的英雄之旅 71
　　第一节　贾宝玉的成长背景 71
　　第二节　贾宝玉对抗封建礼教的过程 81

第六章　黛玉、宝钗等人物的心理特征 91
　　第一节　从心理学角度深入分析其他主要人物 91
　　第二节　个体与集体无意识的关系 101

第七章　文学作品与心理学的交汇 ······ 113
第一节　《红楼梦》中的文学元素 ······ 113
第二节　文学作品对读者心理的影响 ······ 132

第八章　结论与展望 ······ 151
第一节　研究结论总结 ······ 151
第二节　研究的局限性与未来方向 ······ 155

参考文献 ······ 157

第一章 导论

第一节 背景介绍

一、文学与心理学交叉的背景

文学作为一种表达人类内在情感和思想的艺术形式,一直以来都受到学者们的广泛关注。然而,在古典文学研究中,对于作品中人物心理的深入剖析却相对较少。随着心理学的发展,学者们开始意识到通过心理学视角来解读文学作品可以为我们提供更全面的理解。

(一)文学作品中的心理元素

文学作品作为人类文化的珍贵遗产,承载着丰富的情感、欲望和冲突,是一座通向人类内在心灵深处的桥梁。自古以来,文学一直都被视为一扇窥探人类心灵的重要窗口。然而,在过去的研究中,学者们更多地聚焦作品的文学形式和历史文化背景,而对于人物心理的深入剖析相对缺乏。随着心理学的崛起,研究者们开始尝试通过心理学的理论框架来解读文学作品,期望从中揭示更为深刻的心理学内涵。

首先,文学作品的独特之处在于其能够透过文字的表达,深刻反映人类的情感体验。作者通过虚构的故事情节、生动的人物形象,以及精心选择的语言表达,将人类内在的情感状态以更为直观的方式呈现出来。例如,小说中描绘的爱情、悲伤、欢乐等情感元素,往往能够触动读者的心灵深处,引发共鸣。

其次,文学作品也是对人类欲望的生动描绘。作家通过塑造有不同欲望的角色,展现了人类对于权力、爱情、成功等方面的渴望与追求。这种对欲望的揭示使读者能够更好地理解人类内在的欲望冲动,从而更深刻地认识自我。

再次,文学作品中的人物冲突常常成为心理学研究的焦点。作家通过刻画人物之间的矛盾、纠纷,展示了人类内在心理的复杂性。这种冲突不仅是故事情节发展的推动力,也为读者提供了深入思考人类行为背后蕴藏的心理机制的机会。

最后,通过心理学的理论框架来解读文学作品。这不仅能够帮助我们更好地理解作品中的人物行为，还有助于揭示作品背后的文化、社会、历史背景对人类心理塑造的影响。这种多层次的解读不仅拓展了文学作品的内涵，也为心理学领域提供了实证性的案例，丰富了心理学的研究领域。

（二）心理学对文学的启示

首先，心理学为文学研究提供了一种更为系统和科学的角度。通过运用心理学的理论和方法，我们能够对文学作品中人物的行为和决策进行深入的解析。心理学提供了一种系统的框架，帮助我们理解人物内在的心理过程，探究他们行为的根本动机。例如，通过心理学的视角，我们能够更好地理解一个角色为何做出某种选择，他们的情感状态如何影响行为，从而使文学作品的人物形象更加立体、生动。

其次，心理学为文学研究提供了解释文学作品中复杂而深刻的人物内在动机的新途径。传统的文学研究可能更注重表面现象，而心理学的介入使得我们能够深入挖掘人物心理的层次。通过对人物心理机制的深入剖析，我们能够更全面地理解他们的行为、冲突和成长过程。这种深度的心理描写丰富了文学作品的内涵，使读者更易于投入其中，感同身受。

再次，心理学的交叉研究为文学和心理学领域的学者提供了共同的研究领域。文学学者和心理学家通过共同关注人类心理的表达方式，建立了跨学科的合作桥梁。这种合作不仅促进了学科间的交流，也为研究者提供了更广阔的研究领域。文学作品成为心理学实证研究的重要素材，而心理学的理论框架也为文学研究提供了新的解释途径。

最后，心理学与文学的交叉研究创造了深度合作的机遇。两个领域的专家能够共同探讨文学作品中人物的心理特征、心理过程和心理发展。这种深度合作不仅促进了对文学作品的更深层次理解，也为心理学的应用提供了实例和案例。这一合作势必会在未来的研究中创造更多的机遇和可能性，推动这两个领域的进一步发展。

总的来说，心理学对文学的启示不仅为文学作品提供了更为深刻的解读途径，还为心理学研究提供了新的实证案例。这一交叉研究的兴起拓宽了研究者们的视野，促使文学与心理学两个领域共同成长，为人类心灵奥秘的解读提供了更加全面的视角。

二、《红楼梦》在文学与心理学交叉研究中的地位

（一）《红楼梦》的文学价值

1. 中国古典小说的代表作

《红楼梦》被誉为中国古典小说的巅峰之作，是中国文学宝库中的珍品。小说通过精湛的艺术表达，巧妙地描绘了中国封建社会的方方面面。曹雪芹以卓越的文学技巧，刻画了众多生动而深刻的人物形象，以及复杂的社会关系。小说以其独特的叙事魅力和深厚的文学内涵，为后世文学创作树立了典范。

2. 细腻的文字描写和宏伟的社会画卷

小说以细腻的文字描写为特色,通过对细节的把握,展现了作者对人物、环境和情节的深刻理解。《红楼梦》中宏伟的社会画卷使读者沉浸于一个虚构而真实的世界,感受到封建社会的辉煌与衰落。小说通过对爱情、权谋、家族关系等方面的刻画,呈现了丰富而多样的文学价值。

(二)《红楼梦》的心理学价值

1. 独特的人物心理描写

《红楼梦》中每个人物都有其独特的性格和心理构建,这为心理学家提供了一个富有挑战性和深度的研究方向。小说通过细致入微的描写,呈现了人物内在的矛盾、欲望和情感。贾宝玉、林黛玉等人物的情感起伏,为心理学研究提供了丰富的实例,展示了人类情感世界的复杂性。

2. 心理学视角下的深入研究

小说中丰富多彩的人物形象和情节为心理学家提供了独特的研究视角。通过结合心理学的理论框架,我们可以深入剖析人物的决策、行为背后的心理动机。例如,林黛玉内心的矛盾与挣扎,可以成为研究心理冲突与自我认知的典型案例。这种深度研究有望揭示《红楼梦》中隐藏的更为深刻的心理学内涵。

3. 为文学与心理学的交叉研究提供贡献

《红楼梦》不仅是文学研究的经典之作,也为文学与心理学的交叉研究提供了丰富的素材。通过深入挖掘作品中的心理学元素,我们能够拓宽研究领域,促使两个领域更为紧密的合作。这种交叉研究为文学和心理学的学者提供了共同的研究平台,推动了两个领域的共同发展。

作为中国古典小说的巅峰之作,《红楼梦》不仅在文学领域有着丰富的价值,其独特的人物心理描写也为心理学提供了丰富的研究素材。通过对作品的深入研究,我们有望揭示更多关于人类心灵的奥秘,为文学与心理学的交叉研究开辟新的方向。

第二节 目的与意义

一、研究目的

(一)深入解析《红楼梦》中的心理学元素

1. 原型意象的深入剖析

(1)荣格心理学的原型意象理论

本研究将深入探讨荣格心理学中的原型意象理论在《红楼梦》中的体现。通过对贾宝玉等人物的行为和命运的解读，我们将探讨这些人物是否具有原型性，以及他们的命运是否受到集体无意识的影响。

（2）《红楼梦》中的原型意象

在这一层次中，我们将详细研究《红楼梦》中的原型意象，特别是贾宝玉口含的通灵宝玉。通过对通灵宝玉的象征意义的剖析，我们将揭示这一原型在小说中的深层心理内涵，以及它对贾宝玉一生命运的影响。

2.女性形象的心理学分析

（1）荣格心理学中的阿尼玛理论

我们将深入研究荣格心理学中的阿尼玛理论，并运用该理论对《红楼梦》中的女性形象进行分析。通过揭示每位女性角色所具有的永恒的女性意象，我们将探究这些形象如何影响整个小说的情节发展和人物关系。

（2）金陵十二钗的女性形象

在这一层次中，我们将以心理学视角深入分析金陵十二钗的女性形象。通过对她们个体的欲望、动机以及阿尼玛元素的体现进行研究，我们将为读者呈现这些女性形象背后更为深层的心理学内涵。

3.青少年成长的心理学探讨

（1）青春期心理特征的分析

本层次将重点关注青春期心理特征，以弗洛伊德的青春期转变理论为基础，分析《红楼梦》中青少年人物的心理特点。我们将揭示这些特点如何反映了作者对青少年成长过程的理解，以及这些心理特征在整篇小说情节中的体现。

（2）贾宝玉的英雄之旅

在这一层次中，我们将详细研究贾宝玉的成长背景、对抗封建礼教的过程以及他在小说中的英雄之旅。通过分析贾宝玉的心理变化和成长过程，我们将探讨青少年心理发展在小说中的具体呈现。

（二）为文学作品提供新的解读途径

1.深度挖掘人物内在心理动机

通过心理学的视角，我们旨在深度挖掘《红楼梦》中人物内在的心理动机。透过原型意象、阿尼玛理论和青少年心理的解读，我们将揭示人物行为背后的深层心理过程，使读者能够更全面地理解作品中的人物。

2.为读者提供更深刻的理解

通过心理学视角的研究，我们将为读者提供更深刻的理解，《红楼梦》的文学价值将在心理学视角下展现出全新的光彩。我们将通过深入剖析人物内心的矛盾、欲望和情感，为读者呈现作品更为丰富和细致的层面，使其能够以一种新的视角投入小说的世界中。

二、研究意义

（一）拓展古典文学与心理学的交叉研究领域

1. 挖掘古典文学中的心理学元素

通过对《红楼梦》的深度心理学解析，我们将为古典文学与心理学的交叉研究领域提供新的思路和方法。传统研究往往注重文学作品的文学性质和历史文化背景，而我们的研究将专注于揭示作品中蕴含的心理学元素，为这一领域的研究提供全新的视角。

2. 探索新的问题与挑战

本研究旨在深入挖掘《红楼梦》中的心理学内涵，以探索新的问题与挑战。通过对原型意象、女性形象和青少年成长等方面的研究，我们有望在交叉研究领域开展新的课题，为学者们提供更多深入探讨的可能性。

（二）促进文学与心理学的深度合作

1. 学科间的跨界合作

通过对《红楼梦》的心理学解析，我们期望促进文学与心理学的深度合作。文学作品既是艺术的表达，又是人类内在情感和冲突的反映，而心理学则提供了系统、科学的角度来解释这些复杂的心理过程。通过本研究的推动，我们希望搭建起学科间的桥梁，使两个领域的学者更加紧密地协作。

2. 共同挖掘文学作品中的心理学元素

通过深入挖掘《红楼梦》中的心理学元素，我们期望文学和心理学领域的学者能够共同挖掘文学作品中的心理学元素，实现深度合作。通过对作品中人物心理的细致解析，我们将共同探索人类内心世界，为文学和心理学领域提供新的研究视角。

（三）为心理学研究提供实证案例

《红楼梦》作为一个复杂而庞大的文学作品，为心理学研究提供了丰富的实证案例。通过深入研究其中的心理学元素，我们可以得到关于人类心理的实际案例，为心理学理论提供具体的支撑和验证。这有助于拓展和深化心理学在文学领域的应用。

（四）拓宽文学研究的多元化视角

本研究将以心理学为视角，拓宽文学研究的多元化视角。传统的文学研究主要关注作品的文学性质和历史文化背景，而心理学视角的引入将为文学研究注入新的活力，使其更加多维、立体。我们将为文学研究提供一种全新的研究路径，使学者们能够更全面地理解和解读文学作品。

1. 超越传统文学解读框架

通过引入心理学的多元化视角，我们将超越传统文学解读框架。传统文学研究往往以文学形式和历史文化为主要关注点，而心理学视角的融入将丰富文学研究的维度，使我们能够更全面地理解作品中人物行为和情感的背后动机。

2. 开创文学心理学研究的新领域

本研究将有助于开创文学心理学研究的新领域。通过对《红楼梦》中的心理学元素进行深入研究，我们可以为文学心理学建立新的理论框架，拓展研究领域，为未来类似研究提供借鉴和参考。

第二章 原型意象与自性化之旅

第一节 荣格的集体无意识理论

一、集体无意识的概念

荣格的思想体系是在集体无意识学说的基础上构建的，它将我们的视野从个体无意识拓展到更为深刻而普遍的层面。在深入探讨集体无意识之前，我们首先要理解个体无意识与集体无意识的关系，以及它们在人类心理活动中的地位。

（一）个体无意识与集体无意识的对比

1. 个体无意识的界定

个体无意识是弗洛伊德心理学理论中的一个核心概念，涉及与个人生活经验紧密相关的、个体无法察觉的心理活动。这一概念揭示了人类思维和其行为背后存在的深层次机制，其中包括但不限于遗忘的记忆、不愉快的经验、潜隐的愿望与动机等。这种心理活动在人们的日常生活中潜移默化，对行为产生潜在影响，成为理解个体心理世界的关键窗口。

（1）个体无意识的心理机制

个体无意识中的记忆遗忘并非偶然，而是受到多种因素的交织影响。这可能与个体对特定记忆的情感体验有关，某些经历可能因为过于痛苦或冲突而被排除在意识之外。遗忘的机制不仅限于个体心理防卫，还可能涉及对信息的选择性过滤，使得个体更容易应对复杂的现实。

个体无意识中存在潜抑的愿望和经验，这部分内容通常是个体难以接受或过于冲突的心理素材。潜抑的心理机制使得个体能够在意识水平上更好地适应社会和个体内在的期望，但也可能导致情感冲突的积累，最终影响个体的心理健康。

（2）个体无意识的影响因素

个体无意识的形成受到个体在特定文化环境中所经历的影响。文化价值、社会规范等因素塑造了个体对经验的感知和应对方式。个体的文化背景和社会经历在个体无意识中留下深刻的印记，塑造了个体独特的心理结构。

个体无意识中的内容通常会受到心理防御机制的调节，其中包括各种防卫机制，如否认、投射、位移等，这些机制帮助个体应对来自外部和内部的压力。个体无意识的内容可能通过这些机制被调整和整合，以适应个体当前的心理状态。

（3）个体无意识的研究意义

个体无意识的深度解析不仅有助于理解个体行为和心理状态，还为心理治疗和心理健康提供了新的视角。通过深入挖掘个体无意识中的心理机制和影响因素，我们能够更好地理解心理障碍的根源，并为心理治疗提供更加精准的方法。此外，对个体无意识的深入研究也为个体心理发展和人际关系的理解提供了丰富的理论支持。

通过以上深度解析，我们更全面地认识了个体无意识的多层次和复杂性，为心理学领域提供了有价值的研究视角。

2.集体无意识的涵义

集体无意识超越了个体的后天生活经验，是一种更为普遍、更具全人类特性的心理现象。它蕴含着超越个体和文化差异的普同性与集体性的心理活动，是人类共同的心理要素。

（1）集体无意识的理论意义

集体无意识的特点在于能够超越个体后天生活经验，具有一定的普遍性。个体在成长过程中会受到各种个人经历和文化影响，但集体无意识作为一种更深层次的心理现象，具有一定的先天性和共通性，不受个体差异的制约。这为理解人类共同心理特征提供了一种新的解释途径。

集体无意识蕴含着全人类的集体性心理活动，即使在不同的文化和社会背景下，人们仍然可能分享一些共同的心理元素。这种集体性心理活动是通过遗传方式传递的，与人类共同的祖先经验相关。因此，集体无意识的存在使得人类在心理活动上具有某种程度的共鸣和一致性。

（2）集体无意识的心理机制

个体无意识中存在一种先天性的普同性反应倾向，即人类在特定情境下可能表现出相似的心理反应。这与个体的生活经验无关，而是通过基因遗传传递的一种心理机制。这种普通性反应倾向在面对特定刺激时，会在人群中引发相似的情感和行为。

集体无意识超越了个体的文化差异，具有一定的超文化特质。即使在不同文化中，一些共通的符号、象征和情感体验仍可以在集体无意识中得到体现。这种超文化的特性使得个体无意识成为一种有力的文化连接和跨文化心理学研究的对象。

（3）集体无意识的影响范围

个体无意识不仅在个体层面产生影响，也在人际关系和社会行为中发挥作用。共享的心理元素在群体中可能形成共鸣，影响着群体的决策和行为。这对理解社会文化的形成、传承以及群体行为的协调有着重要的启示。

集体无意识为文学、艺术和符号的创造提供了丰富的心理素材。创作者可以通过触发集体无意识中的共通心理元素，引发观众的共鸣，使作品更具有普遍吸引力。这为文学心理学等领域的研究提供了新的方向。

（4）集体无意识的未来研究方向

未来的研究可以更深入地探讨不同文化背景下集体无意识的异同，以建立更为全面的跨文化心理学理论。通过比较不同文化中集体无意识的表现特点，我们可以更好地理解人类共通的心理特质与文化之间的关系。集体无意识的理论框架可以在社会领域中得到更广泛的应用。例如，在团队建设、广告营销和社会政策制定等方面，我们可以借鉴集体无意识的原理，更好地理解和引导群体的行为。这为社会科学和管理学提供了一种新的研究途径。

通过对集体无意识的深度探讨，我们可以更好地认识这一心理现象的丰富内涵和广泛影响。深入理解个体无意识有助于拓展我们对人类心理活动的认识，为心理学和文学等相关领域的研究提供新的视角。

（二）集体无意识的内涵与作用

1. 遗传获得的共同心理要素

心理学领域中关于人类行为和思维的研究已经深入探索了多个方向，其中之一就是集体无意识的概念。集体无意识是指人类个体所共享的、超越个体差异和文化差异的无意识心理要素。

集体无意识是瑞士心理学家卡尔·荣格（Carl Jung）提出的概念，他认为，除了个体心智中的个人无意识外，还存在一种更深层次的无意识，即集体无意识。这是一种由祖先经验和共同历史形成的心理结构，存在于所有人类个体之中。

集体无意识的遗传获得性状得到了一些证据的支持。研究表明，特定的心理模式和反应似乎在基因层面上得到了传递。通过对家族和族群的长期研究，发现了一些在基因水平上的共同特征，这些特征可能与集体无意识的形成有关。

集体无意识与本能有着密切的关系。本能是生物学上的固有反应，而集体无意识则是在文化和社会层面上的共同体验。然而，它们都在个体中激发类似的行为和思维模式。通过比较这两者的相似之处，我们可以更好地理解集体无意识是如何在遗传传递中起作用的。

集体无意识的存在是否对人类的文化适应性产生影响也是一个备受关注的问题。在不同的文化中，我们可以观察到一些共同的符号、象征和神话，这些可能是集体无意识在文化传承中的体现。通过理解这些共同点，我们可以更好地解释为什么某些心理模式在不同文化中存在相似性。

2. 先天模式的作用

在心理学研究中，先天模式是指个体天生具备的一种心理结构，它在特定情境下被激活，表现为集体无意识的一部分。这种先天模式的作用在于影响个体对周围事物的反应，其中包括对恐惧感的体验。

先天模式是指在个体基因层面上存在的一种天生的心理结构，它不受个体经验和文化背景的影响。这种模式通常表现为对特定刺激的特定反应，如对潜在危险的恐惧感。这一概念是集体无意识理论的核心之一，强调了在人类基因中潜在的、与祖先经验相关的心理结构。

集体无意识的激活机制涉及先天模式的启动。当个体置身于与祖先经历相似的情境中时，先天模式被激活，导致个体无意识中的共同心理要素显现出来。这种激活机制在进化的过程中起到了保护个体的作用，使其能够更有效地应对潜在的威胁。

先天模式在恐惧感中扮演着关键的角色。许多先天模式与生存和避免潜在危险有关，比如对黑暗、高处、蛇等因素的恐惧。这种恐惧感的根源可以追溯到祖先在野外生存的经历，对这些潜在威胁的敏感性在基因中得到了传递。

尽管先天模式是个体基因层面上的特定心理结构，但其在不同文化中的表现可能会有所差异。文化因素在塑造个体经验的过程中起到了重要作用，可能导致先天模式在不同文化背景下呈现不同的表现。然而，一些基本的先天模式，如对潜在威胁的恐惧，可能在各种文化中保持共通性。

先天模式作为集体无意识的一部分，对于个体的心理反应具有深远的影响。通过对先天模式的深入研究，我们能够更好地理解人类行为和思维的根源，尤其是在面对潜在威胁时的应激反应。未来的研究应该继续关注先天模式在不同文化中的表现差异，并探讨其在心理治疗和干预中的潜在应用。深入理解先天模式的作用有助于拓展我们对人类心理学的认识，为心理健康领域提供更有效的干预手段。

3.影响个体与社会的行为

集体无意识作为心理学领域中的重要概念，对个体和社会行为产生着深刻的影响。尽管在个体的意识层面几乎不被察觉，但它仍潜在地塑造了个体的态度、价值观，影响着社会的各种现象。

集体无意识对个体的行为产生了深刻的制约作用。个体在不自觉中就受到了来自祖先经验和文化传承的心理要素的影响。这种制约表现在个体对特定符号、象征和情境的反应上，塑造了其认知和行为的模式。例如，对潜在威胁的恐惧可能在个体无意识中被激活，影响个体对危险情境的反应。

除了对个体行为的制约外，集体无意识还对社会行为产生推动作用。在社会中，共享的符号、价值观和文化元素构成了集体无意识的一部分，它们在不同个体之间传递和共享。这种共同的心理基础推动了社会的协调性和一致性，形成了共同的行为准则和规范。

集体无意识为文化传承提供了基础。在人类社会中，特定的符号、神话和象征在集体无意识中得到传承，超越了个体的生命周期。这种文化传承对社会的稳定和发展至关重要，因为它为新一代提供了共同的认知框架，有助于维持社会的一致性和连贯性。

集体无意识在群体行为中扮演着重要角色。在群体中，共同的心理要素激发了集体行为和集体认同。这种集体认同感使得群体能够协同合作，追求共同的目标。同时，集体无意识中的一些负面因素，如对他者的排斥或敌对心态，也可能在群体中显现。

通过对集体无意识的深度解析，我们更清晰地认识到人类心灵深层中的一致性。集体无意识不仅是荣格理论的核心，也为我们理解人类行为和文化传承提供了新的视角。未来，我们可以在更广泛的文化和社会背景中深入研究集体无意识的具体表现形式，推动这一领域的发展。

二、集体无意识产生的背景

一个理论学说的形成和发展，总有一定的社会、科学、主观及其他的背景。荣格个体无意识理论的形成和发展，同样有自己特定的社会历史等背景。

（一）弗洛伊德的精神分析心理学

1. 弗洛伊德的无意识研究

弗洛伊德对无意识心理活动的深入研究为荣格集体无意识理论的形成奠定了基础。弗洛伊德通过梦的解析法等手段揭示了个体无意识中隐藏的心理动态，为荣格提供了启发。荣格在深度心理学方面的学术探索中，充分借鉴了弗洛伊德的自由联想法和自我分析法。这些方法的运用丰富了荣格对个体无意识的理解，也推动了精神分析学科的不断发展。

2. 理论融合与发展

荣格并非简单地接受弗洛伊德的理论，而是通过整合和发展，形成了独具特色的集体无意识理论。他深刻挖掘了个体无意识与集体无意识的关系，为心理学领域带来了崭新的思考。集体无意识理论中，荣格对符号、象征等概念的拓展，体现了他对弗洛伊德理论的创造性继承与发展。这种理论的融合使荣格的观点在当时的学术界引起广泛关注。

（二）人类文明发展的时代反思

1. 社会反思与内在灵魂探索

荣格生活的时代正是人类文明极大发展的阶段。社会上科技、文化的迅速发展引发了对人类内在灵魂的深度反思，形成了对精神层面探索的迫切需求。这一时代背景为荣格的集体无意识理论提供了土壤。他通过深入研究人类的文化、宗教、神话等现象，试图揭示人类集体心灵深处的共通性及其根源。

2. 时代需求与理论契合

荣格的理论契合了当时社会的需求。他通过对文化现象的分析，揭示了个体无意识中普遍存在的原型和象征，为当时社会对人类共同心理体验的理解提供了新的视角。他的理论强调了个体与集体的关系，与当时强调个人主义的潮流形成对比，为社会提供了一种更加综合和全面的心理学视野。

（三）生命科学与心理学的进步

1. 净化思想的渗透

荣格的学术生涯深受19世纪生命科学进展的影响。拉马克（Lamarck）的获得性遗传学说和达尔文（Darwin）的生物进化论为荣格提供了宝贵的科学背景。他将生物进化的思想融入集体无意识理论中，强调心理现象在漫长进化中的延续和发展。这种跨学科的整合为他的理论注入了更为广阔的时空维度。

2.科学背景与理论奠基

荣格通过对生命科学的深刻理解，将生物学与心理学相结合，提出了关于集体无意识的更为全面和系统的理论。他对人类心灵深层的生物根源的探索为心理学的发展开辟了新的方向。这种科学背景的融入不仅使荣格的理论更具有严密性，也使其理论在当时的学术界得到更多的认可与尊重。

（四）家庭经历与性格特征

1.家庭经历的深远影响

荣格个人主观因素在集体无意识理论的形成中扮演着关键角色。他的家庭经历，尤其是父母婚姻破裂对其性格产生了深远影响。孤独、内向、内心情感丰富的性格特征促使他更加关注主观世界和内心神秘的体验。这种内在经历为他后来对集体无意识的研究提供了独特的视角。

2.个体经历与理论发展

荣格通过对个体内心深层体验的敏感性，将个人的孤独感、内向特质等转化为对集体无意识的独特理解。他的理论中融入了更多对主观世界的关注，使得个体无意识不再是抽象的概念，而更具有个体情感的渗透。荣格的个人经历也影响了他对于集体无意识中普遍存在的原型和象征的关注。他通过自身的情感经历，深入挖掘了人类集体心灵深处的共通性，为理论的深入构建提供了情感的支持。

（五）丰富的临床经验

1.患者接触与理论深化

荣格在临床工作中积累了丰富的接触患者的经验。这些临床案例为他提供了观察和分析梦、幻想、移情等心理现象的机会。这些具体案例使荣格对集体无意识的理解更为具体和贴近实际。通过对患者的深入观察，他将理论与实践相结合，使集体无意识的概念更具体地体现在个体的心理体验中。

2.理论构建的实践基础

荣格通过在临床经验中的发现和总结，逐渐完善和深化了集体无意识理论。他的理论不仅停留在理论层面，还具有实践基础，能够解释和指导临床实践。这种理论的实践基础使荣格的个体无意识理论在心理治疗和心理咨询领域得到了广泛应用。临床实践的反馈进一步丰富了他的理论，形成了一个良性的理论与实践循环。

三、集体无意识的内容

（一）人格面具

1.定义和功能

人格面具是荣格集体无意识理论中的概念，代表了个体为适应社会而表现出的特定性格。这种社会化的先天倾向旨在保证个体在社会中能够和谐相处。

人格面具是指个体为适应社会而表现出的一种外显性格，通常与社会期望和规范相一致。这种面具并非个体真实的自我，而是在社会化过程中形成的，以在社会中获得认可和合群感。荣格认为，人格面具是集体无意识的一部分，代表了社会对个体的期望和要求。

人格面具的功能主要在于满足社会对个体行为的期望，使其能够顺应社会规范。通过采用特定的行为模式、态度和价值观，个体能够更好地与他人互动，建立良好的社会关系。这种社会适应性的功能使得人格面具成为一种自我保护机制，有助于个体在社会中取得相对稳定的地位。

2. 过度发展与自我压抑

人格面具在社会适应中扮演了重要角色，然而，过度发展的人格面具可能导致对真实自我的忽视，进而引发一系列心理问题。

过度发展的人格面具指的是个体在适应社会期望时，过分迎合社会预期，导致人格面具的过度强化。这种情况下，个体可能过于强调外在的社会期望，从而忽视了内在真实的自我需求和情感体验。这是人格发展中的一种极端情况，可能导致个体在长期内对真实自我进行自我压抑。

自我压抑是指个体对于真实情感和需求的抑制和限制。过度发展的人格面具往往导致个体在表面上过分迎合社会期望，但内心却存在着真实的情感和需求。为了维持人格面具的完整性，个体可能会选择压抑这些真实情感，不敢或不愿意表达。这种自我压抑可能导致内心的紧张和冲突，最终影响个体的心理健康。

过度发展的人格面具与焦虑之间存在紧密联系。个体可能在迎合社会期望的过程中，过于关注外界评价，对他人的看法过度敏感。这种过分焦虑和寻求社会认可的需求可能成为过度发展人格面具的驱动力。同时，由于对真实自我的忽视，个体可能感受到内在的不安，产生对未来的担忧，从而加剧焦虑症状。

过度发展的人格面具也与抑郁症状密切相关。个体在长时间内对真实自我进行压抑可能导致内心的空虚感和沮丧感。由于无法真实表达内心的情感和需求，个体可能逐渐沉溺于负面情绪中，最终发展成抑郁症状。抑郁表现为情绪低落、兴趣丧失、睡眠障碍等症状。

（二）阿尼玛与阿尼姆斯

1. 性别原型的存在

荣格心理学中的阿尼玛与阿尼姆斯理论提出了对人类心理中性别原型的深刻理解。这两种原型在个体心理中存在，影响着个体对异性的认知和态度，展现了人类心理中性别特质的复杂混合。

阿尼玛与阿尼姆斯是荣格心理学中提出的两个概念，分别代表了男性心理中的女性形象和女性心理中的男性形象。阿尼玛和阿尼姆斯并非具体的个体，而是心理上的原型，反映了个体对异性特质的投射和认知。

性别原型的存在体现了心理投射的现象。个体倾向于将自己对异性的认知和期望投射到阿尼玛与阿尼姆斯中，这种投射不仅影响着对他人的认知，也影响着个体与自己的关系。通过阿尼玛与阿尼姆斯的投射，个体能够更好地理解自己与异性之间的关系和相互作用。

2. 对异性的影响与交往方式

阿尼玛与阿尼姆斯原型在个体心理中扮演了重要的角色，对于个体对异性的态度和交往方式产生深远的影响。个体往往在寻求爱情时会寻找符合阿尼玛或阿尼姆斯原型的异性。

阿尼玛与阿尼姆斯原型在个体对异性的认知中发挥着重要作用。个体往往会将阿尼玛或阿尼姆斯的特质投射到对异性的期望中。这种投射影响着个体对异性的选择和认知，使得个体更倾向于选择那些具有阿尼玛或阿尼姆斯特质的异性。

在寻求爱情关系时，个体往往会寻找那些能够唤醒其阿尼玛或阿尼姆斯特质的异性。这种选择与原型的共振有助于建立更为深刻和有意义的爱情关系。阿尼玛与阿尼姆斯特质的存在能够为爱情关系提供一种深层的情感基础，促进个体与异性之间的情感连接。

尽管阿尼玛与阿尼姆斯的存在对爱情关系有积极影响，但过度发展也可能导致一系列问题。个体过度强调原型特质，可能导致对真实异性的期望过高，与现实中的异性产生不匹配，从而导致关系的矛盾和问题。此外，过度发展可能导致性别认同的混淆和困扰，个体可能在追求符合原型的过程中忽略了自己的真实需求和身份认同。

阿尼玛与阿尼姆斯原型对个体的异性交往方式产生深远的引导作用。个体可能会在交往中表现出与阿尼玛或阿尼姆斯相对应的特质，以与异性建立更为亲密的关系。这种引导作用有助于个体更好地理解和适应异性的行为和期望，促进良好的沟通和互动。

在阿尼玛与阿尼姆斯原型的影响下，个体经历了性别认同的发展与调适过程。个体通过对阿尼玛与阿尼姆斯的认知，逐渐了解和接受自己的性别特质，并在此基础上建立起对异性的认知和交往方式。这一过程对于性别认同的形成和发展至关重要。

（三）阴影

1. 阴影的本质

在荣格的心理学理论中，阴影被视为一个人自己性别的原型，承载着生命的活力、激情、创造性，同时包含了人类最基本的动物性和"恶"性。阴影是人类心灵中最古老和原始的原型之一，具有极大的力量和潜在的危险性。

阴影在荣格的理论中是一个复杂而多层次的概念。它是个体心灵中与自我相对立的部分，包括那些被个体认为不符合其自我形象、被压抑或被忽视的特质和情感。阴影的起源早于个体的个人经验，是人类共有的心理构成，反映了人类进化中的基本本能和动物性。

阴影不仅包含了负面的、被忽视的特质，还承载着生命的活力和激情。荣格认为，阴影中蕴含着个体未能表达的创造力和能量。这些潜在的积极特质，如果得以认可和整合，有可能为个体带来更为全面和丰富的生命体验。

阴影中也包含了人类最基本的动物性和"恶"性。这并非表示阴影本身是邪恶的，而是指阴影中存在着个体通常不愿意承认或难以接受的原始冲动和本能。这可能包括对权力的欲望、对他人的攻击性，以及其他社会规范认为不适当或不道德的特质。

2. 阴影的影响与社会灾难

荣格心理学中的阴影是个体心灵中被压抑或未能认可的部分，它既包含生命的活力和激情，也蕴含人类最基本的动物性和"恶"性。过度发展或被社会过度压抑的阴影可能导致个体和社会层面都出现问题。

过度发展的阴影可能导致个体生活过于激情。个体在过度追求阴影中的创造力和激情时，可能会失去对现实的掌控，导致生活混乱和冲突。过度发展的阴影也可能表现为过分强调个体的原始冲动和欲望，导致行为的不稳定性和不可预测性。

过度压抑阴影可能导致个体在心理上产生压力和冲突。个体对于阴影中的负面特质的过度抑制可能导致情感的堆积和紧张感的增加。在这种情况下，个体可能失去对自己真实情感的认知，导致内心的冲突和心理健康问题的发生。

（四）自性

1. 自性的定义与作用

在荣格的心理学理论中，自性被认为是个体无意识中最为核心的原型，代表了个体精神或人格的先天组织原则和走向完整的倾向。自性的存在使得个体能够实现统一、组织和秩序，吸引其他原型围绕其周围，形成心理结构的有机整体。

自性是荣格心理学中的一个关键概念，它代表了个体内在的完整性和组织性。自性是一个固有的、先天的原型，不同于其他后天形成的心理结构。自性具有统一性、秩序性和组织性的特征，它是个体内在心理生命的中心核心，影响着个体的认知、情感和行为。

自性在个体心理中起着至关重要的作用。首先，自性为个体提供了内在的导向和组织原则。个体通过自性能够更好地理解自己的价值观、信仰和目标，从而形成自己的心理结构。其次，自性有助于个体实现内外的统一。个体通过自性的存在，能够更好地协调内在的冲突，达到内外一致的状态。

自性不是孤立存在的，它与其他原型存在着密切的关系。其他原型围绕着自性形成有机整体，共同构建个体的心理结构。例如，阿尼玛与阿尼姆斯、阴影等原型在与自性的相互作用中，影响着个体的情感体验和行为表现。这种关系使得个体的心理结构更为复杂和丰富。

2. 自性与心理发展的终极目标

在荣格的心理学理论中，自性被视为人类精神发展的终极目标，代表了个体在心理发展中逐渐实现的完整性和统一性。自性的存在使得个体能够更好地理解自己，实现内在的和谐，成为一个真正有机的个体。

自性是荣格心理学中的核心概念，代表个体内在的完整性和统一性。它是心理发展的终极目标，反映了个体逐渐认知和整合自身内在冲突、欲望和情感的过程。自性是一个超越文化和时间的普遍概念，旨在引导个体实现内在的和谐，成为一个真实而有机的存在。

自性的存在使得个体能够更好地理解自己的内在世界，并在这个过程中实现内在的和谐。个体通过对自性的认知、接受和整合，能够更清晰地意识到自己的核心信仰、价值观和情感体验。自性的作用在于引导个体逐渐认识到内在的冲突，并通过对这些冲突的处理，实现内在的统一和和谐。

自性的实现对个体心理健康产生积极而深远的影响。其一，通过实现自性，个体能够更好地应对生活中的压力和挑战。自性作为内在的组织原则，可以帮助个体更有信心、更有能力地面对各种困境。其二，自性的实现有助于个体建立积极的人际关系。个体通过清晰认知自身的需求和价值观，更容易建立起与他人的互动，形成健康的社交关系。

四、集体无意识的表现形式

（一）神话与童话中的表现

1. 神话的角色与意义

神话作为集体无意识的表现形式，承载着人类原始意识状态中对无意识力量的直接体验。这些神话不仅是对集体无意识中原型和象征的表达，也是文化中深层心理图腾的具象化。在神话中，人类对于生死、创造、神性等主题的探讨反映了集体无意识中对基本人类经验的共同关切，超越了个体的生命经历，形成了文化的共有象征。

神话是一种叙述性的故事，通常涉及神灵、英雄、起源等元素。它们不仅反映了特定文化的信仰和价值观，还承载了集体无意识中的普遍原型和象征。神话起源于人类原始社会，是人类试图理解自身存在与无意识力量之间的关系的产物。

在神话中，原型和象征是核心元素。这些元素代表了集体无意识中的普遍图腾和符号，具有共通性，超越了个体差异。例如，神话中的母亲形象常常代表生育和滋养的原型，太阳则象征着光明和生命的力量。这些原型和象征超越了文化差异，构成了人类心灵的共通基础。

2. 童话的象征与原型

童话作为集体无意识的表现形式，通过丰富的故事、角色和情节，传递了深刻的心理启示。这些故事中的角色和情节常常代表着集体无意识中的原型，如英雄、巨龙、仙女等。童话中的情节与冲突反映了个体无意识中存在的普遍心理挑战，通过这些故事，人们能够更好地理解自己和他人，达到一种心灵上的共鸣。

首先，童话是一种叙述性的故事形式，常以奇幻、幻想的元素为特征，通过各种角色和情节来传达教育、道德或心理学上的启示。童话不仅是儿童文学，也是文化的一种表达形式，是集体无意识中普遍存在的表征。

其次，在童话中，原型是一种常见而普遍的心理图腾。例如，英雄、巨龙、仙女等角色常常代表着集体无意识中的原型。英雄可能象征着勇气和坚韧，巨龙可能代表着内在的困难和恐惧，而仙女则可能是美好和善良的象征。这些原型超越了文化差异，构成了童话的共通基础。

童话中的象征是对个体无意识中深层次心理内容的具象化。象征通过角色、物品和情节，传递了无意识中的普遍图腾和符号。例如，镜子可能象征着自我认知，毒苹果可能代表着诱惑与背叛。这些象征反映了集体无意识中存在的共同心理体验。

（二）梦境的深层显现

1. 梦境作为无意识的投影

荣格心理学强调梦境是个体心灵对集体无意识的直接反应，是无意识深层内容的投影。梦中出现的符号、情节和人物往往承载着集体性的意义。通过分析梦境，可以揭示个体与集体无意识之间的联系，解读梦中的原型和象征，从而深入了解个体的心理结构和潜在冲突。

梦境被视为个体与集体无意识之间的桥梁，是内在心灵世界的直接反映。荣格认为梦境中的符号和情节是集体无意识中普遍存在的原型和象征的投影。通过对梦境的深入分析，个体可以探索自己与集体心灵的共通性和差异性，加深对内在冲突的理解。

梦境中的原型和象征是荣格心理学的核心概念。原型是个体无意识中的普遍符号，如母亲、英雄、老人等；而象征则是对这些原型的具象化表达，例如梦中出现的动物、场景、物品等。通过对梦境中原型和象征的解读，个体可以窥见集体无意识中深层的心理内容，认识自身经验的普遍性。

2. 集体主题与共鸣

梦境中经常出现的集体主题，如追逐、失落、迷失等，反映了集体无意识中普遍存在的心理动力。这些主题超越了个体的生活经历，具有共鸣性，使人们能够在梦境中分享类似的情感体验。通过深度梦境分析，荣格发现了集体无意识中的共同梦符和情感主题，这为理解文化中的共享心理经验提供了重要线索。

梦境中常出现的集体主题是荣格心理学研究的重要对象。这些主题如同文化中的共享符号，承载着集体无意识的普遍体验。追逐的梦境情节可能代表对目标的渴望，失落则反映了对失败或失去的恐惧，而迷失则可能表达了在生活中找不到方向的困扰。这些集体主题穿越时空，超越文化差异，成为人类共同的情感共鸣点。

共鸣是梦境中集体主题的核心体验。个体在经历特定的梦境情节时，往往能够感受到与他人相似的情感共鸣。这种共鸣不仅体现在梦境中，也延伸到现实生活。荣格认为，共鸣的心理机制是基于集体无意识中的原型和象征。人们在梦境中经历的情感体验与集体性的心理图腾相连接，形成了一种跨文化、跨时空的情感连接。

荣格通过深度梦境分析方法揭示了集体主题与共鸣的心理机制。这一方法包括对梦境中出现的符号、人物、情节等元素进行系统而细致的解读。通过与个体的生活经历相联系，荣格揭示了梦境中的共鸣体验与集体主题的关联。这种深度分析不仅有助于个体更好地理解自己的梦境，也为跨文化的心理研究提供了理论支持。

（三）精神分裂症患者的反映

1. 精神分裂症与意识瓦解

精神分裂症作为一种复杂的精神障碍，其症状往往涉及意识状态的瓦解，导致集体无意识的内容在患者的心灵中不受阻碍地涌现出来，并以一种混乱的方式显现。

精神分裂症是一种在临床上表现为思维、情感和行为紊乱的疾病。其核心症状包括幻觉、妄想、语言紊乱和情感淡漠等。这些症状常常导致患者与现实世界脱离，形成一个与常人不同的内在心灵空间。

荣格认为，意识是一种对现实的有序而稳定的认知和体验。而当意识瓦解时，集体无意识的内容就有可能不受控制地侵入个体的心灵。荣格将这种状态描述为意识与无意识之间的边界淡化，使得集体无意识中的原型和象征以一种混乱的方式显现在个体心灵中。

2. 集体无意识的表现与疾病症状

精神分裂症患者常常表现出对神秘符号、古老传说等集体无意识元素的过度关注，以及对神灵、魔法等的妄想。荣格通过对精神分裂症的研究提出了个体无意识在心理疾病中的表现与作用，为精神疾病的理解提供了更为深刻的维度。

精神分裂症患者往往表现出对集体无意识的过度敏感和关注。这体现在对神秘符号的强烈反应，对古老传说的过分沉迷，以及对神灵、魔法等超自然元素的妄想。荣格指出，这些表现揭示了个体无意识在疾病状态下的异常涌现，反映了个体内部深层心理的紊乱。

荣格认为，精神分裂症患者对集体无意识元素的过度关注是一种意识与无意识边界淡化的表现。在正常情况下，意识会对集体无意识的内容进行一定的过滤和控制，以维持心灵的稳定。而在精神分裂症中，这种过滤和控制的机制受到损害，导致集体无意识的内容不受阻碍地涌现，影响个体的情感、思维和行为。

五、集体无意识提出的意义

（一）集体无意识的概念与科学建构

1. 自主精神的重新假设

荣格对集体无意识的概念是对传统物质决定论和灵魂假定说的一种重新构建。他提出的"自主精神"概念超越了对物质和灵魂的二元对立，将精神看作一种独立存在于肉体之中的实体。

个体无意识被视为一种超越个体的精神结构，与传统心理学中对个体心理功能的狭隘理解形成鲜明对比。荣格强调集体无意识是人人共有的，不可意识的人性结构，超越了个体差异，具有更广泛的普遍性。

2. 用假设科学解释集体无意识难题

荣格在面对集体无意识现象时遇到了科学难以解释的难题。他指出目前找不到比假设更好的方法来对集体无意识进行科学解释，因为集体无意识的来源追溯到远古族类的精神遗存，这使得科学界难以找到确凿的证据来支持这一概念。

集体无意识的科学性与自主精神的原则相矛盾，荣格在这一点上一直受到批评。然而，他的努力在为心理学建立一种超越二元对立的维度上具有重要意义，为后来的心理学发展提供了新的探索方向。

（二）荣格对心理学的影响与启示

1. 心理学与社会因素的融合

荣格突破了弗洛伊德学说的局限，将心理学研究与社会因素、历史文化相结合。他的集体无意识概念将个体心理与文化传承相连接，为心理学提供了更广阔的研究领域。

荣格提供了一种综合性的心理学视角，强调个体心理无法脱离社会和文化的影响。这一综合性的思想为后来心理学在探索人类心智的复杂性上提供了有益的启示。

2. 后荣格学派的形成

荣格的理论直接影响了他的追随者，形成了后荣格学派。这一学派在继承和发展荣格心理学的核心思想的同时，拓展了对原型的理解，推动了集体无意识研究的深入。

后荣格学派的影响不仅局限于精神分析领域，还对当代西方心理治疗产生了深远影响。通过对集体无意识的深入研究，他们丰富了心理治疗的理论体系，为研究个体心理健康提供了更为全面的视角。

（三）集体无意识对个体与社会的深远影响

1. 个体层面的影响

集体无意识深刻地影响着个体的世界观和行为方式。个体通过集体无意识中的原型，感知世界并作出反应，这影响了个体的认知、情感和行为。

荣格强调个体无意识作为远古祖先留下的精神财富，决定了个体的心理结构。个体通过对集体无意识的认知，能够更好地理解自己的行为和情感，实现心灵的自我认知。

2. 社会层面的影响

在社会层面，集体无意识成为时代精神的源泉。不同时代的集体无意识中的特定原型被激活，形成了独特的时代精神，由此影响了整个社会的文化、价值观和行为模式。

社会的发展同样受到集体无意识的影响。通过对自性原型等的激活，社会可能走向和谐与统一，但也可能受到其他原型的破坏性影响。社会的进步与挑战在一定程度上取决于集体无意识中不同原型的相互作用。

第二节 《红楼梦》中的原型意象

一、通灵宝玉的象征意义

通灵宝玉是由《红楼梦》中的关键人物之一贾宝玉口含女娲补天石而生,具有通灵的特殊能力。这块石头在书中被赋予了预示主人公命运的神秘力量,成为整个故事的核心元素。通灵宝玉的形象可以被视为荣格原型理论的具体体现。作为女娲补天石的一部分,通灵宝玉承载了原始、神秘、普遍的原型属性。他的存在象征着个体在社会、文化约束下的内在真实,需要经历一系列的成长过程来实现自我,完成自性化之旅。

(一)贾宝玉的神话渊源

1.女娲补天神话中的宝玉

(1)宝玉的神秘起源

在《红楼梦》中,贾宝玉的神话渊源来自女娲补天神话。根据神话情节,女娲补天时炼制的"宝玉"成为神瑛侍者,最终转世为贾宝玉。这个神秘的转化过程为贾宝玉赋予了不同寻常的身世。

(2)通灵宝玉的重要性

"通灵宝玉"作为"宝玉"的一部分,成为贾宝玉的命根子。其丧失和复得直接影响了贾宝玉的心理和行为。这块宝玉不仅是贾宝玉身世的象征,更是他情感和精神的支柱。

2.衔玉而生的象征意义

(1)衔玉与贾宝玉的心理关联

"衔玉而生"这一情节在《红楼梦》中具有关键性作用。它不仅是贾宝玉从"宝玉"神话中衍生的象征,更是连接贾宝玉心理和现实行为之谜的关键。这一事件仿佛是一把开启《红楼梦》奥秘的钥匙。

(2)象征群组的分析方法

借助诺伊曼(Neumann)的"象征群组"分析方法,我们将女娲补天神话中的元素,如神瑛侍者、通灵宝玉等,构建成一个紧密联系的象征群组。这个群组揭示了贾宝玉神话渊源的多重层面,丰富而复杂。

(3)衔玉的关键象征

贾宝玉"衔玉而生"是整个象征群组中的关键象征,直接关联到他的现实思想和行为。这一象征成为女娲补天的"宝玉"原型转换为贾宝玉的媒介，成为连接神话与现实的桥梁。

3. 衔玉而生对《红楼梦》的深远影响

（1）开启神话通向现实的大门

"衔玉而生"如同一把神话通向现实之门的钥匙，使得《红楼梦》中的神话元素在贾宝玉的人生中得以具体体现。这对作品的整体构架产生了深远影响。

（2）女娲补天原型的延续

"宝玉"神话元素的通过"衔玉而生"得以延续，使得女娲补天的原型成为贾宝玉灵魂深处的一部分。这不仅是对神话传承的表达，更是贾宝玉个人命运的象征。

（3）曹雪芹的象征手法

曹雪芹通过这一神话情节，展示了多重象征手法的巧妙运用。这不仅使贾宝玉承袭"宝玉"的神话渊源，还通过"衔玉而生"这一仪式强化了贾宝玉对女娲补天原型的深层传承。

通过对贾宝玉神话渊源的深入解读，我们更好地理解了《红楼梦》这个经典文学作品的复杂象征结构，以及曹雪芹对神话元素的独特艺术运用。

（二）衔玉而生的象征内涵

1. "衔玉而生"与玉的神秘渊源

（1）奇妙的原型转换

"衔玉而生"源自贾宝玉的神话渊源，其关键在于"宝玉"的来源。这个宝玉不仅是女娲补天神话中的产物，而且通过神瑛侍者的转世投胎成为贾宝玉。曹雪芹通过这一神秘而复杂的过程，将女娲补天原型巧妙地转换为贾宝玉的身世。

（2）宝玉与女娲补天的象征联系

女娲补天时所炼得"宝玉"成为贾宝玉的原型，这种置换变形的关系在《红楼梦》中具有深刻的象征意义。宝玉因此成为女娲补天原型的象征，而贾宝玉则是这一象征的现实延续。

2. "通灵宝玉"与女娲补天的原型

（1）通灵宝玉的命名与象征

贾宝玉"衔玉而生"后，戴上了"通灵宝玉"。虽然这个名字由僧赋予，但其实质却联系到女娲补天的原型。这种通灵不仅与超自然力相通，更是与女娲女神相连的象征，体现了贾宝玉在神话传承中的特殊地位。

（2）叶舒宪的解读与玉教信仰

通过对"通灵宝玉"的想象，曹雪芹深刻地反映了中国古代文化中关于玉的神秘信仰。叶舒宪的"玉教信仰"理论为这一象征提供了深层次的解释，将贾宝玉与女娲女神的联系置于华夏大传统的文化脉络之中。

3. "衔玉而生"对《红楼梦》的深刻影响

（1）神话元素与现实融合

"衔玉而生"使得神话元素在《红楼梦》中得以具体体现。这一情节将神话与现实紧密融合，为作品构建了一个通向神秘世界的桥梁，使得整篇小说内容更加丰富而有深度。

（2）神话传承的象征意义

通过"衔玉而生"，贾宝玉的形成不仅延续了女娲补天的原型，更凸显了古代神话在贾宝玉个体命运中的象征意义。这一传承贯穿于整篇小说，使得作品更具文化内涵。

（3）曹雪芹的象征艺术

曹雪芹通过"衔玉而生"巧妙地运用了多重象征手法，展示了他对神话元素的独特艺术处理。这一象征不仅凸显了作品的深度，更彰显了曹雪芹对中国古代文化传统的深刻理解。

通过对"衔玉而生"象征内涵的深入剖析，我们更全面地理解了《红楼梦》中这一经典文学作品中神话元素的丰富涵义，以及曹雪芹对这些元素巧妙运用的独到之处。这一象征体系不仅连接了神话与现实，也揭示了中国古代文化小说的深远影响。

（三）"衔玉而生"对《红楼梦》的意义

1. "衔玉而生"的象征意义

（1）"宝玉"与女娲补天的神秘联系

贾宝玉起源于女娲补天神话，其中"宝玉"由女娲所炼，成为贾宝玉的原型。这一转换是神秘而深刻的，将女娲补天的精神融入"宝玉"，从而赋予贾宝玉特殊的身世和象征意义。

（2）贾宝玉的"衔玉而生"

"衔玉而生"是贾宝玉的独特标志，承载着女娲补天原型的灵魂。通过这一神话情节，曹雪芹不仅巧妙地延续了"宝玉"的传承，而且强化了贾宝玉与女娲补天之间的紧密联系。

2. "通灵宝玉"与女娲的补天精神

"衔玉而生"之后，贾宝玉戴上了"通灵宝玉"，这一命名不仅由僧侣赋予，更暗合着女娲补天的原型。通过"通灵"，贾宝玉与女娲女神之间建立起一种神秘又紧密的联系。"通灵宝玉"在叶舒宪的解读中得到阐释，其通灵不仅是与超自然力相通，更是与天命、神祇相连。这一解读为曹雪芹塑造贾宝玉的神性形象提供了深刻的文化根基。

通过对"衔玉而生"在《红楼梦》中的意义深入剖析，我们更全面地理解了这一经典文学作品中神话元素的丰富内涵。曹雪芹通过虚构的神话情节，将神话与现实巧妙融合，创造出具有深刻文化内涵的作品。

二、自性化过程在贾宝玉身上的表现

贾宝玉作为《红楼梦》的主人公之一，从小就被赋予了特殊的身份和期望。作为贾府的继承者，他在封建礼教的束缚下成长，面临着独特的社会压力和家族期望。贾宝玉的成长过程是一个对抗封建礼教的过程。他在追求自我、追求真爱的过程中，不断挑战着传统社会的规范和期望。这一过程是他自性化的旅程，是个体在社会文化背景下寻找真实自我的表现。

（一）"衔玉而生"揭示了贾宝玉潜意识原型的内在投射

1. 曹雪芹的表层结构描写

《红楼梦》是中国古典小说的巅峰之作，曹雪芹也以其深刻的洞察力和细腻的描写手法而著称。在小说中，曹雪芹对主人公贾宝玉的表层结构描写十分独特，通过梦境和思想行为的巧妙描绘，展现了其潜意识中的原型投射。

第一，曹雪芹在《红楼梦》中刻意避免深入描写贾宝玉的心理活动，使其表层结构呈现出独有的特征。相较于传统小说对人物内心的深度刻画，曹雪芹更注重通过表象行为和言语来揭示贾宝玉的性格和情感。

第二，在小说中，曹雪芹通过贾宝玉的梦境展示了他潜在的内心世界。这些梦境并非简单地幻想，而是通过象征和隐喻的手法，揭示了贾宝玉潜意识中的深层结构。

第三，除了梦境，曹雪芹还通过贾宝玉的思想行为巧妙地描绘了他的潜在心理。例如，贾宝玉对荣国府的幻想和对黛玉的过度关注，都是他潜在欲望和情感的表达。这种描绘不着痕迹地展示了主人公内心深层次的情感和心理冲突，使读者更好地理解他的性格和行为。

第四，曹雪芹通过表层结构的描写，将贾宝玉潜意识中的原型投射表现得淋漓尽致。潜意识中的原型是集体无意识理论中的重要概念，是一种普遍存在人类心灵深处的符号和象征。通过贾宝玉的梦境和思想行为，曹雪芹将这些原型如影随形地投射在他的表层结构中，使之成为故事的精妙之处。

第五，在文学创作中，潜意识中的原型投射为作家提供了丰富的表达手段。通过巧妙地运用原型，作家可以深刻地揭示人物内在的情感、欲望和冲突，使小说更具深度和内涵。曹雪芹通过对贾宝玉的原型投射，使其成为一个更加丰满、立体的文学形象，增强了作品的艺术性和感染力。

第六，曹雪芹在《红楼梦》中的表层结构描写与集体无意识理论有着紧密的关联。集体无意识理论强调个体内部存在普遍的原型和象征，而曹雪芹通过对贾宝玉的描写，恰如其分地将这些原型投射于表层结构，实现了文学表达与集体无意识的奇妙交融。

通过对曹雪芹表层结构描写的深入剖析，我们能够认识到潜意识中的原型投射在文学创作中的重要性。这一手法不仅使人物更加真实、生动，也为读者提供了更深层次的阅读体验。在今后的文学创作中，可以借鉴曹雪芹的表现手法，巧妙地运用原型投射，丰富作品内涵，使之更具深度和思考价值。

2. "衔玉而生"象征思想行为的源头

"衔玉而生"这一诗意的表达并非仅是《红楼梦》中的一句诗句，更是贾宝玉潜意识中女性原型的源头。通过"宝玉"与贾宝玉之间的转换，曹雪芹揭示了主人公内在的女性潜意识，而"衔玉而生"则是这一内在原型的具体体现。

第一，在《红楼梦》中，"宝玉"是贾宝玉的小名，也是他内在女性潜意识的象征。通过这种小名的巧妙运用，曹雪芹创造了一个具有性别不确定性的主人公形象。这种转换为后续"衔玉而生"提供了情感和形象的铺垫。

第二，"衔玉而生"并非仅是对一种动作的描写，更是对贾宝玉潜意识中女性原型的深刻表达。在这一象征中，"玉"既代表着宝贵和柔美，也隐喻着女性的独特之美。而"衔"则象征着一种接纳和孕育，使这一诗句成为女性潜在属性的具体体现。

第三，"衔玉而生"透过对宝玉的象征描写，实际上是对贾宝玉内在女性潜意识的深刻表露。这一表露不仅局限于性别角色的模糊，更通过"衔玉"这一形象，展现了主人公内心对女性柔美、宝贵的渴望和理解。这种表露使得主人公形象更为丰满和多面。

第四，"衔玉而生"作为一个象征，不仅存在于小说的表面，更有深刻的文学意义。它为贾宝玉的性格赋予了更为多元和复杂的内涵，挖掘了主人公深层的心理世界。这种深层解读为读者提供了更加全面的文学体验，使其对作品有着更为深刻的理解。

第五，"衔玉而生"通过对女性属性的具体描绘，使性别认同与贾宝玉内在心理得以交融。这种交融为主人公形象赋予了更多元、更丰富的性格特征。这也呼应了潜意识理论中性别认同的复杂性，使主人公在小说作品中呈现更为真实和立体的形象。

第六，"衔玉而生"为文学创作中潜意识力量的揭示提供了鲜活的例证。作者可以通过对象征和隐喻的运用，深入揭示人物内在的心理冲突、欲望和特质。这种揭示不仅为作品增色不少，也使读者更容易产生共鸣，感受到主人公深层次的情感和矛盾。

"衔玉而生"不仅是对贾宝玉的内在表达，更是对读者的启示。通过对这一象征的理解，读者得以深刻地感知主人公的内在世界，体会性别与心理内在的复杂交织。这种启示为读者提供了对自我和他人更为深入的思考，使阅读成为一次心灵的沉淀与启迪。"衔玉而生"是贾宝玉潜意识中女性原型的源头，是曹雪芹对主人公内在世界的深层描绘。通过这一象征，曹雪芹成功地展现了贾宝玉性格的多面性，为文学作品注入了深刻的内涵。这种潜意识的揭示不仅对文学创作有着深远的启示，也为读者提供了更为丰富和深刻的阅读体验。

（二）贾宝玉思想行为的潜在原型心理

1. "衔玉而生"与"宝玉"的深层联系

"衔玉而生"作为《红楼梦》中的一句经典诗句，揭示了贾宝玉的潜意识原型，并与他的小名"宝玉"之间存在密切的联系。这一联系既体现了形式上的象征，更在贾宝玉的思想行为中找到了原型心理投射的根源。

第一，贾宝玉的小名"宝玉"不仅是一种称呼，也是他内在性别特质的象征。在古代文化中，"玉"常常被赋予女性的美好寓意，与贾宝玉的男性身份形成强烈的对比。这一小名不仅在形式上呼应了"衔玉而生"的意象，也为后续对潜在女性潜意识的揭示奠定了基础。

第二，"衔玉而生"这一诗句通过对衔玉的动作的描写，呈现了一种温柔、柔和、孕育的形象，其中"玉"既代表宝贵之物，又隐喻着女性。这一象征深度与贾宝玉的小名"宝玉"形成内在关联，使得"衔玉而生"不再是单纯的意象描绘，而成为贾宝玉内在女性潜意识的具体体现。

第三，贾宝玉在小说中以"宝玉"为称呼，这种小名的使用为贾宝玉的性别不确定性提供了具体的表达。当他被称为"宝玉"时，既是在形式上与"衔玉而生"的象征对应，也是在心理上启动了贾宝玉内在女性潜意识的投射。这一转换为后续的情感和性格赋予了更为深刻的内涵。

第四，原型心理投射是指个体将潜在潜意识中的原型投射到外部对象上。在贾宝玉的情感表达和行为中，他的小名"宝玉"成为他内在女性潜意识的具体体现，是一种原型心理投射的表现。这一概念的解读为理解贾宝玉的情感提供了深层次的心理学视角。

第五，"衔玉而生"在贾宝玉情感中的作用。"衔玉而生"在小说中的出现并非偶然，它在贾宝玉的情感中发挥着重要的作用。通过对这一象征的具体描绘，贾宝玉的思想行为中的女性元素得以具体展现，使其情感体验更加复杂和丰富。这一作用不仅在文学创作中有着重要的意义，也为读者提供了更为深刻的阅读体验。

第六，"宝玉"与贾宝玉之间的转换为性别认同的探讨提供了重要线索。在小说中，贾宝玉的性别认同并非单一而明确的，而是在"宝玉"这一小名的运用中，逐渐呈现多元和复杂的特质。这种复杂性使得贾宝玉成为一个更为真实和具有层次的文学形象，也使得性别认同的主题在小说中更为深入和丰富。

"衔玉而生"与"宝玉"之间的深层联系为读者提供了对人物内在世界更为深刻的理解。通过解读这一联系，读者可以透过表面的故事情节，更加敏锐地感知主人公的思想、情感和性格。这种启示不仅使阅读更加具有挑战性，也提供了对人性、性别认同等话题更加深入的思考。"衔玉而生"与"宝玉"之间的深层联系为《红楼梦》增添了内涵和深度。通过对"宝玉"这一小名的运用，贾宝玉的潜在女性潜意识得以具体呈现，而"衔玉而生"则是这一内在原型的象征化表达。这一联系不仅为文学作品的创作提供了新的可能性，也为读者提供了对主人公深层次的理解和思考。这种深刻而复杂的心理描写使得《红楼梦》成为文学史上的经典之一，不断引领着读者深入思考人性的奥秘。

2.贾宝玉的思想行为解读

（1）一周岁"抓周"的象征

贾宝玉在一周岁"抓周"时选择抓取象征女性的脂粉钗环，而不选代表金钱和权力的事物。这一举动反映了他内在女性原型的意识，揭示了他对女性价值的先天认同。

（2）与林黛玉见面的情节

林黛玉与贾宝玉见面时，贾宝玉感觉"面善"即"面熟"，表现出对前世林黛玉前身绛珠仙草原型的心理投射。这"面熟"不仅是相貌上的熟悉，更是内在潜意识的启示。

（3）对女性的独特观念

贾宝玉说的"女儿是水做的骨肉，男子是泥做的骨肉"展现了他与生俱来的女性潜意识原型。这种对女性的特殊看法，不仅影响了他对待女性的态度，也影响了他与社会互动的方式。

（4）"宝玉"的补天情结

"宝玉"在补天未果后感到"日夜悲哀"，这是"宝玉"补天原型被压抑形成的"情结"。这情结通过"宝玉"与贾宝玉的转换得以传承，成为贾宝玉现实中思想行为的基础。

（三）"衔玉而生"在象征层面的深远影响

1. 桥梁效应：神话与现实的连接

神话是人类文化的重要组成部分，蕴含着深刻的文化内涵和智慧。在文学作品中，将神话与现实相连接，不仅令作品更具深度和内涵，还能够在现实社会中传承神话所包含的精神遗产。

首先，我们需要理解女娲补天神话在中国文化中的独特地位。女娲是中国古代神话中的重要女神，她补天的故事象征着人类对自然的掌控和生存的渴望。将这一神话融入《红楼梦》中，通过"衔玉而生"这一象征性元素，使得女娲补天的精神在贾宝玉的现实生活中再现。这种象征性的连接不仅是文学的创作手法，更是一种文化的传承方式。

其次，我们要深入挖掘"衔玉而生"这一元素在贾宝玉的现实生活中的具体体现。贾宝玉是《红楼梦》中的主人公之一，他的身世和命运与女娲补天的神话故事有着意想不到的契合。通过对贾宝玉成长过程中的种种遭遇和抉择的分析，可以发现他在实际生活中也经历了种种与女娲补天故事相似的境遇，从而实现了神话与现实的深度连接。

再次，我们将探讨桥梁效应在文化传承方面的深远影响。通过《红楼梦》这一文学作品，女娲补天神话得以在更广泛的社会层面传承。这种桥梁效应使得神话所包含的智慧和价值观能够超越时间和空间的限制，影响并启迪着读者，成为中华文化的瑰宝。

最后，从文学、人类学等专业视角对桥梁效应进行深度解读。通过比较不同文化中神话与现实相连接的方式，可以更清晰地理解这种文化传承的机制，以及桥梁效应在跨文化交流中的作用。这种专业性的分析有助于我们更全面地认识桥梁效应的复杂性和多样性。

"衔玉而生"在《红楼梦》中的运用，使得神话与现实得以巧妙连接，形成了一种深刻的桥梁效应。这种连接不仅赋予文学作品更深层次的内涵，更在文化传承中发挥着积极的作用。通过深入挖掘这一桥梁效应，我们能够更好地梳理文学作品背后的文化脉络，为文化的传承和创新提供新的思路和启示。

2. 象征的潜在力量

象征是一种跨越文化、语言的心理现象，荣格和坎贝尔都强调了象征的普遍性。在《红楼梦》中，"衔玉而生"这一描写不仅是对贾宝玉个体的象征，更承载着集体潜意识原型的表达。这种普适性使得象征具有潜在的心理力量，能够引起读者共鸣，引导其进行深层次的思考。

贾宝玉的"衔玉而生"行为在象征层面上超越了个体经历，成为集体潜意识的一种表达。荣格认为，象征在文化中具有集体性，是共享的心理图式，而坎贝尔强调了英雄之旅中的象征符号对个体心灵的深刻影响。在这一层面上，"衔玉而生"不仅是贾宝玉的个体行为，更是文学作品中集体潜意识的具体体现，展现了象征的潜在力量。

象征在文学中具有引导作用，激发读者深入思考。通过《红楼梦》中的象征性描写，读者被引导思考贾宝玉的行为背后所蕴含的深刻内涵。荣格和坎贝尔的观点为解读象征提供了理论支持，使读者能够更敏锐地察觉象征的潜在力量，拓展对文学作品的理解。

贾宝玉"衔玉而生"不仅是象征，更直接影响了他的命运走向。象征不仅存在于文学层面，更在人物塑造中发挥关键作用。通过象征的引导，贾宝玉的个人命运与集体潜意识的表达紧密相连，呈现文学作品中象征力量的深远影响。

荣格和坎贝尔的象征观点为文学作品中象征的解读提供了深刻的理论基础。通过对象征的潜在力量的探讨，我们能够更好地理解文学作品中人物行为背后的深层心理意义，拓宽了文学研究的视野，使读者在阅读中能够更深刻地感知作品所蕴含的心灵启示。

3. 荣格的象征理论与贾宝玉的思想行为

荣格的象征理论认为象征是潜在心理能量的中介，能够激发深层次的心灵力量。在贾宝玉的"衔玉而生"中，这一理论得到了生动的体现。荣格认为象征具有普适性，是集体潜意识的表达，贾宝玉所体现的个体经历成为集体潜意识的象征，具有超越个体的普遍意义。

"衔玉而生"不仅是对个体行为的描写，更是对集体潜意识的象征性呈现。这一象征释放了潜在的心理力量，使得贾宝玉的行为超越了日常的生活经验，进入了一种神秘、深邃的境界。荣格认为，象征能够引导个体超越现实，进入梦幻般的心灵领域，而贾宝玉的"衔玉而生"正是这一象征力量的具体体现。

荣格认为，象征具有引导个体深层心灵的作用。在贾宝玉出生时，"衔玉而生"引导他进入了一个超越现实的境地，成为他人生中的关键节点。这种象征的引导作用深刻影响了贾宝玉的心智发展，使得他的思想行为更为丰富、深刻。

贾宝玉"衔玉而生"所释放的象征力量，塑造了他的人生之路。荣格认为，象征具有神秘的力量，能够引导个体进入超越理性的领域。贾宝玉的思想行为在象征的引导下，走向了充满神秘元素的人生之路，超越了尘世的种种桎梏。

荣格的象征理论为解读贾宝玉"衔玉而生"的思想行为提供了深刻的理论支持。这一象征的概念不仅使我们更好地理解了文学作品中人物行为的心理学内涵，也为个体的思想行为提供了一种深刻的解读框架，丰富了对文学作品的理解和解读。

第三节　石头与玉的象征意义

一、石头作为自性的象征

（一）石头的固有性质

1. 石头的坚硬特性

石头在《红楼梦》中被描绘为具有坚硬、不可改变的特性，这一属性赋予了石头一种自性的稳定性。无论外界环境如何变化，石头都保持着其坚定不移的本质。这象征个体内在的根本特质，是一种与生俱来、难以动摇的存在。

（1）石头的固有稳定性

在《红楼梦》中，石头被赋予了坚硬、不可改变的特性，表达了其具有固有的稳定性。这一属性使得石头在小说中成为一种象征，代表个体内在的根本特质。石头的坚硬特性暗示了人性中那些难以受到外界影响而改变的固有本质。

（2）外界环境变化的影响

石头的坚硬特性使其在任何外界环境的变化中都保持不变。无论是风雨的侵蚀还是岁月的流逝，石头依然坚硬如初。这象征个体内在的根本特质，是一种与生俱来、难以动摇的存在。石头的不可改变性进一步强调了个体内在本质的稳定性。

（3）与人性的对应

石头的坚硬特性与人性的固有特质形成对应。在小说中，石头作为自性的象征，通过其坚硬特性反映了个体内在的不易变化之处。这与人性中那些深层次、根本的特质相对应，使得石头在小说中承载了深刻的人性内涵。

2. 石头的不可分割性

在《红楼梦》中，石头被赋予了特殊的象征意义，被视为一种不可分割的存在，强调了其完整性。这种完整性不仅体现在物质层面上，更体现了石头在文学作品中的象征性意义。

首先，石头在《红楼梦》中被赋予了丰富的象征意义，不仅代表了贾宝玉的"宝玉"小名，还承载了家族的荣耀和衰落。石头在小说中被塑造成一种富有生命力的存在，其象征意义超越了物质本身，成为小说中一个重要的文学符号。

其次，石头被强调为不可分割的存在，这种完整性在文学表达中体现了自性的稳定性。自性是荣格心理学中的重要概念，代表了个体内在的本性和固有的个性。石头的不可分割性强调了自性的完整和稳定，与人的内在本性相呼应，使得石头成为小说中一个富有深度的心理象征。

再次，在小说中，"衔玉而生"这一主题凸显了石头与个体的生命联系。贾宝玉的小名"宝玉"与石头的联系不仅是形式上的，更在象征层面上体现了个体与自然、命运的紧密相连。石头的存在不仅为贾宝玉赋予了独特的身份，也使他与家族、历史紧密相扣，形成了一种深刻的生命关联。

最后，石头的不可分割性与人性的深层联系是小说中一个重要的主题。通过对石头的描写，小说探讨了人与自然、命运的紧密联系。石头作为一个不可分割的存在，将个体与更广阔的宇宙联系在一起，反映了人性在宏观层面上的生命关联，为读者提供了对生命深层次意义的思考。

石头的不可分割性在《红楼梦》中不仅是一种物质存在，更是一种象征，代表着自性的完整和稳定。通过对"衔玉而生"这一主题的解读，石头的不可分割性得以深刻呈现。石头不仅是小说中的一个物件，更是一个具有丰富象征意义的文学符号，为整个故事注入了深刻的内涵。这种不可分割性与人性的深层联系使得石头成为小说中一个引人深思的主题，为读者提供了对生命、自性、命运的深刻思考。

（二）石头的冷漠与超脱

1. 石头的沉默寡言

石头在《红楼梦》中被刻画为一个沉默寡言的存在。与其他人物相比，石头很少表达情感，对外部环境似乎漠不关心。这一特性使得石头在小说中显得超然和独特。石头的沉默寡言并非冷漠，而是表达了一种内在世界的深度思索。通过对石头的描写，小说营造了一种神秘、超脱的氛围，引导读者深入思考石头背后的意义。

石头的冷漠特性不仅是个体性格的表现，更体现了自性超然的象征。石头对外在环境的冷漠并非出于无知或无感，而是源于其超越尘世的内在境界。石头的沉默寡言使其成为超越俗世纷扰的象征，代表了对世俗之事的超然态度。这种自性超然的象征为小说注入了一种深刻的哲学思考，引导读者探索人性和生命的更深层次。

石头的超脱态度与《红楼梦》整体主题相呼应。小说通过石头的冷漠特性，表达了对尘世浮华的反思。石头作为一个象征，引导读者审视人生的真谛和内在的价值。石头的沉默寡言不仅是对个体性格的描绘，更是对整个人性的深刻剖析。通过石头的超脱态度，小说呈现了一种对现实世界的冷静观察和超越世俗的精神追求。

石头的沉默寡言在《红楼梦》中成为一个独特而深刻的主题。其冷漠特性并非简单的个体性格描绘，而是呈现出一种自性超然的象征。石头通过超脱尘世的态度，引导读者思考生命的真谛和人性的内在价值。这一主题与小说整体的哲学思考相互交融，为读者提供了一场关于人生、存在和超越的深刻思考。

2. 石头的超然性

石头在《红楼梦》中的冷漠特性初看似乎是一种对外界冷漠的态度，但实际上却蕴含着深刻的超然性。石头对外部环境的冷漠并非源于无感或无知,而是表现出一种超越尘世的心灵状态。这种超然性意味着石头不受外部环境的情感波动影响,使其成为一个独立、超越世俗的象征。通过对冷漠特性的分析,我们可以初步窥探石头超然性的内涵。

超然性不仅是石头的个体性格特征,更是一种内在涵义的体现。石头的超然性使其与尘世疏离,不受外在环境的牵绊。这种超然性可能源于对人生深层次意义的思考,对社会纷扰的冷静观察,也可能是对个体内在世界的独立构建。通过对超然性的深入剖析,我们可以更好地理解石头在小说中的象征意义,以及这种超然性给作品带来的深刻内涵。

石头的超然性与《红楼梦》整体哲学主题相得益彰。小说通过对石头的描写,表达了对尘世浮华的反思和对真实人性的追求。石头的超然性使其成为小说中一个独特的符号,代表了对超越世俗的精神追求。这与小说中关于人生、存在和超越的深刻思考相互呼应,形成了一种哲学上的交融。通过对超然性的分析,我们能够更好地理解小说中深刻的哲学内涵。

石头的超然性是《红楼梦》中一个引人深思的主题。其冷漠特性揭示了一种超越尘世的内在境界,代表了对真实人性和生命深层次意义的追求。超然性的内在涵义使得石头成为小说中一个具有丰富哲学内涵的符号。这一主题与小说整体的哲学主题相互交融,为读者提供了对生命、人性、超越的深刻思考。

(三)石头的世俗对立

在小说中,石头所具有的自性与世俗的人际关系形成了对比,使得石头的超然性更为突出。这种对立关系不仅表达了个体内心与外部社会环境的冲突,也丰富了石头象征的层次,使其具有更为深刻的文学意蕴。

1. 石头的独立性

石头在小说中所展现的坚硬、冷漠的特性使其在人物形象中显得独立而独特。石头的自性并非简单地体现了冷漠,更表达了一种内在的独立性。这种独立性体现在石头对外界环境的疏离,不受世俗纷扰的态度。通过对石头自性的初步分析,我们能够窥见独立性的初步呈现。

石头的自性与世俗社会中人际关系的复杂性形成鲜明对比,形成了一种独立性与社会关系对立的情境。在小说中,石头常常被描绘为不愿参与琐事,对人际关系保持距离。这种独立性的表达,与社会中人际纷扰的复杂性形成强烈对比。通过对独立性与社会关系对立的分析,我们能够更好地理解石头在小说中的象征意义。

独立性不仅是石头个体性格的表现,更是一种深层象征。石头的独立性可能源自对社会规范的反叛,对现实世界的理性观察,也可能是对个体内心独立构建的表达。这种深层象征使得石头成为小说中一个富有哲学内涵的符号,代表了对独立思考和内心独立建构的追求。通过对独立性的深层象征分析,我们能够更好地理解石头在小说中的意义。

石头的独立性是《红楼梦》中一个引人深思的主题。其自性与社会关系的对立,呈现了一个在世俗社会中独立而坚韧的形象。独立性不仅是对个体性格的描绘,更是对社会规范和内心独立建构的深刻反思。这一主题为小说注入了丰富的哲学内涵，引导读者深入思考个体独立与社会关系之间的复杂关系。

2. 冲突与复杂性

石头所具有的自性与世俗规范之间的冲突是《红楼梦》中一个引人关注的主题。石头的冷漠、独立在一定程度上违背了传统社会对个体的期望。这种初步冲突体现在石头拒绝参与世俗琐事、对人际关系保持疏离的态度中。通过对这种冲突的初步探讨，我们可以更好地理解石头形成复杂性象征的根本原因。

石头的复杂性与社会期望之间的对立更加深刻。在小说中，社会期望个体应当遵循传统礼教，融入人际关系，而石头的自性却与这一期望形成对立。石头的冷漠和独立性不仅违背了社会对于个体的期望，也使得石头成为一个矛盾复杂的人物。通过对复杂性与社会期望的对立分析，我们能够更深刻地理解石头所代表的复杂心理状态。

石头的复杂关系在深层次上象征着个体内心与外部社会期望之间的复杂纠葛。这种复杂关系不仅是对石头个体性格的描绘，更是对个体在传统社会中难以解脱的社会问题的探讨。石头所代表的复杂性使得人物形象更为生动，也为小说中关于人性、自由与传统的思考提供了一个独特视角。通过对复杂关系的深层象征分析，我们能够更好地理解石头在小说中的象征意义。

石头的复杂性与社会期望之间的冲突是《红楼梦》中一个富有哲学深度的主题。这种冲突不仅呈现在石头个体性格的表层，更深刻地反映了个体内心与外部社会期望之间的纠葛。石头所代表的复杂性使得小说更为丰富多彩，为读者提供了对传统与自由、对社会期望与个体内心冲突的深刻思考。

3. 个体内心与外部社会环境的冲突

石头的独立性在小说中与社会期望形成显著冲突。社会期望个体融入集体，遵循传统礼教，而石头却通过其独立的态度表达了对这些期望的拒绝。这种冲突关系初步体现了个体内心与外部社会环境之间的不协调性。通过对独立性与社会期望冲突的分析，我们可以更清晰地理解石头在小说中的象征意义。

石头的内心挣扎与外部环境的对立更深层次地描绘了个体在社会化过程中所面临的复杂境况。石头的内心独立追求与社会期望形成的对立，使得他陷入内心的挣扎。这种对立关系不仅表现在行为上，更反映了个体在内心深处对社会规范的质疑和对自我价值的追求。通过对内心挣扎与外部环境对立的深层次分析，我们能够更全面地理解石头的复杂心理状态。

石头的独立性与社会期望之间的冲突关系实际上是一种心理反应。这种反映不仅表现在行为层面，更深刻地反映了个体内心对社会化过程的态度。石头的冷漠、独立是对社会期望的一种回应，是个体内心对社会规范的质疑。这种心理反映使得石头的形象更为饱满，也为小说中关于个体与社会关系的讨论提供了一个独特的案例。通过对冲突关系的心理反映分析，我们能够更深入地理解石头在小说中的角色构建。

石头的独立性与社会期望之间的冲突是《红楼梦》中一个充满思辨意味的主题。这种冲突关系呈现了个体内心与外部社会环境之间的不协调性，使得石头的形象更富有深度。通过对冲突关系的多层次分析，我们得以更全面地理解石头在小说中的象征意义，也为读者提供了对个体与社会关系复杂性的深刻思考。

二、玉的改造与人性的反面

（一）玉的精致与娇嫩

1. 玉的高贵质感

在小说中，玉具有的精致、娇嫩的属性被赋予了一定的文化象征。这种属性不仅是对个体外貌的描绘，更是文化修养和社会精神层面的反映。玉的高贵质感使其成为一个文化符号，代表了个体在文明熏陶下所经历的进化。通过对这种文化象征的分析，我们能够更深入地理解玉在小说中的象征意义。

玉的属性不仅是一种文化象征，更成为对石头进行改造的象征。石头最初的冷漠、独立被赋予了玉的高贵感后发生了根本性的变化。这种改造不仅是在外在形象上的美化，更是在精神内在层面上的转变。通过对玉作为改造象征的解读，我们可以更清晰地认识石头从最初状态到后来的复杂心理变化。

玉的高贵质感是个体发展过程中的一种进化，与最初的石头形成了鲜明的对比。这种进化不仅是外在的修饰，更是个体在文化熏陶和精神修养下的成长。玉的高贵质感成为人性发展过程中的一环，反映了文明社会对个体的塑造和引导。通过对高贵质感与人性进化关系的探讨，我们可以更全面地理解《红楼梦》中关于个体发展与文化影响的深刻思考。

2. 玉的制作工艺

玉的珍贵在小说中多次被强调，而这种珍贵不仅来自其物质本身，更来自精湛的制作工艺。在小说中，玉被描绘得十分精致，每一个细节都经过匠人的精心雕琢。这种对制作工艺的强调使得玉成为一种高贵、珍贵的象征。通过对制作工艺的深入分析，我们能够更好地理解玉在小说中的地位和象征意义。

玉的制作工艺不是自然形成的，需要匠人的精湛技艺和外部介入才能显现出其珍贵的一面。这种制作工艺隐喻在人性的塑造过程中，外部力量的介入和文化的熏陶。个体并非在孤立的状态下发展，而是在社会化的过程中接受外部影响，经历文化的磨砺。通过对制作工艺的隐喻，我们可以更深刻地理解人性发展中外部介入的角色。

玉的制作过程既强调了精湛的技艺，又凸显了其复杂性。这种复杂性反映了人性塑造的多样性，每个个体都经历着不同的社会化过程和文化影响。正如每一块玉都是独一无二的，每个个体的发展也是独特的。通过对制作过程的复杂性的思考，我们可以更全面地认识人性的多样性和社会化的复杂性。

玉的制作工艺在《红楼梦》中不仅是一种描写技艺的手法，更是对人性塑造过程的深刻寓意。通过对玉的珍贵属性、外部介入和制作过程的复杂性的分析，我们可以更深入地理解从石头到玉的象征转变，以及文学作品中关于个体发展和文化影响的深刻思考。

（二）玉的人工雕琢

1. 人工雕琢的必要性

玉在《红楼梦》中被赋予了高贵、娇嫩的属性，这种瑰丽并非天然存在，而是通过人工雕琢而得。雕琢使得玉的每一寸表面都充满精致的纹理，呈现它独特的光泽和高贵的气质。这种瑰丽不仅是对物质赋予，更是对文化精神的提炼，使玉在小说中成为一种令人向往的象征。

玉的形成离不开匠人的雕琢，这暗合了个体在社会化过程中所经历的外部塑造。个体并非孤立于社会，而是在社会化的过程中接受各种文化的影响和外部的塑造。人工雕琢的必要性体现了文化和社会对人性发展的影响，使得个体能够更好地适应社会规范和价值观。

雕琢是一项复杂而精细的工艺，需要匠人长时间地琢磨和积累技艺。这表达了人性改变的复杂性，个体在社会化过程中经历了各种复杂的文化熏陶和外部塑造。每一次雕琢都是对个体特质的深入挖掘和提炼，使得个体更加符合社会的期望，也凸显了人性改变的多样性。

人工雕琢在《红楼梦》中不仅是一种技术手法，更是对人性改造的深刻思考。通过对玉的瑰丽、外部塑造的必要性和雕琢过程的复杂性的分析，我们能够更全面地理解文学作品中关于个体发展和文化影响的深刻思考。这一象征也为人性的塑造提供了丰富的思考角度。

2. 人工雕琢的外部塑造

在《红楼梦》中，石头最初是一种未经雕琢的自然存在，类似于个体的原始状态。人工雕琢通过改变石头的表面，赋予其精致的纹理和高贵的质感。这象征着个体在社会化过程中，通过外部的文化熏陶和社会期望，经历了自身特质的改变。这一过程并非单一方向的改变，而是对原始状态的有意识地干预和调整，使得个体更符合社会的审美和规范。

雕琢过程需要匠人的技艺和智慧，这表达了社会对个体的有计划地塑造。在社会化过程中，个体受到文化、家庭、教育等多方面的影响，这些外部因素共同参与个体的塑造过程。雕琢是一种外部力量对个体的塑造，使得个体更好地适应社会的要求。社会通过雕琢来传递价值观和文化，进一步强调了外部塑造在个体发展中的关键性作用。

雕琢是一门复杂的工艺，需要匠人的耐心和技艺。这暗示了个体在社会化过程中所经历的复杂性。个体的塑造并非一蹴而就的过程，而是需要经历多次雕琢，逐渐形成符合社会期望的人性特质。这种复杂性反映了个体在社会化过程中所面临的多样化的文化冲击和外部期望，使得个体能够更全面、多样地适应社会的需求。

人工雕琢的外部塑造在《红楼梦》中不仅仅是一种技术手法，更是对个体在社会化过程中所经历的外部塑造的深刻思考。通过分析雕琢过程对原始状态的改变、社会对个体的塑造以及人性改变的复杂性，我们能够更全面地理解文学作品中关于个体发展和文化影响的深刻思考。这一象征也为人性的塑造提供了丰富的思考角度。

（三）玉的世俗价值

1. 高贵地位与世俗规范的矛盾

在《红楼梦》中，玉被赋予了高贵的地位，是贾府的继承人，拥有丰富的财富和社会地位。这一高贵地位使得玉成为社会注目的焦点，也为他带来了更多的权利和荣誉。高贵地位象征着社会对于优越个体的认可和期待，是对于个体改造的一种成功标志。

玉的高贵地位与世俗规范之间存在矛盾。作为继承人，玉被社会赋予了许多期望和责任，需要遵循一系列的世俗规范和行为准则。这些规范包括道德规范、社交礼仪等，但有时与他的个性和真实需求产生冲突。高贵地位带来的社会压力和规范要求，与个体的自我追求和内在需求之间形成了一种复杂而微妙的关系。

这种矛盾对于玉的影响是深远的。一方面，高贵地位为他提供了许多机会和资源，使得他在社会中更容易取得成功。另一方面，他需要在这一过程中实现社会对于继承人的期望，但可能导致他在个性和真实需求上的牺牲。这种矛盾关系可能引发内心的困扰和焦虑，对于个体的心理健康和幸福感产生负面影响。

高贵地位与世俗规范之间的矛盾是《红楼梦》中一个重要的主题，反映了个体在社会化过程中所面临的复杂挑战。通过对玉的高贵地位和社会规范之间关系的分析，我们能够更深入地理解个体在社会中所承受的压力，以及社会期望对于个体发展的影响。这一矛盾关系也为文学作品提供了丰富的思考素材，引发人们对于社会与个体关系的深刻思考。

2. 多样性与矛盾性

玉的世俗价值和高贵地位并非单一而一致的，而是在不同场景和社会期望下呈现出多样性。他既是贾府的继承人，被家族寄予厚望，也是一个有着自己情感和欲望的个体。这种多样性反映了人性的丰富性和复杂性，个体并非刻板的符号，而是拥有独特性格和情感的生命存在。

玉的人性表现出一种内外矛盾的矛盾性。外部社会对他的期望和规范可能与他内在的真实需求和个性特点产生冲突。他作为继承人需要履行一系列社会责任，但这与他个人的欲望和情感往往存在矛盾。这一矛盾性体现了个体在社会化过程中所经历的挣扎，也凸显了人性发展中的不确定性和复杂性。

这种多样性与矛盾性对于玉的影响是深远的。一方面，多样性使得他的形象更为丰富和真实，使读者更容易产生共鸣。另一方面，矛盾性可能导致他在内心层面产生困扰和焦虑，挑战着他在社会期望和个体真实需求之间的平衡。这种影响不仅在小说中为角色赋予了立体感，也为读者提供了对于人性多样性和矛盾性的深刻思考。

玉的世俗价值所体现的多样性和矛盾性是《红楼梦》中一个引人深思的主题。通过对其人性的分析，我们更好地理解了个体在社会化过程中所经历的丰富变化，以及外部规范与内在需求之间的复杂关系。这一主题为文学作品注入了更多内涵，也为读者提供了对于人性的深刻思考。

第三章　女性形象与阿尼玛

第一节　荣格的阿尼玛理论

一、荣格论阿尼玛原型

（一）荣格的阿尼玛体验过程

1. 自我英雄式的理想主义与牺牲

荣格在自传中描述了自我英雄式的理想主义与牺牲经历。这一阶段的冲突解决标志着他意识和潜意识之间的紧张关系解脱，同时释放了新的力量。

2. 降临死人的国度

在荣格的想象中，他走在陡峭的下坡路上，进入死人的国度。在这里，他遇到了以利亚和莎乐美这一对夫妻，以及一条黑色的大蛇。这些象征体现了荣格内心世界的深刻冲突和情感体验。

3. 莎乐美的形象与象征

荣格将莎乐美看作女性意向（阿尼玛）的形象。她象征着不理解事物的意义。而以利亚则代表理智和知识的元素（逻各斯），是意义的原型。这两者的结合体现了阿尼玛的多样性。

4. 阿尼玛的声音

荣格在体验中听到了来自患者的声音，这是阿尼玛的一种表达方式。她的言辞充满了狡黠和讽刺，揭示了潜意识中非理性的一面。这种非理性的讽刺可能对个体产生破坏性影响。

（二）阿尼玛的角色与影响

1. 阿尼玛的混合性

荣格论述了阿尼玛是各种情感的混合体。她影响或扭曲男性的理解力，引起情感关系的幻想和纠缠。她甚至能够改变男性的性格，使其变得敏感、易怒、情绪化、嫉妒、空虚、死板。

2. 阿尼玛导致的混乱

荣格指出，阿尼玛导致了个体生活的混乱，同时带来了特别的意义，一种秘密的知识和隐藏的智慧。阿尼玛既是非理性的精灵，也是"智慧的女儿"。混乱揭示了深刻的意义，这种意义越被意识化，阿尼玛的冲动特性就越减弱。

3. 整合阿尼玛的体验

荣格描述了整合阿尼玛的过程，他认为今天自己能够直接意识到女性意象的想法。他学会了接受潜意识的内容并理解它们，懂得了对待这些内心意象的方法，而不再需要一个沉思默想者为它们传信。

（三）对阿尼玛的教化与意义

1. 谨慎对待阿尼玛

荣格强调对待阿尼玛的态度应当谨慎，要以诚实的态度对待自己，而不是鲁莽地臆测阿尼玛的意图。对阿尼玛的教化需要小心谨慎，以免误入歧途。

2. 阿尼玛的深刻意义

荣格认为，尽管阿尼玛导致了混乱的生活，但她也带来了一些特别的意义，一种秘密的知识和隐藏的智慧。阿尼玛既是非理性的精灵，也是"智慧的女儿"，她揭示了深刻的意义。

3. 深入了解内心

荣格鼓励对待内心时要小心谨慎，诚实而非鲁莽。他指出深入了解阿尼玛和其他潜意识内容，可以帮助个体更好地理解自己的内心世界，以达到心灵的整合和平衡。

二、男性内心中的女性原型

（一）女性原型的神秘力量

1. 女性原型的超越性质

在荣格的心理学理论中，女性原型是男性心灵深处的一种神秘力量。她并非仅是外在女性形象的简单反映，而是个体内在世界的象征，承载着更深层次的情感、愿望和潜在力量。女性原型具有独特的本质，是男性内心中一种非凡的存在。

女性原型与阿尼玛有着密切的关联。阿尼玛是男性潜意识中的女性形象，而女性原型则是这一形象的超越性表现。她不受具体女性形象的限制，超越了日常生活中对女性的传统看法，成为男性内在世界中的象征性存在。这种关联使女性原型具有更为深远和神秘的意义。

女性原型的超越性为她赋予了象征意义。她不仅是对外在女性的一种投射，更是男性对于情感、理想和欲望的抽象表达。这种超越性质使得女性原型在男性内心中具有象征性的神秘力量，引发了男性对内在深层次体验的追求。

女性原型的超越性为她注入了神秘而引人入胜的特质。在男性心灵深处，她不受现实世界限制，超越了日常生活对女性的固有认知。这使得女性原型成为男性心灵中一种独特而引人入胜的存在，激发了男性对内在世界更深刻体验的向往。

女性原型的超越性质使她在荣格的心理学理论中扮演着重要的角色。她不仅是对女性的投射，更是男性内心世界中一种神秘而丰富的象征，引领着男性对情感、愿望和潜在力量的探索。这一超越性质为女性原型赋予了深远的象征意义，丰富了荣格心理学的理论框架。

2. 情感体验的深层象征

女性原型在男性内心中承担着对各种情感的综合作用。她是男性潜意识中情感的化身，集合了爱、温柔、关怀等多重情感元素。通过情感的深层综合，女性原型为男性提供了一种复杂而深沉的情感体验。

女性原型通过情感的深层象征具体表达了男性内在世界的愿望和需求。她不仅是对外在女性形象的投射，更是男性内在世界情感和欲望的具象化。这种具体表达使得男性能够通过情感体验更清晰地认知自己内在的深层需求。

女性原型作为情感的象征，成为连接男性内心深处与外部世界的桥梁。她通过情感体验的深层象征，使得男性能够更好地理解自己的情感和需求，并将这些情感有机地融入与外部世界的互动中。女性原型在这一过程中成为沟通内外世界的纽带，促使男性更全面地体验和表达情感。

女性原型的存在使得男性的情感体验更为复杂且深沉。她通过深层象征，使得情感不再只是简单的情感表达，而成为一种更为深刻、更具有内在世界意义的体验。这种复杂性和深沉性丰富了男性的情感体验，使其更具有内涵和深度。

女性原型通过情感体验的深层象征，不仅综合了各种情感元素，更具体表达了男性内在世界的愿望和需求。她在连接男性内外世界的桥梁中发挥着关键作用，使得男性的情感体验更为复杂、深沉且有意义。

3. 神秘力量的塑造与引导

女性原型以一种无法言说的方式影响男性内心，塑造了神秘力量。这种无法言说的影响源于女性原型作为情感的象征，超越了语言的限制，通过情感的共鸣深度触发男性内在的神秘感。女性原型的存在使得男性在情感体验中不仅是表面情感的追求，更是一种超越言语、难以言说的神秘体验。

女性原型的神秘力量深刻地影响着男性的行为和选择。她通过情感体验的深层象征，引导男性走向一种更为神秘和深邃的人生之路。这种深远的影响不仅体现在个体内在世界的变化，更在于对外部世界的态度和行为选择上。女性原型的神秘力量使得男性更趋向追求超越表面的、更为深刻的生活体验。

女性原型通过情感体验的深层象征，引导男性实现情感与欲望的深邃体验。她塑造了男性对情感和欲望的神秘理解，使得这些体验不再停留在表面层次。这种深邃的体验使得男性能够更全面、更深层次地理解自己的情感需求，并在追求中获得一种神秘的满足感。

女性原型的神秘力量超越了语言的本质。她不受语言的约束，而是通过情感的纽带触发男性内心。这种超越语言的本质使得女性原型在塑造和引导男性神秘力量时更为深刻和灵动。超越语言本质的神秘感使得个体能够感知和体验更全面、更深邃的情感和欲望。

女性原型通过无法言说的方式影响男性内心，深刻地引导了其行为和选择。她的神秘力量不仅体现在情感与欲望的深邃体验中，更超越了语言的本质，使得男性能够在神秘感的引导下获得更为丰富和深刻的人生体验。

（二）情感深度与内在冲突

1. 女性原型引发的情感深度

女性原型通过情感的多样性和复杂性引发了男性内心情感的深度。她不仅是单一情感的代表，更是情感的综合体。女性原型所包含的丰富情感元素，如爱、欲望、温柔、神秘等，使得男性在情感体验中能够感受更为多层次和深刻的情感体验。这种情感的多样性和复杂性使得男性内心的情感体验变得更为丰富和有深度。

女性原型促使男性对女性的理解变得更为深刻。她通过情感的呈现，使男性更加敏感于女性的情感需求和心理状态。男性在对女性原型的理解过程中，逐渐深入了解女性的情感世界，从而引发对情感的深度思考和感悟。这种对女性的理解使得男性在情感层面的体验更为深刻。

女性原型引发了男性内在世界的情感冲突。她不仅代表了积极的情感体验，还包含了一些潜在的冲突和矛盾。男性在与女性原型互动的过程中，可能会面临欲望与责任、温柔与力量等方面的情感冲突。这种冲突不仅使得情感更为深刻，也推动了个体在情感认知和应对方面的成长和发展。

女性原型引发了男性内心欲望的追求，使得情感深度在欲望的推动下得以体现。女性原型所具有的吸引力和神秘感触发了男性内心深层的欲望。这种欲望的追求推动了男性在情感体验中追求更高层次的体验，同时激发了对于自身欲望的认知。女性原型通过引发欲望，使男性内心的情感体验变得更为深刻和有层次。

女性原型通过情感的多样性和复杂性，对女性的理解、内在世界的情感冲突以及欲望追求的体现等方面，引发了男性内心情感的深度。这种深度体验不仅使男性更为敏感和理解女性，也推动了个体在情感认知和成长方面的发展。

2. 情感纠结与复杂性

女性原型所代表的情感不是单一元素，而是一种多元交织的状态。男性可能在同一时间感受到爱的温暖、欲望的火热以及恐惧的不安，这些情感如同一幅复杂的画卷交织在一起，使得情感体验变得错综复杂。

男性在女性原型的影响下，可能面临情感的矛盾和冲突。例如，爱与责任之间的矛盾、欲望与道德之间的冲突等。这种情感的矛盾使得男性陷入情感的纠结中，难以迅速而清晰地理解和处理自己的情感体验。

女性原型所带来的情感纠结和复杂性使得男性的情感体验更加深刻和有层次。这种深奥的情感体验超越了日常的单一情感，使得男性在感受情感的同时，经历了一次心灵上的探索和体验。

综合而言，女性原型通过引发男性内心情感的多元交织、矛盾冲突以及深奥体验，使得男性的情感生活变得更为纠结而复杂。这种情感的丰富性不仅丰富了个体的情感体验，也让情感生活更为充实。

3.内在冲突的体现

女性原型是男性内在冲突的具体体现，首先体现在对女性的需求与社会期望的回应之间的矛盾。男性在与女性互动时，既有着对感情、亲密和满足的需求，又需要满足社会对男性的期望，如责任、稳定和成熟。这两者之间的冲突使得男性在情感生活中达到一种微妙的平衡，难以简单地满足两方面的要求。

女性原型引发的内在冲突表现为情感需求与理性社会期望的对立。男性可能在情感上渴望自由、浪漫和激情，但社会期望却要求他们在责任和稳定上展现成熟和理智。这种对立使得男性在情感生活中感受到内在的拉扯和纷争，徘徊于个体感受与社会规范之间。

内在冲突还体现在情感满足与社会认同的平衡上。男性渴望在与女性的关系中得到情感的满足，但同时需要在社会中获得认同和地位。这种平衡使得男性在情感表达和社会期望之间产生内在的冲突，因为有时情感的追求可能与社会期望发生冲突，需要在两者之间找到一个合适的平衡点。

女性原型所引发的内在冲突主要体现在男性对女性需求、社会期望回应的矛盾、情感需求与理性社会期望的对立以及情感满足与社会认同的平衡上。这种内在冲突使得男性在情感生活中形成一系列微妙而纠结的状态，需要在个体愿望与社会规范之间找到一种合适的平衡。

（三）性格塑造与心灵整合

1.性格塑造中的女性原型

女性原型在男性性格塑造中扮演着关键角色，通过深层次的影响塑造了男性的个性特征。她能够触及男性内心深处的欲望、情感和需求，从而使得男性呈现一系列敏感、易怒、情绪化等性格特征。这不仅是表面的外在表现，更是女性原型在男性心灵深处激发情感和冲突的具体体现。

女性原型通过塑造男性的性格特征，展现了深层次的涵义。男性在女性原型的影响下，可能变得更加敏感，对感情变得更为细腻，但与此同时，可能因为对女性的情感需求而变得易怒、嫉妒。这些性格特征背后反映了男性内在世界的复杂性和矛盾性，是情感、欲望和社会期望的交织。

性格塑造中女性原型与男性性格之间存在着复杂的互动关系。女性原型通过深层影响展现了男性的复杂性，而男性的性格特征也反过来影响其对女性原型的理解和期望。这种互动关系使得性格塑造不仅是女性原型对男性的单向塑造，更是一种相互作用的心灵过程，将男性内心的深层体验和情感需求具体地显现出来。

女性原型在性格塑造中发挥着深远的影响。她通过触及男性内心深处的欲望、情感和需求，使得男性呈现一系列敏感、易怒、情绪化等性格特征，展现了男性性格背后的深刻含义。这种性格塑造不仅是单向的影响，更是女性原型与男性性格之间相互作用的结果，揭示了性格塑造中的心灵互动过程。

2.内在世界的平衡与整合

女性原型通过对情感的引导在男性内心中创造了一种平衡。她不仅是男性情感的综合体，更是一种情感的导师，引导着男性更好地理解和体验各种情感。这种情感的引导有助于男性建立对内在世界的敏感性，使得情感体验更为丰富和平衡。

女性原型对男性内在需求的呼应是实现平衡和整合的关键。她在男性心灵深处回应着各种需求，包括生存、成就、联系和自我实现等。通过对这些需求的呼应，女性原型在男性内在世界中创造了一种有序和谐的状态，使得男性更好地适应和应对生活的种种挑战。

女性原型的影响有助于个体实现内在世界的和谐。通过对情感和需求的平衡整合，男性内心的冲突和矛盾得以化解，形成一个相对稳定和谐的内在世界。女性原型的存在使得个体能够更好地理解自己的情感和需求，从而实现内心的整体平衡。

3.对女性原型的认识与理解

要理解女性原型的心理学重要性。荣格强调，女性原型是男性心理中至关重要的一部分。对女性原型的深刻认识不仅是对个体心理结构的理解，更是内在世界和外部环境互动关系的关键。女性原型在男性内心中扮演着情感、欲望和需求的导师角色，因此深入了解女性原型成为实现内在和谐的不可或缺的一环。

认知女性原型的多维度性是理解的重要方面。女性原型并非单一而静态的形象，而是一个多层次、多维度的存在。她同时代表着对情感、理智、灵感和创造力等多方面的需求。通过深入认识女性原型的多维度性，男性能够更全面地理解自己的内在需求和深层次的欲望，从而实现更全面的心灵平衡。

要认识女性原型与内在世界整合的紧密关系。女性原型在男性内心中创造了一种深层的联系，她是情感的源泉、内在欲望的表达，通过与她的联系，个体的内在世界得以整合。深刻理解女性原型的存在和作用，有助于男性认识自己内在的情感冲突、欲望和需求，从而更好地适应外部环境，实现内在世界的整体和谐。

对女性原型的认识与理解不仅是心理学领域的一个重要议题，更是实现男性个体心灵和谐的关键因素。通过深入了解女性原型的心理学维度、多维度性以及与内在世界的整合，男性能够更好地认识自己的情感世界，从而实现内在世界的平衡和谐。

三、阿尼玛对个体心灵的影响

（一）阿尼玛的深刻渗透

1.阿尼玛的神秘力量

首先，要理解阿尼玛的超越性象征。荣格强调，阿尼玛不仅是个体情感和欲望的象征，更是超越个体常规认知的力量。她超越了日常生活中的理性和表面情感，是个体内心深层愿望和需求的具体表达。阿尼玛的超越性象征使得她具有一种神秘的力量，超越了个体对自己的常规理解，渗透到个体心灵深处。

其次，要认识阿尼玛与潜在情感之间的桥梁作用。阿尼玛在个体心灵中扮演着连接表面情感和深层潜意识的角色。她是个体与潜在情感、欲望之间的纽带，通过她的存在，个体能够更深入地体验自己的情感世界。阿尼玛作为桥梁的神秘力量，让个体能够超越表面的情感体验，进入更为深邃的内心境地。

最后，阿尼玛的神秘力量以深刻而神秘的方式渗透到个体心灵深处。她并非以明确和直接的方式呈现，而是通过象征性的形象和情感体验，以一种无法言说的方式影响个体。这种神秘力量的深刻渗透使得阿尼玛成为个体潜意识中一种强大而神秘的存在，她超越了日常理性，引导个体探索更为深邃的内在世界。

2. 情感体验的混合与纠缠

要理解阿尼玛引发的情感多元性。阿尼玛并非单一情感的象征，她是承载着个体各种情感的混合体。在阿尼玛的影响下，个体可能同时感受到爱、恐惧、欲望等多种情感，形成了一种情感的多元性。这种多元性使得个体的情感体验更加丰富而复杂。

阿尼玛导致个体情感相互交织。她所代表的情感元素并非孤立存在，而是相互纠缠、交织在一起。个体在阿尼玛的影响下，可能同时感受到矛盾的情感，比如对同一对象既有爱意又有恐惧。这种情感的相互交织增加了情感的深度和复杂性。

阿尼玛的存在使得个体的情感生活变得深刻而纠结。情感不再是简单的单一体验，而是一种错综复杂的状态。阿尼玛引发的情感混合与纠缠使得个体在感知和表达情感时陷入一种深奥的状态，难以简单而清晰地理解和表达自己的情感世界。

3. 情感的改变与塑造

阿尼玛通过她神秘的力量改变了个体的情感状态，使其变得更为敏感。阿尼玛所代表的情感元素不仅是简单的情感体验，更是一种深层次的感知。她能够引导个体对于情感的敏感性，使其对周围世界和人际关系产生更为细腻而深刻的感知。

阿尼玛改变了个体情感的复杂性和易怒性。她所激发的情感不再是简单的愉悦或悲伤，而是一种复杂的、深层次的情感体验。这使得个体在面对外界刺激时更容易产生情感上的波动，表现为易怒、情绪化等特征，使得情感生活更加丰富而多变。

阿尼玛对个体情感的改变体现在嫉妒、空虚和死板等情感的表达上。她能够激发个体内在的情感需求和欲望，导致嫉妒他人的成功、感受到内在的空虚，以及表现出死板的情感反应。这些情感的改变影响了个体的行为和人际关系，使得个体更容易受到情感的驱动和影响。

阿尼玛的力量产生的情感改变与塑造是深远而持久的。她不仅改变了个体短暂的情感状态，更在个体心灵中留下深刻的烙印。这种深远而持久的情感影响超越了日常的情感波动，对个体的性格和行为产生了长期的塑造作用。

（二）心灵混乱与秘密的知识

1. 阿尼玛导致的心灵混乱

阿尼玛的存在导致了个体情感的纠缠和复杂性。她所代表的情感元素常常交织在一起，使得个体难以区分和理解各种情感。这种情感的复杂性导致了内在世界的混乱，个体在情感纷繁的交织中感到困扰和无措。

阿尼玛引发的情感体验使个体陷入内在深度的情感冲突中。她所激发的情感不仅是简单的愉悦或悲伤，更涉及个体内心深层欲望和需求的矛盾。这种深度的情感冲突使个体感到困扰，无法轻松地应对内在的矛盾。

阿尼玛导致了个体心灵混乱的结果是一种"不满"的状态。个体在阿尼玛的影响下，可能感到内在世界的不协调和不满足。这种"不满"并非简单的情感状态，而是对内在情感混乱的一种主观体验，使个体陷入对自己心灵状态的深度反思和困扰。

阿尼玛导致的心灵混乱使个体难以理解和应对内在的情感冲突。个体可能感到困惑，不清楚内心真正的需求和欲望是什么。这使得个体在情感体验中产生混乱，难以形成清晰而稳定的心灵状态。

2. 秘密的知识与隐藏的智慧

阿尼玛带来的混乱中蕴含着一种非理性的精灵。她不受常规逻辑和理性的拘束，而是以一种超越性的方式影响个体。阿尼玛所引发的情感混乱和复杂性，正是这种非理性力量的表现。这种非理性精灵超越了常规思维，使个体接触更为深奥的心灵层面。

阿尼玛既是非理性的精灵，也是"智慧的女儿"。在混乱中，隐藏着一些深刻的意义和智慧。阿尼玛所带来的情感纠缠和内在冲突，并非简单的混乱，而是一种在混沌中逐渐展露的智慧。这种智慧并非常规的理性知识，而是一种具有超越性的、难以言表的深层启示。

这些隐藏的智慧逐渐被个体意识化。个体在经历阿尼玛带来的混乱过程中，逐渐领悟深刻的意义和智慧。这不是一种外部的传授，而是个体在经历内在冲突和情感纠缠中，通过对自身深层次的反思和洞察而得到的。阿尼玛带来的混乱并非无序的状态，而是一种蕴含着秘密知识和隐藏智慧的境界。

这些秘密的知识和隐藏的智慧对个体产生了深远的影响。个体通过意识化这些智慧，能够更深刻地理解自己的内在世界，从而实现内在世界的整合。这种深远的智慧并非一成不变的，而是随着个体对阿尼玛的认识和理解而不断演化，为个体的心灵增添了一份神秘而丰富的层次。

3. 混乱中的意义分化

阿尼玛引发的混乱并非简单的情感纠缠，而是一种意义的初始模糊状态。在混乱中，个体可能感受到各种情感的交织和冲突，这使得最初的混沌状态充满了不确定性和模糊性。阿尼玛的存在激发了个体内部的各种情感，使其在情感体验中陷入一片混乱。

混乱中的秘密知识逐渐初现。通过对阿尼玛的体验，个体开始逐渐识别和理解情感背后的深刻含义。这种秘密知识并非在最初就被完全揭示，而是在混乱中逐渐显露。个体开始感知情感体验中蕴含的更为深刻的内涵，但这种认识尚处于初级阶段。

随着时间的推移，个体对深层次意义的体悟逐渐加深。通过对阿尼玛的理解和对内在冲突的探索，个体开始意识到混乱中的情感体验并非无序的状态，而是蕴含着特定的、有意义的元素。这个阶段标志着混乱中的意义开始分化，个体对自身情感的理解逐渐升华为更为复杂和深刻的认知。

混乱中的意义逐渐分化并最终整合。通过对阿尼玛的深入体验和对内在冲突的逐步解决，个体开始将混乱中的各种意义有机地整合在一起。这种整合并非简单地合并，而是在意义的多样性中找到一种统一的、更为综合的理解。个体逐渐领悟到混乱中所包含的各种情感和秘密知识，形成更为完整和成熟的内在世界观。

（三）对阿尼玛的教化与心灵整合

1. 谨慎对待阿尼玛

个体在面对阿尼玛时，应深刻认识其神秘性。阿尼玛代表了个体潜在的情感和欲望，她的形象充满了非理性和超自然的元素。谨慎对待阿尼玛的态度始于对她神秘性质的认知，个体需要明白阿尼玛并非简单可控的因素，而是涉及个体深层心灵的一种力量。

谨慎对待阿尼玛需要理解她的非理性特质。阿尼玛所带来的情感和欲望往往超越个体意识的理性范畴，她以一种不可捉摸的方式影响个体的情感体验。在理解这种非理性特质的基础上，个体可以更好地处理阿尼玛引发的情感体验，防止情感脱离现实和理性的范畴。

对待阿尼玛应保持对她引导作用的警惕。阿尼玛可能在个体内心激发各种情感，但这并不意味着她所引导的情感一定是合适和可取的。个体需要保持对阿尼玛引导的独立思考，谨慎对待她所传递的信息，以避免盲目追随阿尼玛的引导而失去自我。

谨慎对待阿尼玛是教化的必要前提。教化阿尼玛并非抑制她的存在，而是通过认知和理解，引导她的力量朝着积极和有益的方向发展。谨慎的态度有助于个体更好地利用阿尼玛的神秘力量，实现情感和心灵的平衡。

总体而言，需要以谨慎的态度对待阿尼玛的神秘性，理解她的非理性特质，保持对她引导作用的警惕，以及认识教化阿尼玛的必要性。这样的综合态度有助于个体更好地处理阿尼玛引发的心灵体验，实现情感和心灵的和谐发展。

2. 深入了解内心

个体需认识深入了解内心对心灵健康的重要性。荣格的理论强调个体的内在世界是情感、欲望和潜在力量的根源。通过深入了解内心，个体可以更全面地认知自己的情感和欲望，以及这些力量是如何影响他们的行为和情感体验的。这是认知阿尼玛和其他潜意识内容的第一步。

深入了解内心意味着对阿尼玛的多样性进行深度探索。个体需要认识到阿尼玛不是单一的形象，而是包含了各种情感、欲望和原始力量的象征。通过对阿尼玛多样性的了解，个体可以更好地理解自己内在世界的复杂性，从而更有效地与阿尼玛进行对话和互动。

深入了解内心涉及认知阿尼玛深层次的作用。个体需要探索阿尼玛是如何影响情感、欲望以及个体整体行为模式的。这种深层次的认知有助于个体更全面地理解阿尼玛在心理过程中的作用，进而实现对她的更好的教化和引导。

深入了解内心与教化阿尼玛是紧密关联的。个体通过深层次的内心探索，能够更清晰地认知自己对阿尼玛的反应、情感和需求。这种清晰的认知为个体提供了教化阿尼玛的基础，使得个体能够更有针对性地引导阿尼玛的力量，实现潜在力量的积极发展。

3. 整合阿尼玛的体验

整合阿尼玛的过程始于个体学会接受潜意识的内容。荣格强调，潜意识是一个充满着象征和隐喻的领域，其中包含了丰富而复杂的信息。学会接受潜意识的内容意味着个体需要迈出理性的步伐，打开心灵的大门，接纳那些被隐藏、被忽视的情感和欲望。这是整合阿尼玛体验的第一步，也是探索内心深层的开始。

整合阿尼玛的过程需要个体理解阿尼玛对自身的影响。这涉及对阿尼玛形象的具体分析，了解她所代表的情感、欲望和原始力量。通过理解阿尼玛的影响，个体可以更准确地把握自己内在世界的动态，明晰阿尼玛在情感体验和行为模式中的作用。这种理解为个体有目的地引导阿尼玛提供了基础。

整合阿尼玛的体验要求个体进行深层次的自我认知。这包括对自己内心深层需求和愿望的认知。个体需要反思和审视自己的内在动机，明确在情感和行为背后隐藏的真实需求。通过深层次的自我认知，个体能够更全面地理解阿尼玛的体验，并将其融入自身的心灵结构中。

整合阿尼玛的过程旨在实现个体心灵的平衡和整体性。通过学会接受潜意识的内容、理解阿尼玛的影响以及进行深层次的自我认知，个体能够建立起与阿尼玛的更为和谐的关系。这种和谐关系使得个体能够更好地应对情感体验，引导阿尼玛的力量走向积极发展，从而实现内在世界的平衡和整体性。

第二节　金陵十二钗的女性形象

一、《红楼梦》中的女性形象探析

（一）从人物形象来分析

1. 林黛玉的独特性格与思想敏感

林黛玉是《红楼梦》中一位备受关注的女性角色。她以聪明、敏感、有思想的形象深刻地展现了当时女性的思想风貌。林黛玉的敏感和感性贯穿她的语言和心理描写，将她的心理活动与时代背景有机地结合在一起。她的形象体现了当时女性思想的广泛多样性，使得她的心理活动成为整篇小说中一个鲜活而富有时代感的代表。

（1）林黛玉的思想风貌

林黛玉在小说中展现出与众不同的思想风貌，她并不满足于传统女性的角色定位，而是展现了强烈的独立思考能力。她对于家族、社会的现象和规范有着敏锐的观察力，以及对这些现象有深刻的思考。这种独立思考的态度让林黛玉在小说中成为一个引人注目的个体。林黛玉的敏感不仅表现在个人层面，更体现在对整个时代背景的敏感反应上。她对封建礼教、家族沉闷氛围的反感，使她成为一个与时代格格不入的存在。她通过对时代局限的敏感认知，为小说注入了对社会变革的思考。

（2）林黛玉的情感世界

林黛玉的情感世界展现了对爱情、亲情、友情等多方面情感的深刻体验。她对感情的理解不仅停留在表面，更深入情感的本质。她对贾宝玉的情感执着，对身世和命运的思考，都展现了一个女性在情感层面的复杂性和深刻性。林黛玉对自己命运的独特认知也是她思想敏感的表现之一。她不满命运的安排，对家族对她的期望产生怀疑，并在命运的困扰下表现了独特的思想。她独特的生命意识同时也表明了她对于社会、人生价值观的思考。

（3）林黛玉的形象在小说中的作用

林黛玉的形象在《红楼梦》中对传统女性形象进行了颠覆。她不同于当时世俗背景下的贤良淑德，展现了更为独立和坚定的一面。她的存在使得小说中的女性形象更加多元，突破了传统的刻板印象，呈现女性的多样性。林黛玉的形象通过对封建礼教、家族体制的反叛，使得小说不仅是一个爱情故事，更成为对封建社会弊病的一种隐喻。她对个体自由、人性的思考，成为小说中对封建制度批判的象征。

（4）林黛玉形象的时代价值

林黛玉的形象对当时女性地位产生了深远的启示。她的独立思考、对社会现象的敏感，对女性的社会角色提出了更高的期待。她的形象成为当时女性觉醒的象征，对封建礼教提出了质疑，对女性的社会地位提出了更广泛的关切。林黛玉的形象不仅在当时产生了深刻影响，更在后来的女性解放运动中发挥了积极的作用。她对家族、社会的反叛和对个体权利的追求，也为后来女性争取平等权益提供了一定的参照。

综合而言，林黛玉作为《红楼梦》中的女性形象，以其独特的思想敏感和独立个性，为小说注入了时代的活力。她的形象不仅在小说中具有深刻的内涵，更对当时社会和后来的女性解放运动产生了深远的影响。

2.薛宝钗的高雅与独立

薛宝钗是《红楼梦》中另一位引人注目的女性形象。她是一位美丽大方、才情出众、品德高尚的大家闺秀。薛宝钗外表的优雅与内在的高贵展现了她在当时社会中独立女性地位的优越。她的形象既是对封建礼教的颠覆，又是对女性独立个性的赞美。在她身上，作者通过女性形象呈现了对当时社会女性地位的反思与期望。

（1）薛宝钗的高雅外表

薛宝钗的高雅外表首先体现在她与媚俗风格的对比中。她不同于一般女性，不追求过于艳丽的打扮，而是通过简约的服饰、淡雅的妆容展现一种高贵与内敛。这种高雅的外表在当时的社会中具有独特的视觉冲击力，引发了对封建审美观念的反思。薛宝钗在文学方面的素养也是她高雅形象的重要组成部分。她不仅通识广博，还精通琴棋书画，对文学艺术有着深刻的理解。这不仅在当时的社交场合中为她赢得了声望，更为她独立的个性注入了深层次的内涵。

（2）薛宝钗的内在高贵品质

薛宝钗的内在高贵体现在她对家族责任的承担和高尚的品德上。她对家族的忠诚和对贾府的付出，使她成为一个堂堂正正的家族女子。她在处理家族事务和人际关系时，表现出高贵的气质，为她在小说中的形象赋予了深刻的内在品质。薛宝钗独立而坚韧的个性也是她高雅形象的关键元素。在面对生活的困境和感情的考验时，她展现出一种不屈不挠的精神。她的坚持和冷静使她在曲折的命运中保持了高贵的姿态，彰显了独立女性的魅力。

（3）薛宝钗形象的社会反响

薛宝钗的形象对当时社会女性产生了深刻的启示。她的高雅、独立和对婚姻的理性选择，为当时女性提供了一种新的生活方式。她的形象成为当时女性地位争取的标志，对封建礼教的一种温和而坚定的抵抗。薛宝钗的形象在后世对女性自主权的争取中产生了深远的影响。她通过个人努力和对自己命运的把握，为后来女性争取平等权益提供了有力的参照。她的形象激励着女性追求独立、追求个性，为女性走向社会的广阔天地打开了一扇门。

3.晴雯的才情与勇气

晴雯作为小说中另一女性形象，展现了美丽、善良、勇敢的一面。她在劳动技能等方面都展现了极具才华的一面。晴雯的自信、勇气和坚强意志使她成为小说中的亮点。她的形象不仅表达了女性在多领域的才情，也呈现了女性在面对逆境时的坚韧与勇气。

（1）晴雯的自信、勇气与坚韧

晴雯展现出的自信个性使得她在贾府的人际关系中脱颖而出。她不畏权贵，不回避言辞，表达个体的独立态度。这种自信不仅体现在她的才情展现上，更体现在她对待生活的态度中。

晴雯的勇气和坚韧是她形象的重要特征。在面对家庭的起伏和外部的压力时，她没有选择屈从，而是以勇气面对逆境。她的坚韧意志表现在她在生活中的努力和对自己未来的追求上，这为小说中的女性形象注入了一种积极向上的力量。

（2）晴雯形象对女性角色的启示

晴雯的才情与勇气为女性形象提供了多元的展示。她不仅是一个有着劳动技能的女性，还是一位热爱文学艺术和娱乐表演的多才多艺的个体。她的形象展示了女性在不同领域的多面性，突破了当时封建社会对女性单一定位的观念。晴雯在小说中的形象为女性树立了积极面对逆境的楷模。她在压力面前展现的勇气和坚韧，为女性树立了在困境中迎难而上的榜样。她的形象鼓舞着女性在面对生活挑战时要保持乐观，努力追求自己的目标。

（3）晴雯形象的社会反响

晴雯的才情与勇气在家庭和社会中的多元作用产生了积极的社会反响。她的劳动技能展示了女性在不同领域的全面发展可能性，为当时社会重新审视女性在家庭与社会中的多元作用提供了范例。

晴雯的才情表现为女性教育的推动提供了激励。她通过学习和努力展现女性在文学、艺术、家政等方面同样具备卓越的潜力。这对当时封建社会对女性教育的限制形成了一种反思，也为后来女性教育的推动提供了一定的启示。

晴雯的自信、勇气与坚韧为女性独立精神树立了崇高的楷模。她在面对压力时不退缩，而是展现了积极向前的勇气，这种精神对当时女性在封建礼教中寻找自己位置的努力中起到了激励作用。晴雯的形象成为女性独立思考、勇敢追求的代表之一。

晴雯的多才多艺展示了女性角色的全面性，使她成为不同女性读者心目中的偶像。她的形象为女性树立了在各个方面都能够成功的标杆，激发了女性自信、追求卓越的渴望。

在晴雯的才情与勇气中，我们看到了一个在封建社会中崭露头角的女性形象，她的存在不仅为小说增色，更为当时社会提供了对女性多元发展的思考。她的才情和勇气为女性的解放和发展探索出一条新的道路，成为后来女性在社会中追求独立、发展的重要标志之一。

（二）从女性地位的角度来看

1.林黛玉的命运反映女性地位的局限

（1）女性地位的固有认知

林黛玉命运的扭曲首先表现了当时社会对女性地位的局限和固有认知。她作为贾府的女儿，虽然地位较高，但在封建礼教的框架下，她依然受到了严格的束缚。社会期望她遵循传统的女性角色，嫁作人妇、传宗接代，而她的个性与时代的期待产生了冲突。林黛玉独特的生命意识不仅是对个体命运的反思，更是对当时女性整体地位的深刻揭示。

（2）女性命运的无奈与束缚

林黛玉的命运扭曲体现了当时女性在命运面前的无奈与束缚。她所面对的病痛和心里的苦闷，都在无形中反映了当时女性在社会结构下的困境。她的死亡成为对女性在封建社会中身世局限的一种宣判，她的形象深刻而无奈地诠释了当时女性所处环境对其命运的巨大影响。

（3）女性思想的独立与压抑

林黛玉的命运还反映了女性思想独立的渴望与现实的压抑。她拥有独立、深刻的思想，但这种思想往往在封建礼教的框架下得不到充分发展。她的个性被社会对女性的固有印象所压抑，最终导致她走向了悲剧的结局。林黛玉的形象为女性思想在封建社会中的受限提供了深刻的范例。

林黛玉的命运是《红楼梦》中一个引人深思的命题，她的形象既是对封建社会对女性的束缚的揭示，也是对女性独立意识在当时环境中的无奈与艰难的诠释。她的故事提醒着读者，对女性地位的思考不能仅停留在命运的表面，更需要深入剖析社会结构和文化观念的根本问题。

2.对女性地位的心理关注与呼吁

（1）女性形象是对女性地位的关切

曹雪芹通过刻画丰富多彩的女性形象，表达了对女性地位的深刻关切。这些形象不仅是为了小说情节的发展，更是对当时女性社会地位的一种呈现和反思。林黛玉、薛宝钗、晴雯等各具特色的女性形象，让读者更全面地了解了当时女性所面临的各种困境和挑战。

（2）女性地位的反思与期望

曹雪芹通过女性形象展现了对当时女性地位的深刻反思。林黛玉的悲剧命运、薛宝钗的独立高雅、晴雯的坚韧勇敢，这些都是对封建社会对女性的局限的呼号。通过对这些女性形象的塑造，曹雪芹在心理上对女性地位进行了深刻的剖析，并在作品中表达了对女性独立、自主地位的期望。

（3）对传统婚姻观念的挑战

薛宝钗作为一个独立、才情出众的女性形象，挑战了传统的婚姻观念。她在形式上屈从家庭安排，但内心却保持了独立的精神风貌。通过这一形象，曹雪芹传递了对封建礼教束缚的反感，对女性婚姻自主权的期望。

（4）女性地位的历史反思

曹雪芹通过女性形象的创作，使《红楼梦》成为当时对女性地位的历史反思。他通过小说中的情节、对话、人物内心独白等手法，呼吁社会对女性地位进行深刻的反思，并为未来女性地位的提升提供了一种历史的启示。

（5）女性地位的社会责任

通过对女性形象的描绘，曹雪芹强调了社会对女性地位的责任。他试图唤起社会对女性平等、独立地位的认识，引导人们深入思考女性在封建社会中地位受限的问题与社会的责任。这种呼吁与社会责任感在整篇小说中贯穿始终。

曹雪芹在《红楼梦》中通过对女性形象的丰富刻画，表达了对当时女性地位的深刻关切和对未来女性独立、地位平等的期望。这些女性形象不仅是小说情节的构建，更是对封建社会女性地位进行历史反思的载体，为后人思考和探讨性别平等与女性地位提升提供了丰富的文学资源。

（三）从人物作用的角度来看

1.女性形象激励追求自由平等的目标

（1）颠覆封建礼教

曹雪芹通过塑造聪颖、独立和勇敢的女性形象，挑战封建礼教对女性的束缚。林黛玉、薛宝钗等形象的存在，更成为女性追求自由平等的先锋，为读者树立了追求个人独立和平等地位的榜样。

（2）引导女性觉醒

小说中女性形象的特质引导了当时女性的觉醒。她们的独立思考和对抗传统婚姻观念的表达，引起了读者对女性地位不平等的关注，推动了封建社会中女性思想的转变。

2.女性形象在情感与人际关系中的角色

（1）情感的苦恼和承担

通过女性形象在小说中情感的描写，曹雪芹展现了女性在家庭和社会中的情感层面。林黛玉的孤独、薛宝钗的稳重、晴雯的坚韧，都构成了小说情感线的丰富内涵。

（2）女性在人际关系中的重要地位

女性形象在人际关系中扮演着重要的角色。她们的命运交织、情感纠葛成为小说中不可或缺的元素。这些关系既展示了女性在封建社会中的社会地位，又呈现了她们在家庭和婚姻中的复杂处境。

3.女性形象表达作者个人情感体验

（1）情感共鸣的建立

曹雪芹通过女性形象表达了自己的情感体验，使读者在阅读中建立情感共鸣。读者能够通过小说中女性形象的情感体验，找到与自己心灵相通的共鸣点，深入理解作者的个人情感。

（2）心灵共振与读者的情感共鸣

通过女性形象的塑造，曹雪芹创造了一种心灵共振的氛围。读者在小说中能够感受到作者与自己之间的情感共鸣，这种共振加深了读者对小说情节的沉浸和对女性形象的深刻理解。

曹雪芹通过对女性形象的多层次刻画，既唤起了读者对追求自由平等的向往，又通过情感与人际关系的描写展现了女性在社会中的复杂地位。同时，通过对个人情感的表达，他在小说中创造了一种与读者深层次共鸣的文学氛围。

二、金陵十二钗人物性格分析

曹雪芹在《红楼梦》中精心刻画了金陵十二钗的女性形象，每个人物都展现了独特的性格特点和命运轨迹。这些女性形象在封建社会的桎梏下，以各种方式追求幸福、抗争命运，呈现令人难以忘怀的形象。以下是对其中金陵十二钗女性的性格分析。

（一）秦可卿：温婉贤淑中夹带悲剧

1.出身和家庭环境

秦可卿，《红楼梦》中一个悲剧性的女性人物，她的短暂出场和悲惨命运为整个故事增色。作为贾蓉的妻子，她有着复杂的家庭背景，是秦业抱养而来的，也是宁国府的一员。

2. 性格特征

在性格上，秦可卿展现了温婉贤淑的一面。她在贾府中备受喜爱，尤其得到外祖母贾母的宠爱。这使得她在家庭中有一定的地位，她对待家人也表现得温柔体贴。

3. 情感纠结与悲剧命运

然而，秦可卿的命运却被"情"左右。她与公公贾珍的情感纠结成为她悲惨命运的导火索。这种行为在封建社会中是不可容忍的，最终导致了她的悲剧结局，命丧天香楼。

4. 对情的主观认知

通过她的判词，可以看到秦可卿对"情"的主观认知。她对待家庭中的关系较为开放，认为自己应该得到公平对待，而这种观念在当时的封建社会是相当另类的。

（二）王熙凤：聪慧机智中的城府深沉

1. 家庭地位与职责

王熙凤是荣府的管家，有着较高的社会地位。她作为王夫人的侄女，同时是贾琏的妻子，承担着管理家务和照顾府中事务的责任。

2. 机智聪慧

王熙凤的性格特征主要体现在她的机智聪慧上。她善于言辞、能言善辩，在府中有一定的权势。她的聪明使得她在处理家庭事务和人际关系中游刃有余。

3. 城府深沉

王熙凤的城府深沉也是她性格的一部分。她在处理琐事时表面上看似豁达，但实际上在背后对自己的目标有着清晰的规划。她能够看破事物的本质，善于隐藏自己的真实意图。

4. 对人际关系的影响

她在家庭中的地位使得她对人际关系的影响力较大。她的机智和城府使得她在府中的地位不可替代，也引起了其他人对她的敬畏和依赖。

（三）巧姐．淡泊寡欲中的坚韧

1. 家庭背景与地位

巧姐是王熙凤的女儿，由于王熙凤的管家身份，巧姐的家庭地位相对较高。她在大观园中成长，与众多女性形成鲜明的对比。

2. 淡泊寡欲

巧姐的性格特点主要体现在她的淡泊寡欲上。与其他金陵十二钗相比，她并不追求荣华富贵，对于尘世的纷扰持有一种淡定和超然的态度。

3. 坚韧的生命力

巧姐的坚韧生命力在她的命运中得以体现。尽管她遭到了命运的打击，但她依然展现出坚强和乐观的一面。她最后的婚姻生活可以看作对命运的一种积极的回应。

（四）林黛玉：多愁善感中的叛逆者

1. 特立独行的家世

林黛玉是林如海的女儿，从小丧母，被外祖母贾母接到贾府中生活。她的家世使得她在府中的地位与众不同，也影响了她的性格。

2. 多愁善感与叛逆

林黛玉的性格主要表现为多愁善感和叛逆。她对于家庭和自己的命运有着深刻的感悟，对现实世界感到厌倦。她的叛逆表现在她对封建礼教和家族伦理的反感，她不愿受制于这些束缚。

3. 文学才情的表现

林黛玉不仅是一个情感丰富的人物，也是一个有着文学才情的女子。她在文学才情方面表现出色，擅长诗词和音乐。她的文学天赋和对艺术的热爱使她在整个故事中成为一位独特的存在。

4. 对爱情的渴望

林黛玉对爱情有着深切的渴望，尤其是与贾宝玉之间的情感线成为小说的一大亮点。她对贾宝玉的爱情更多地体现了她对真挚、自由爱情的向往。

5. 抗拒封建礼教的反叛

林黛玉的叛逆不仅局限于个人感情层面，她对封建礼教的反感和抗拒也是她性格的重要组成部分。她不甘心受到传统观念的束缚，渴望追求自己的幸福和自由。

（五）薛宝钗：高贵典雅中的独立女性

1. 高贵家世与才情

薛宝钗是薛家的女儿，作为大家闺秀，她具有高贵的家世和出众的才情。她在外貌和气质上展现了典雅高贵的一面。

2. 独立与品德高尚

薛宝钗的形象主要体现了独立女性地位的超越。她在小说中的高雅和内在的高贵展示了她对封建礼教的颠覆，同时表现了她对独立个性和高尚品德的追求。

3. 对儒家思想的追求

薛宝钗在小说中展现了对儒家思想的追求。她在修养和品德上，追求着儒家理念，这使得她在小说中成为一位儒雅的女性形象。

（六）史湘云：豪放不羁中的乐观主义者

1. 豪放不羁的性格

史湘云是红楼梦中性格最为豪放不羁的女性之一。她的言行举止充满阳刚之气，与传统的女性形象形成鲜明对比。

2. 豁达乐观的态度

史湘云的性格中有着豁达乐观的态度。她对待人生的各种际遇时都显得坦然，不受世俗观念的拘束，展现了一种积极向上的精神风貌。

3. 直言不讳的特质

史湘云直言不讳，敢于表达自己的看法。她在与林黛玉的交往中，不回避探讨人生的苦乐，展现了与众不同的坦率特质。

4. 对感情的独立态度

在感情方面，史湘云展现了她对独立态度的坚持。她不会因为世俗的眼光而随波逐流，更愿意追求内心真实的感情。

（七）妙玉：超脱尘世的灵性女子

1. 出家修行的身份

妙玉是一个超脱尘世的女子，她在小说中的身份是栊翠庵的修行之人。她的修行身份使得她有一种神秘和超越尘世的气质。

2. 淡泊名利与宁静心境

妙玉的性格特点主要表现在她对名利的淡泊和内心宁静的心境上。她不追求世俗的荣华富贵，更愿意在宁静中追求心灵的净化。她淡泊名利的态度成为小说中另类女性形象的代表。

3. 对人生苦乐的超然态度

妙玉在对待人生的苦乐时表现出一种超然的态度。她对尘世的琐事和纷扰都能保持一种淡定，通过修行追求心灵的平静。

4. 文学艺术的才情

妙玉不仅在修行方面有着高深造诣，还在文学艺术方面有着出色的才情。她的诗文表达了她对人生的独特见解，同时展现了她超凡脱俗的艺术情怀。

（八）李纨：坚守传统中的贤良淑德

1. 为人母的身份

李纨是贾珠的妻子，为人母的角色使她在家庭中有着重要的责任。她的家庭地位和儿子贾兰的命运联系紧密。

2. 坚守传统的贞淑美德

李纨的性格特点主要表现在她对传统贞淑美德的坚守。她在贾府中是一个温文尔雅的女性，她的品德高尚、为人慈善的形象为小说增色。

3. 对儿子的关爱

李纨对儿子贾兰的关爱是她人物塑造中的一大亮点。她在小说中对贾兰的期望和关心成为贾府中感人的家庭描写之一。

4. 对封建礼教的顺从

尽管李纨有着高尚的品德，但她也在一定程度上顺从封建礼教。她在家庭中的地位和对家族伦理的遵循使她成为小说中传统女性形象的代表。

（九）元春、迎春、探春和惜春

谈及《红楼梦》中金陵十二钗时，人们往往将贾元春、贾迎春、贾探春、贾惜春这四姐妹作为一组进行讨论，她们共同组成了贾府的主要女性成员。

1.贾元春（大姐）

性格特点：贾元春性格沉静、温和，聪明稳重，在宫中成为贵妃，地位尊崇。

家庭地位：婚后地位尊贵，但婚姻中也受到宦海风波的影响。心境沉静，对家族有着深厚的责任感。

2.贾迎春（二姐）

性格特点：贾迎春性情温柔，善良贤淑，对待家族成员友善，深得众人喜爱。然而，她的命运被束缚在封建礼教和家族的复杂关系中。

家庭地位：贾迎春在贾府中地位较低，她的婚姻也面临着家族的考验和安排。她在小说中的形象主要体现了封建社会中女性地位的局限性。

3.贾探春（三姐）

贾探春聪慧冷静，通达事理，有一定文学才华，善解人意，为人聪慧明理，对贾府事务有一定的了解。

4.贾惜春（四姐）

贾惜春沉默寡言，性格内向，对世事看得淡泊，不喜欢过多的纷扰，有一种淡雅的文人气质。

这四位姐妹共同构成了贾府中女性成员的主要群体，她们各自的性格特点和遭遇为小说提供了丰富的情感元素和人物层次。通过她们的故事以及她们在复杂的家族关系中所经历的人生波折，曹雪芹展示了封建社会中女性的命运多舛。

通过对金陵十二钗中女性形象的性格分析，我们看到了丰富多彩、性格各异的女性形象。她们的性格特征反映了当时社会对女性的期望、束缚和限制，同时展现了她们在面对命运考验时的坚韧和智慧。这些女性形象通过各自的故事，深刻反映了封建社会中女性的社会地位和命运困境。在这些性格的交织中，曹雪芹巧妙地塑造了一幅关于女性的画卷，同时也为读者呈现了一个丰富而复杂的社会画卷，引发了对封建伦理、女性地位、人性善恶等问题的深入思考。这些性格的多样性和深度也使得《红楼梦》成为中国古典文学中不朽的经典之一，为后人提供了丰富的文学和理性思考的素材。

三、金陵十二钗中阿尼玛的表现方式

荣格的阿尼玛原型理论认为，在每个人的潜意识中都存在一个与性别相反的对立面，男性的潜在女性部分即为阿尼玛。阿尼玛代表了男性个体内部的女性形象，她既是创造力和灵感的源泉，也是个体内部的导向者和启示者。

（一）贾宝玉与林黛玉的阿尼玛投射

1. 贾宝玉的阿尼玛投射

（1）创造力的体现

贾宝玉作为《红楼梦》中的主要男性角色之一，展现了出色的文学、音乐和书法天赋，这些才艺不仅在故事中为他赢得了赞誉，更显示了他潜在阿尼玛的创造力。在小说中，贾宝玉所作的诗歌充满了情感的表达和艺术的灵感。他的文学才华表明，他的内在阿尼玛是一个富有想象力和创造力的女性形象。

贾宝玉对音乐的热爱也是阿尼玛创造力的表现。他对音律的把握显示了他对艺术的敏感性。这种对音乐的深刻理解和投入展示了他的潜在阿尼玛对于艺术创造力的渴望和追求。

贾宝玉的书法技巧也为他赢得了一定的声誉。他善于通过书法表达内心情感，将自己的心境融入艺术创作中。这种对书法的热爱和技艺的展示体现了他潜在阿尼玛的艺术性格，为他赋予了更为丰富的内在魅力。

（2）情感引导者

贾宝玉的感情投入和对林黛玉的深厚感情反映了他内在阿尼玛对于爱情的渴望。林黛玉作为他的表妹，两人之间的情感线贯穿整个小说，展现了贾宝玉对于真挚爱情的追求。这种情感的表达不仅在故事情节中扮演了关键角色，更揭示了他的阿尼玛中浪漫和感性一面。

贾宝玉对待感情的真挚和坦诚也体现了他内在阿尼玛的情感引导特征。他的情感投入并非局限于表面，更是一种对内在情感的深刻体验和表达。这使得他在小说中成为一个富有深情和柔软内心的形象，与传统封建社会中刚毅阳刚的男性形象形成鲜明对比。

（3）内在阿尼玛的综合表现

在贾宝玉的性格中，创造力和情感引导并非孤立存在，而是相互交织、相辅相成的。他的阿尼玛形象既是一个富有艺术创造力的天才，又是一个深情且感性的灵魂。这种综合表现使得贾宝玉的人物形象更为立体和丰富，为小说中的情感表达和人物关系的发展提供了深刻的内在动力。

在小说中，贾宝玉的阿尼玛投射不仅是个体性格的展现，更是对当时社会男性角色定型的一种反思。通过他对艺术的热爱和对爱情的追求，贾宝玉的阿尼玛形象挑战了封建社会对于男性刚毅阳刚形象的传统定位，为后来文学作品中更为多元化的男性形象奠定了基础。

2. 林黛玉的阿尼玛特征

（1）艺术灵感的展示

林黛玉以她的文学才情为贾府注入了一抹独特的艺术色彩。她的诗词作品既充满了才情的张扬，又深刻地反映了她内在丰富的阿尼玛。她所创作的诗篇既表达了她对家国沉思的关切，又流露了她对生活琐事的感慨，这展示了她内在情感和对人生深层次思考的灵感。

林黛玉对音乐的热爱和在音律上的造诣，也为她的阿尼玛特征增色不少。她不仅能熟练地演奏乐器，更能够通过音乐表达自己内心的情感。音乐成为她表达情感、宣泄心绪的一种重要方式，这体现了她阿尼玛的创造性和对艺术的独特感悟。

（2）情感的启示者

林黛玉的多愁善感使得她成为小说中最具情感深度的女性之一。她敏感的心灵对于家族的兴衰、人生的短暂都表现得淋漓尽致。这种多愁善感的性格是她阿尼玛特征的一部分，通过她的情感体验，读者可以窥见她内在阿尼玛对于生命的深沉思考。

林黛玉对爱情的执着和追求也是她阿尼玛特征的重要体现。她对贾宝玉的深情厚谊，展示了她内在阿尼玛对于真挚感情的渴望。她并不甘心受制于封建礼教和家族安排，这种对爱情的坚持是她个性中一抹鲜明的颜色。

（3）内在阿尼玛的综合表现

林黛玉的阿尼玛特征在她的文学创作、音乐才情以及情感追求中得到了综合的展现。她的多重天赋和深刻情感不仅为小说增色，也使她成了一个备受关注的女性角色。这种综合表现不仅丰富了她的个性，也为整个故事提供了情感的支点。

通过对林黛玉的阿尼玛特征的深入分析，我们看到了一个具有艺术创造力和深厚感情追求的女性形象。她的存在不仅使得小说中的女性形象更加多元，也为当时社会对女性角色的刻板印象提出了一种反思。在她的阿尼玛特征中，读者或许可以看到对封建礼教的反叛、对真挚爱情的向往，以及对人生苦乐的深刻思考。

（二）薛宝钗与贾探春的阿尼玛投射

1.薛宝钗的阿尼玛投射

（1）独立女性形象

薛宝钗以她高贵的家世和卓越的才情为底色，展现了一个坚强独立的女性形象。作为薛家的女儿，她继承了家族的优越地位，但与此同时，她并未被这份荣耀所束缚，而是以自己的才情和独立见解脱颖而出。她在文学和音律上的造诣显示了她独立于家族光环之外的个体价值。

薛宝钗的独立并非仅表现在才情上，更体现在她对人生选择的独立性上。她展现了一种既高贵典雅又独立自主的品德。她对传统礼教不盲从，以及对自己独立婚姻选择的坚持，使得她在贾府中成为一个独特而引人注目的女性。

（2）对抗社会期望

薛宝钗的婚姻选择显示了她对传统婚姻观念的反叛。在面对多重婚姻选择时，她并没有被家族的期望所左右，而是坚持了自己的原则和情感。她的独立婚姻观对于封建社会中女性的地位提出了一种挑战，她不仅是一个高贵的家族成员，更是一个有独立意识的女性。

薛宝钗在小说中展现了对儒家思想的追求。她在修养和品德上，追求着儒雅的理念，这与当时封建社会对女性的期望形成鲜明对比。她的阿尼玛投射在对传统观念的挑战中显露无遗，她不满足于单一的女性角色设定，而是通过对知识和品德的追求，超越了封建社会对女性的刻板印象。

（3）内在阿尼玛的综合表现

薛宝钗的阿尼玛特征在她的独立品性和对抗传统观念的勇气中得到了综合的展现。她通过自己的选择和行为，呈现了一个追求独立、超越传统束缚的女性形象。她的存在不仅为小说中的女性形象注入了现代化的元素，也使得她在当时社会中成为一个引人注目的女性典范。

2.贾探春的阿尼玛特征

（1）内在独立与聪慧

贾探春在小说中展现了对家庭事务的独立处理和对人性的深刻理解。作为荣府的一员，她不仅具备管理家务的能力，更表现出对家族成员情感和行为的敏感洞察力。她的聪慧和独立处理问题的能力在家庭中赋予了她一种特殊的地位，与传统封建女性形象形成鲜明对比。

贾探春不仅在家庭事务上表现出色，还在文学艺术方面展现了卓越的才情。她的诗词才华和音律造诣使得她在小说中成为一个具有独立审美眼光的女性。这种文学艺术的才情表明了她内在阿尼玛对于创造性和艺术追求的渴望。

（2）对于自主婚姻的渴望

贾探春对婚姻有一定的期待，她展现了独立选择的勇气。尽管身处封建社会，面对家族和社会的期望，她并没有盲从传统安排，而是保持了对自己真实感情的坚守。这种独立选择的勇气是她阿尼玛特征的重要体现，突显了她对自主婚姻的渴望和坚持。

贾探春的婚姻观念中蕴含了对真实感情的向往。她不满足于权谋和家族的安排，希望追求与心灵相通的伴侣。这种对真实感情的追求反映了她内在阿尼玛对于深层情感和自主婚姻的向往。她的婚姻期许超越了传统社会对女性的设定，体现了她对个体幸福的独立追求。

（3）内在阿尼玛的综合表现

贾探春的阿尼玛特征在她的内在独立、聪慧和对于自主婚姻的渴望中得到了综合的展现。她通过对家庭事务的处理、对人性的理解，以及在文学艺术方面的表现，塑造了一个内心坚韧、有独立审美品位、对真实感情追求的女性形象。她的存在丰富了金陵十二钗中女性形象的层次，也在当时的封建社会中为女性的自主权和情感追求提供了一种可能性。

四、阿尼玛形象的升华与道德净化

（一）贾宝玉与林黛玉的阿尼玛之爱的升华

贾宝玉与林黛玉的阿尼玛之爱深层体现了心灵的交汇。这段感情不仅局限于感官层面的吸引，更是两个灵魂的深层连接。在小说中，贾宝玉对林黛玉的情感投入超越了尘世间的俗事，更是达到了一种超越时空的心灵共鸣。这种心灵的交汇不仅体现了阿尼玛之爱的升华，也为整个小说赋予了一种超越尘俗的情感纯净性。

贾宝玉与林黛玉的感情发展表现出对真挚、自由爱情的向往，是对封建礼教的一种挑战。贾宝玉的阿尼玛特质在他对林黛玉的追求中愈发明显，他不愿受到世俗的束缚，而是追求真挚、自由的爱情。这种对真爱的执着追求，使得他的阿尼玛形象在小说中逐渐升华为一种对人性真挚感情的信仰，为小说注入了一份浪漫主义的色彩。

（二）阿尼玛形象的道德净化

金陵十二钗中的阿尼玛形象通过对真实感情、独立婚姻的追求，体现了对真善美的道德净化。她们不受世俗利益的左右，追求内心真实的情感，体现了对真善美的信仰。这种对真善美的追求使得她们在小说中成为一种道德典范，引导着读者正确看待爱情和婚姻。

阿尼玛的特征在一定程度上反映了对封建礼教和伦理观念的反叛。她们的行为和选择不受传统社会的桎梏，勇敢追求内心真实的情感。这种对封建礼教的反叛使得她们成为社会风气中的一股清流，为小说注入了一份前卫的思想。通过她们的形象，作者在小说中表现了一种对于个体权利和真实情感的推崇，为当时社会的道德观念提出了一种反思。

通过对阿尼玛形象的升华与道德净化的深入分析，我们可以看到这些女性形象不仅在感情和婚姻观念上呈现升华和超越，同时通过对封建礼教的反叛，体现了对真善美的追求。她们的形象丰富了小说的内涵，为所处的时代背景注入了一股新的力量。在这一过程中，阿尼玛形象不再是简单的感性投射，而是具有了更深层次的意义，为读者提供了对于个体权利和情感自由的反思。

第四章 青少年成长与英雄之旅

第一节 青春期的心理特征

一、弗洛伊德对青春期的解读

青春期是指个体的性机能从未成熟到成熟的阶段，生物学上是指人体由不成熟发育到成熟的关键转化时期，即一个人从儿童迈向成人的过渡时期，是生长发育中的一个重要时段。正是由于青春期具有特殊的生理结构，导致了青春期特殊的心理结构。在这个阶段，个体经历身体和心理上的巨大变化，对自我和外部世界的认知也发生了深刻的改变。

（一）弗洛伊德的精神分析理论

1. 心理结构

（1）潜意识、前意识和意识的三重结构

弗洛伊德（Freud）将人类心理结构分为潜意识、前意识和意识三个层次，构建了一个复杂而有层次的精神结构体系。潜意识作为心理活动的深层结构，承载了人类的本能和原始冲动，对个体行为产生深远影响。前意识介于潜意识和意识之间，具有警戒功能，起到防止无意识冲动随意进入意识领域的作用。而意识则是心理结构的表层，直接面向外部世界，由外在文化内容构成。

（2）人格结构的基石

弗洛伊德将人格结构划分为"本我""自我"和"超我"三个部分。"本我"追求生物本能的满足，是人格结构的基础，受制于快乐原则。"自我"位于"本我"和"超我"之间，按照现实原则活动，通过学习获得特殊发展，具有指导和管理"本我"的功能。"超我"代表着良心或道德力量，遵循道德原则，是心理结构中的道德支配部分。

（3）心理结构的文化构建

弗洛伊德认为，心理结构的形成不仅受到个体生物学基础的影响，还受到外部文化的塑造。意识中嵌入了来自外部世界的文化内容，这些内容构成了个体的认知框架，对行为和思维产生深远的影响。这种文化构建是心理结构复杂性的重要组成部分。

2. 人格结构

（1）"本我"的生物本能追求

"本我"作为人格结构的基础，主要追求生物本能的满足。弗洛伊德强调了"本我"在个体行为中的根本作用，即快乐原则的驱使。当"本我"受到阻碍或延迟时，个体会经历烦扰和焦虑，揭示了本我对心理结构的深刻影响。

（2）"自我"的现实原则

"自我"位于人格结构的中间层，起着连接"本我"和"超我"的桥梁作用。它遵循现实原则，通过与外界环境的接触学习，获取特殊发展。"自我"在心理结构中具有引导和管理"本我"的功能，使个体能够更好地适应外部环境。

（3）"超我"的道德支配

"超我"是人格结构中的道德支配部分，代表着良心或道德力量。它遵循道德原则，对个体的行为产生道德约束。弗洛伊德将"超我"的形成与个体对父母及社会权威的认同联系起来，揭示了个体道德发展的心理动力学过程。

3. 心理动力学

（1）本能的驱动

心理动力学是精神分析理论的核心内容，弗洛伊德认为个体在心理动力学的作用下不断发展。他关注个体本能的驱动，将其分为保存本能和种族延续本能两种，指出这两种本能共同推动个体的心理发展。

（2）本能与心理发展的关系

弗洛伊德认为，个体在心理发展的不同阶段通过身体不同部位或区域满足本能冲动，构成了人格发展的各个阶段。他将性心理的个体发展划分为口欲期、肛欲期、生殖器期、潜伏期和性器期，强调了本能在不同阶段的显著作用。

（3）本能的心理动力作用

心理动力学突出了本能的心理动力作用，弗洛伊德认为本能驱动着个体的欲望和冲突，并在心理发展中扮演着动态的角色。这一理论为深入理解心理发展的动态过程提供了重要的理论支持。

4. 心理发展

（1）心理发展的动态描述

弗洛伊德的心理发展观是对心理动力学的延伸，着重于对心理发展的动态描述。他指出，个体的性心理发展经历了口欲期、肛欲期、生殖器期、潜伏期和性器期五个阶段，每个阶段都与身体不同部位的本能满足相关。

（2）青春期的重要性

弗洛伊德强调了青春期在个体发展中的重要性，认为这一时期标志着个体由儿童向成年人过渡，是个体性心理发展中的关键时刻。在青春期，个体经历着身体和心理上的巨大变化，性心理的成熟和身份认同的建立对整个人格结构都会产生深远影响。

5.适应问题

（1）焦虑的心理机制

弗洛伊德早期的焦虑理论认为焦虑源于被压抑的力比多，一旦这些力比多找不到正当的发泄途径，就会转化为焦虑。焦虑成为个体心理不适的信号，标志着危险的出现。这一理论为理解焦虑与压抑的关系提供了基础。

（2）第二种焦虑论

后来，弗洛伊德提出了第二种焦虑论，认为焦虑是一种信号，预示着个体发现了危险的情况。这种焦虑—信号说的理论更加强调焦虑作为心理防御机制的一部分，与个体对危险的敏感性有关。

（3）心理防御机制的作用

焦虑的产生引发了一系列心理防御机制产生作用。个体在面对焦虑时，往往采取非理性的、歪曲现实的方式，以减轻焦虑的程度。弗洛伊德将这些防御机制视为个体自我保护的一种手段，类似于童话中的"皇帝的新衣"，揭示了个体在心理冲突面前的应对策略。

（4）教育的心理启示

弗洛伊德虽然并未留下专著论述教育，但他的精神分析理论中蕴含着丰富的教育思想。通过理解个体心理结构、动力学、发展和适应问题，我们可以更好地引导处于青春期的青少年，为他们提供恰当的教育和心理支持。弗洛伊德的理论为教育实践提供了新的视角和思考框架。

以上五个部分对弗洛伊德的精神分析理论进行了详细扩写和解读，深入剖析了其对心理学领域的重要贡献。这一理论体系不仅对个体心理结构和发展作出了深刻的解释，也在理解焦虑、心理防御机制以及青春期心理特征等方面都具有重要的学术价值。

（二）青春期的心理发展

1.青春期的心理发展

（1）生理发育与心理发展的矛盾性

①生理发展的矛盾性特点

青春期的生理发展呈现身心不平衡、成人感和半成熟现状之间的矛盾，引发了一系列特殊的心理和行为变化。这种矛盾性体现在。

身心不平衡：生理发展不均匀，身体的迅速成长与心理状态的相对不成熟形成了鲜明的对比，使得个体在适应这一生理变化过程中经历了一定的紧张和焦虑。

成人感与半成熟现状的矛盾：青春期个体常常感受到自身既有成人的体征，又未完全具备成熟的心理状态，这一矛盾性导致了对自我认知和社会角色的混淆和困扰。

②心理发展的矛盾性特点

青春期的心理发展同样具有矛盾性，主要体现在以下几个方面。

心理上的成人感与半成熟现状的矛盾：个体在心理层面也经历着对成人角色的渴望，但同时又受到半成熟状态的制约，这种矛盾性给个体带来情感和认知上的困扰。

心理断乳与精神依赖的矛盾：青春期个体在心理上经历着对过去依赖关系的断裂，但又面临对新的心理依赖的需求，这种矛盾影响了个体的自我建构和社交关系。

心理闭锁性与开放性的矛盾：青春期的个体在心理上既表现出对外部世界的开放性和好奇心，又可能表现出对自我封闭和保护的需求，这形成了一种心理上的矛盾状态。

成就感与挫折感的交替：青春期个体在面对学业、社交等方面的挑战时，经历着成就感和挫折感的交替。这一矛盾性体现在对自我能力和价值的评估上，对个体的情绪和自尊心产生重要影响。

（2）青春期的认知发展

青春期个体的认知发展达到了皮亚杰所划分的形式运算阶段，表现为能够进行更为抽象的思维活动。此时，个体已经不再局限于具体的物或情境，能够通过符号进行抽象思维。这种认知能力的提升对于学习、问题解决和决策制定等方面具有重要的意义。

（3）青春期的社会性发展

在青春期，个体经历着自我意识的显著发展，主要任务是建立角色同一性，防止角色混乱。这意味着个体需要清晰地认识和接受自己在社会中的角色，并形成相应的自我认同。在这一过程中，可能出现情绪变化，表现为情绪波动和青春期的躁动。

2.青春期教育方法

正如许多与弗洛伊德思想产生共鸣的青春期教育工作者们做出的努力一样，在他的精神分析理论的影响下，探索出了一些有效的青春期教育方法。

（1）将"快乐原则"与"现实原则"应用于教育

①弗洛伊德的原则

弗洛伊德强调了个体心理中"快乐原则"和"现实原则"两种系统的作用。在青春期，个体经历到这两条原则的交织和冲突。教育工作者们应该根据这一理论制定灵活而包容的方法，既要尊重青春期个体的本能需求，又要引导他们适应社会现实。

②教育方法

采用中庸的教育方法，即在尊重本能冲动的同时，不摒弃社会道德规范。教育家应该巧妙地结合"快乐原则"和"现实原则"，使教育过程既能够淡化冲突，又能够引导个体建立适应社会要求的价值观。这种中庸的教育理念有助于培养出既具有个性特点又能够融入社会的新一代。

（2）利用宣泄等方式减轻青春期的压力

①情绪宣泄

弗洛伊德对焦虑的分类为青春期教育提供了参考。教育者可以关注青春期个体的焦虑类型，促使他们通过适当的方式进行情绪宣泄。通过艺术、游戏等形式，教育者可以引导青春期个体表达并释放内心的紧张和焦虑，为其提供健康的情绪出口。

②培养自我控制能力

教育者应该关注青春期个体的自我控制能力的培养。这包括帮助他们认识到自我控制对于缓解焦虑的重要性，以及通过游戏等活动培养他们的自律性。这种方法有助于个体更好地理解和管理自己的情绪，培养积极的心理状态。

（3）遵循教育规律进行青春期教育

①自我控制的培养

青春期的个体需要具备有意识地自我控制能力。教育者应该结合青春期的发展规律，帮助个体建立自律性，使其能够自主调控情绪和行为。这需要持之以恒的教育过程，教育者在各个阶段都要给予及时而持久的帮助，引导个体正确对待自己的成长和发展。

②尊重独立意识

教育者和家长在教育过程中应尊重青春期个体的独立意识，以友善的态度对待他们。这种方法不仅包括引导他们正确接纳自己的变化，还包括正确处理青春期中遇到的困难和挫折。通过尊重独立意识，教育者能够更好地理解青春期个体的需求和愿望，给予他们正确的指导和帮助。

二、青春期：理想、冒险与英雄之旅

（一）青春期的理想幻灭与冒险

1. 理想幻灭和父母权威的挑战

理想幻灭是青春期心理发展中的重要现象。随着个体逐渐认识现实与个人理想之间的差距，理想幻灭成为一种痛苦的体验。这种矛盾感的出现不仅是心理发展的必然阶段，也是英雄之旅的开端。个体开始质疑父母、社会和自身的期望，形成对现实的挑战，为探索自我铺平道路。

理想幻灭与父母权威的挑战密不可分。在青春期，个体逐渐发现自己独立思考和行动的需求。这导致个体开始质疑父母权威，试图摆脱父母的期望，寻求自主性和独立性。这一过程中，挑战父母权威不仅是理想幻灭的体现，也是英雄之旅的第一步，形成个体独立自主的心理基础。

青春期的心理特征在理想幻灭的背后呈现焦虑与痛苦。个体在理解自身理想与现实差距的同时，经历情感波动，也可能感到对未来的迷茫和无助。这种焦虑感在挑战父母权威时尤为显著，因为个体需要同时面对自身的内在冲突和外部压力。理想幻灭的痛苦既是一种成长的代价，也是英雄之旅中的关键时刻。

理想幻灭与父母权威的挑战为青春期个体的后续发展奠定了基础。通过对理想的幻灭，个体学会面对现实，培养了更为成熟的心理机制。挑战父母权威则培养了个体的独立性和自主性，为其在社会中更好地适应奠定了基础。这一过程既是一场心灵的冒险，也是英雄之旅中的重要一步，驱使个体探寻真实的自我，完成自我的发展和实现。

总体而言，理想幻灭和父母权威的挑战是青春期心理发展中的重要组成部分。通过对理想的幻灭，个体逐步成熟，通过挑战父母权威，个体建立了自主性和独立性。这一过程既充满了痛苦和焦虑，又为青春期个体的成长奠定了坚实的心理基础。

2. 自恋与自我形象的建构

自恋作为青春期心理发展的关键方面，表现为对自我形象的浓厚兴趣。在这一时期，个体开始对自身的外貌、能力等方面产生浓厚兴趣，这标志着对自我认知开始进入深入探索。这种自恋的过程不仅是个体心理发展的自然反应，也为个体建构独立、积极的自我形象提供了契机。

自恋的阶段在青春期的心理发展中具有重要作用。个体逐渐从对外界的依赖中解脱出来，开始注重个体内部的特质和优势。通过对自身的认知，个体构建了独立而积极的自我形象，这对于建立自尊心、塑造健康的心理结构至关重要。自恋不仅是一种表面上的自我陶醉，更是个体内在价值感和自信心的培养过程。

青春期个体通过自恋的阶段进行自我探索。在这一过程中，个体不仅关注外部社会的期望，还开始审视内在的需求和潜力。通过对外貌、能力等方面的浓厚兴趣，个体逐渐建构了对自己的独立认知，为进一步的个体发展奠定了基础。这种自我探索的过程是青春期个体心理成熟的必经之路。

自恋与自我形象的建构对个体的整体发展产生深远影响。通过自恋的阶段，个体培养了自尊心和自信心，为应对日后的生活挑战提供了内在支持。同时，对自我形象的建构使个体更全面地认识自己，从而更好地适应社会的期望。这一过程不仅是心理发展的一部分，也是个体在青春期英雄之旅中迈出的重要一步。

3. 理想主义、创造力与希望的追求

理想主义在青春期中扮演着至关重要的角色，表现为个体对理想和社会变革的强烈愿望。这种理想主义不仅是个体内在需求的体现，更是对社会价值观的审视和追求。在英雄之旅中，个体被激励着追求更高尚的目标，渴望对社会产生积极的影响。这种愿望推动着个体积极参与社会活动，成为社会变革的一部分。

理想主义激发了个体在英雄之旅中展现创造力。理想主义者追求的往往不仅是个体的发展，更是对社会和世界的改变。在青春期，个体的创造力得到了进一步的释放，他们通过各种方式表达对理想的追求。这可能体现在文学、艺术、科学等领域，为个体的心智成熟和社会的进步注入新的活力。

希望在青春期成为个体更积极参与自我发展与社会建设的推动力。希望是对未来的美好设想，是对生活的积极期待。在青春期，希望激励着个体超越困境、迎接挑战。这种积极的希望态度使个体更有动力投身于自我发展的征途，并为社会建设贡献力量。

理想主义、创造力与希望的追求共同构成了青春期个体的积极心理特征。这一时期的个体在英雄之旅中，通过理想主义的指引，释放创造力，培养积极的希望态度，形成了健康而积极的心理结构。这一过程不仅促进了个体自身的发展，也为社会的进步注入了新的动力。

（二）青春期的英雄之旅

1. 寻找客体与心灵的蜕变

荣格将青春期视为个体寻找灵魂观念、形式和力量的英雄之旅。在这个过程中，个体通过心灵的深度探索，努力发掘自己内在的潜能和力量。这种寻找客体的行为不仅是对外在客体的追求，更是对内在深层次自我认知的追寻。荣格认为，这个英雄之旅象征着对整体性和意义的渴望，标志着个体心灵蜕变的开始。

青春期的英雄之旅被视为一个心灵蜕变的过程。在这个过程中，个体不断地经历心智的发展和成熟，逐步完成对真实自我的认知。这种心灵的蜕变涉及对自我认知的深刻思考，包括对个体价值观、信仰系统以及内在动机的审视。荣格认为，这一过程是个体向着更高层次的自我发展迈进的重要阶段，为后续的成熟奠定了坚实的基础。

英雄之旅表现为对反复转化的渴望。个体在青春期积极参与这一旅程，不断追寻和接受内在深层次的变化。这种对反复转化的渴望不仅体现在个体对自身的探索，还体现在对世界、人际关系和社会价值观的重新审视。个体在这一过程中经历了心智的颠覆和再构，逐渐形成更为成熟和独立的心灵结构。

英雄之旅为自主发展奠定了基础。通过寻找客体和心灵的蜕变，个体逐渐建构起更加完整和清晰的自我认知。这种自主发展的过程涉及对个体与外部世界的关系、对内在需求和欲望的理解，从而使个体更好地适应社会和迎接未来的挑战。这为个体的成年期和社会参与提供了坚实的心理支持。

2. 独立、自主与成熟的标志

英雄之旅的胜利标志着个体在内心探索和挑战中取得成功。这一成功不仅是心灵蜕变的结果，更体现在个体逐渐理解自己的内在需求、动机和情感。通过对自我认知的深刻反思，个体能够更好地理解和应对生活中的各种挑战，为个体的独立性和自主性的发展奠定基础。

英雄之旅要求个体逐渐培养与他人建立密切关系的能力。这意味着个体需要超越对父母权威的挑战，学会在社交和人际关系中建立健康、成熟的连接。通过与他人的深入互动，个体能够更全面地了解自己，同时在他人的反馈和支持中不断成长。这一过程不仅有助于建立积极的社交网络，还为个体的自主发展提供了重要支持。

英雄之旅要求个体投身有意义的工作中。具备爱和工作的能力是个体独立、自主、成熟的标志。通过参加有意义的工作，个体能够发挥自己的潜力，为社会作出贡献。工作的过程不仅是个体实现自我价值的手段，更是培养责任感和目标导向性的途径。个体在有意义的工作中获得的成就感和满足感有助于巩固其独立和自主的发展路径。

个体逐步具备了爱和工作的能力，成为一个独立、自主、成熟的个体。这一成熟标志着个体在英雄之旅中的胜利，成功完成了对自我认知、社交技能和职业能力的培养。这种独立、自主和成熟的状态使个体更能够应对生活中的各种挑战，为自身的全面发展和社会参与奠定了坚实的基础。

3. 挑战与胜利的意义

整个英雄之旅的过程为青春期个体提供了理想主义、创造力和希望的表达途径。在这一心灵冒险中，个体能够探索自己的内在世界，发现潜在的激情和愿望。理想主义激发了个体对更高目标和社会变革的强烈愿望，创造力则成为表达这些理念和愿景的重要工具。希望为整个旅程注入积极的动力，使个体更加坚定地追求自我实现和成长。

通过英雄之旅，青春期个体能够更好地应对挑战，迎接生命的各种变化。挑战是这一心理发展阶段的固有组成部分，而英雄之旅提供了一个独特的框架，使个体能够在挑战中成长。理想主义和创造力帮助个体在面对困境时找到解决问题的新途径，而希望则激发了个体积极面对未来的勇气。这种积极的心态使青春期个体更具适应性，能够从挑战中学到有益的经验。

完成英雄之旅标志着个体在青春期完成了自我的发展和实现。这一阶段的心理发展任务包括摆脱父母的权威、寻找客体、建构自我形象、追求理想、培养创造力等。通过英雄之旅，个体成功应对了这些任务，实现了更加清晰和稳固的自我认知。完成这一阶段的任务为个体提供了独立、自主的心理基础，为其未来的发展奠定了坚实的基础。

英雄之旅为成年后的生活打下了坚实的基础。通过理解自己的理想、发挥创造力、培养希望，个体不仅在青春期获得了心理成熟和稳固的个体认同，还为未来的社会参与和职业发展提供了积极的心态和能力。这一过程为个体建立了积极的社会关系，提高了适应社会的能力，使其更好地融入社会大家庭。

第二节 《红楼梦》中的青少年形象

一、宝黛初见：青春期的初印象

（一）黛玉的七岁初现

1. 人物形象的初塑

在《红楼梦》的开篇，黛玉的七岁初现标志着青春期成长的起点。黛玉年幼天真，她的形象在文字描绘中初步塑造为一个纯真无邪的少女。她的举止言谈透露初生牡丹未弱乍红的纯真美，给读者留下深刻的印象。与此同时，宝玉的形象也在这个时候初步展示，他与黛玉相辅相成，构成小说情节的关键性对比。

2. 儿童时期的天真与好奇

黛玉的形象呈现典型的儿童时期特征，她对世界的好奇心和对未知事物的向往使她在小说中犹如一朵绽放的花蕾。这种天真和好奇是青春期成长的必然阶段，为后续情节的发展埋下了伏笔。小说通过对黛玉的描写，展示了青春期初的纯真和对美好的向往，为读者勾勒了一个可爱而充满憧憬的形象。

3.青春期的情感萌芽

宝黛初见时，小说中黛玉和宝玉的相互关注已经逐渐显露。黛玉作为女主角，与宝玉的初次邂逅为整个小说奠定了情感基调。宝玉对黛玉的关注和黛玉对宝玉的接纳，初步展示了青春期情感的复杂性和纷繁的初印象。

（二）挣脱束缚的初迹

1.家庭与社会束缚的存在

青春期是个体开始逐渐脱离家庭与社会束缚的时期，而黛玉和宝玉的初次相遇正是这一过程的开端。在小说中，家庭和社会的影响在两位主人公身上略显模糊，但已经开始逐渐显现。这种初迹为后续情节的发展埋下了伏笔，为读者呈现了青春期成长过程中的内在挣扎。

2.个体的好奇与渴望

宝黛初见中，黛玉对未知世界的好奇心和渴望逐渐凸显。她对宝玉的关注和对贾府的观察，反映了青春期个体对于自身处境的好奇和对未来的渴望。这种渴望是青春期个体逐渐意识到自身独立性的表现，也为后续情节的发展奠定了基础。

3.宝玉的关注与情感复杂性

宝玉对黛玉的关注，早早地表现出他对外界的敏感性和对异性的关注。这种关注的初现预示了青春期情感的复杂性，为后续宝黛之间的情感线索埋下了伏笔。同时，宝玉的个体成长也在这一时期初步显露，为整个故事的发展增添了更多层次。

（三）成长的心理驱力初现

1.行为与情感的微妙冲突

宝黛初见时，人物的行为和情感已经开始呈现微妙的冲突，这反映了青春期个体心理的不稳定性。黛玉的纯真好奇与宝玉的关注和复杂情感形成鲜明对比，展示了青春期成长中个体内心纷繁复杂的状态。这种微妙冲突为后续的心理描写和情感发展提供了丰富的素材。

2.逐渐清晰地个体认知

宝黛初见的情节为整个小说的发展奠定了心理基础。黛玉和宝玉的相遇不仅是两个角色的初次交往，更是整个青春期心理的折射。他们逐渐清晰的个体认知为小说后续的情节发展提供了动力，使整个作品在情感层面更加丰满和深刻。

3.青春期的心理冲突与探索

在宝黛初见的背后，是青春期个体的心理冲突与探索。这一时期的人物塑造既展示了他们天真纯真的一面，又揭示了心理上的不安和对未来的期待。这种心理冲突与探索的初现为小说后续的情节提供了更加复杂而深刻的内涵。

二、宝钗入贾府：青春期的社会融入

（一）宝钗的社会融入

1. 个体家庭向社会的过渡

宝钗入贾府标志着青春期个体由家庭向社会进行过渡。作为青春期的代表形象，她在13岁时进入了贾府，这一阶段的年龄正处于青春期的初期。个体在这一时期通常会开始对外界产生更多兴趣，寻找自我在社会中的定位。宝钗的到来为小说中的人物关系和社会结构引入了新的元素，拉开了个体社会融合的序幕。

2. 社会关系的建立与调整

宝钗在贾府中的到来引入了新的社会关系，她与其他人物之间的互动展示了青春期社会融合的复杂性。在这个阶段，个体通常会面临来自家庭和社会的双重压力，需要在复杂的社会关系中寻找自己的位置。宝钗的形象在这一过程中逐渐丰满，她与贾府其他成员的互动体现了青春期社会关系的微妙和多变。

3. 个体价值观的塑造

宝钗入贾府后，她的个体价值观开始在社会交往中逐渐形成。她面对贾府内外的众多事务和人物，通过对各种价值观的观察和思考，逐渐形成了自己独立的看法和价值取向。这个过程反映了青春期个体开始在社会互动中构建个人认知和价值观的特征，为后续的成长奠定了基础。

（二）青春期的心理冲突

1. 家庭、社会期望与个体需求的矛盾

宝钗的到来引发了家庭、社会期望与个体真实需求之间的矛盾。在贾府这个庞大的社会系统中，宝钗作为外来者需要适应新的家庭环境，同时要面对社会对她的期望。这种矛盾推动了宝钗形象的发展，呈现青春期个体在社会融入过程中所经历的心理冲突。

2. 与其他角色的复杂互动

宝钗与贾府中其他角色的互动展现了青春期心理冲突的复杂性。她在这个庞大家族中需要处理与贾宝玉、林黛玉等人的关系，也要面对家庭成员对她的期望。这些互动使宝钗陷入情感的纷繁复杂中，体现了青春期个体在社会交往中所面临的心理挑战。

3. 时代和社会的复杂性反映

宝钗的心理冲突反映了时代和社会的复杂性。作为青春期的代表，她在社会中的角色不仅受到家庭的影响，还受到时代的制约和社会观念的约束。这种复杂性使宝钗的心理冲突更加深刻，也为小说的情节发展增加了层次。

（三）个体认知的深化

1. 独立个性的初步形成

宝钗在贾府中的互动过程中，逐渐形成了属于自己的独立个性。她通过对家庭成员和社会环境的观察，开始建立起对自己的独立认知。这一阶段的心理发展显示出宝钗逐渐认识到自己在贾府中的特殊性，为她在社会中的定位奠定了基础。

2. 对社会复杂性的初步理解

宝钗入贾府促使她对社会复杂性有了初步的理解。她需要处理的家庭关系、社会期望和个体需求的矛盾让她逐渐认识到社会的多层次性。这种认知的深化为她后续的社会参与成熟打下了基础，表现出一个正在逐渐成长的青春期个体。

3. 心理发展为社会参与成熟奠定基础

宝钗在贾府中的心理发展为她在社会参与成熟过程中奠定了基础。她的个体认知逐渐深化，对社会的理解也越发清晰。这一阶段的心理发展为小说后续情节的推进提供了有力支持，也使宝钗这一形象更加饱满和丰富。

三、王熙凤的初登场：青春期的责任与压力

（一）王熙凤的年龄特征

1. 青春期个体的初现

王熙凤初登场时年仅18岁，这个年龄标志着她正身处青春期的开端。在这个阶段，个体通常经历身体、心理和社会层面的巨大变化。王熙凤在这一年龄特征首次亮相，使她成为小说中青春期个体形象的代表。这个年龄的选择不仅反映了当时社会对于成年责任的理解，也为后续情节的发展提供了丰富的心理和社会背景。

2. 青春期个体的责任与压力

18岁的王熙凤展现了青春期个体在社会中被赋予责任与压力的形象。18岁已经被视为成年，个体需要承担更多的家庭和社会责任。王熙凤的年龄特征使她成为一个早熟的代表，她的形象反映了青春期个体在早熟社会环境下所面临的责任和压力，为小说的情节发展提供了时代背景的独特切入点。

3. 成年责任的象征

王熙凤的年龄成为她承担成年责任的象征。她不再是一个单纯的少女，而是被赋予家庭和社会责任的个体。这种责任感的象征性质为王熙凤的人物形象注入了更深层次的内涵，也为她后续在贾府中的社会角色扮演提供了根本性的基础。

（二）家庭责任的初体验

1. 家庭期望与挑战的交织

王熙凤初登场揭示了家庭对青春期个体的期望，以及个体在这个过程中所面临的挑战。她作为贾府的女儿，承担着家族的期望，需要在复杂的家庭结构中找到自己的位置。这种家庭责任的初体验展现了青春期个体在家庭关系中的复杂性，为后续的情节发展奠定了基础。

2.家族关系的张力与协调

王熙凤的初体验也表现为家族关系中的张力与协调。她需要在贾府这个复杂的大家庭中与其他家庭成员互动，处理家庭中的矛盾与关系。这一过程不仅体现了青春期个体在家庭责任中的成长，也揭示了家庭关系在青春期阶段的独特动态。

3.家庭责任的心理冲突

王熙凤在家庭责任方面的初体验带有明显的心理冲突。她需要在父母、兄弟姐妹等多重家庭期望中找到平衡，同时面对家族的复杂关系。这种心理冲突使她的形象更加真实而立体，也为青春期成长中的心理挑战提供了一个典型案例。

（三）青春期的社会角色塑造

1.家庭责任与社会期望的交织

王熙凤的初登场为青春期社会角色的塑造提供了一个生动的案例。她不仅是家庭中的一员，更是一个有着明确社会角色的个体。她作为女儿、姐妹、妻子，承担着家庭和社会对她的多重期望。这种交织的社会角色使得她的形象更具复杂性，也为小说中社会关系的发展奠定了基础。

2.社会角色的复杂性

王熙凤的初登场呈现了青春期社会角色塑造的复杂性。她在家庭中不仅是一个女儿，这种多重社会角色的复杂性反映了青春期个体在社会中的多面性，她需要在不同的社会角色中寻找平衡，应对青春期社会角色塑造的特殊挑战。

3.家庭与社会期望的矛盾与调解

王熙凤的形象展示了家庭与社会期望之间的矛盾与调解。她需要在家庭的期望和社会的期望之间找到平衡点，这个过程不仅涉及她个体的成长，也反映了当时社会对于女性角色的期待与挑战。

第五章　贾宝玉的英雄之旅

第一节　贾宝玉的成长背景

一、礼教道义对其自性化的束缚

（一）社会伦理与礼教束缚

1. 封建礼教的深刻影响

在封建社会中，社会伦理和礼法制度对个体的言行举止施加了严格的规范。在青少年成长的环境中，他们被要求遵循传统礼教的规矩，如尊卑有序、言行谦和、尊重长辈等。这种限制不仅来自父母和家庭长辈的教导，更体现了整个社会对个体行为的期望。在《红楼梦》中，贾府的青少年们时刻感受到这种传统礼教的束缚，不敢越雷池半步，努力维持着一个符合封建伦理的行为模式。

封建礼教对婚姻观念和家庭责任产生了深刻的影响。在封建社会中，婚姻不仅是个体之间的私事，更是涉及家族荣誉和责任的大事。贾府中的青年们正是在这种社会期望和家族责任的双重压力下，进行着关于婚姻的探索和选择。

整个封建体制对青少年的成长产生了全方位的影响。封建社会的等级观念、权力结构以及社会阶层的划分，直接影响了青少年的成长和发展。他们在成长的过程中，常常需要面对家族地位的期望、社会地位的差距，以及来自上层社会的压力。在《红楼梦》中，青少年们时刻感受到封建体制的庞大影响，他们的一举一动都在社会阶层的维系和扩展中扮演着关键角色。

通过对传统礼教中言行举止、婚姻观念和整个封建体制的限制分析，我们可以更深入地理解《红楼梦》中青少年成长的背景，以及封建社会对个体成长轨迹的深远影响。这种深刻的封建礼教影响在小说中呈现出丰富的层次，为读者提供了对于青春期社会背景的独特思考。

2. 传统规范下的矛盾与挑战

首先，青少年在贾府这个封建大家庭中，面对着家庭期望与真实自我的冲突。尽管每个青少年都才情出众，但作为家族继承者的贾宝玉在特定的家族结构中承载着更多的期待。家族对他的期望往往涉及维系家族荣誉、传承家族财富等方面，这与他个体的真实需求和追求产生矛盾。他在努力追求自我认知和真实性的同时，不得不在传统家庭价值观与个体自由发展之间寻找平衡，这成为他成长道路上的一大挑战。

其次，青少年在封建社会中要面对社会伦理与个体理想之间的冲突。贾府作为封建社会的缩影，整个社会都对青少年有着明确的行为规范和社会伦理期望。这种期望包括对传统美德的追求、对权威的尊敬等。然而，青少年个体往往怀揣着个人理想和追求，这使得他们不得不在传统社会伦理和个体独立发展的道路上寻找平衡。这种冲突既体现在言行举止上，也深深影响了他们对自我定位和社会角色的思考。

最后，传统礼教对青少年的爱情观念和婚姻责任提出了矛盾的要求。在封建社会，婚姻不仅是个体选择，更涉及家族的荣誉和责任。青少年在追求自己的爱情观念时，往往要面对家族对于婚姻的期望。这种矛盾体现在青少年在感情和责任之间的选择上，既要满足个体的感情需求，又要承担起家族赋予的责任。这成为他们在成长过程中一个棘手的问题，需要在传统婚姻观念和个体自由之间寻求平衡。

（二）家庭和朋辈关系的影响

1. 贾府权力结构的影响

首先，贾府的权力结构中由长辈担任主导角色，他们的权威对青少年的言行产生深刻的指导作用。家族长者如贾母、王夫人等对于家庭事务和家族传统有着极大的影响力。在这个权威体系下，青少年需要在家族规范的指导下成长，接受传统观念和家族价值的灌输。这既是一种对家族传统的继承，也是一种对个体行为的限制。

其次，作为贾府的继承者，宝玉承受着家族的期望和继承责任。在封建社会，继承家族的荣誉和财富是家族成员义不容辞的责任。这种责任不仅是一种经济压力，更是一种家族对于继承者行为和品德的期望。宝玉在家族期望和个体自由之间经历着矛盾，他需要在承担继承责任的同时，保持个体独立性和真实性。

最后，贾府的家庭关系给青少年带来了复杂的家庭压力。在家族权力结构下，亲属关系交织复杂，家族内部的争斗和竞争也随之而来。宝玉等青少年在这种复杂的家庭关系中，既要维系亲情，又要应对亲属之间的权力斗争，这使得他们在家庭环境中更加需要处理复杂的人际关系，这也是他们成长中的一大挑战。

2. 朋辈之间的交往与竞争

首先，贾府中的青少年朋辈关系充满了亲情的成分。由于家族关系的交织，许多青少年之间是近亲或堂亲关系。这样的关系使得他们在成长过程中既有了共同的家族经历，也在相互关心、支持的过程中培养了深厚的亲情。亲情成为他们成长过程中的一种支持和纽带，也为他们的家族观念和责任感奠定了基础。

其次，青少年朋辈之间的交往中充满了友情与合作的体验。在贾府这个大家庭里，青少年们共同面对着家族的期望和压力，他们通过相互理解、合作应对家族事务，形成了一种紧密的团结。这种友情与合作的经历不仅加深了他们之间的感情，也在团结中寻找到了共同进步的力量。

再次，朋辈之间的关系也存在着竞争的压力与挑战。作为家族继承者的宝玉，在与堂弟妹、亲戚子弟之间，面临着权力和继承的竞争。这种竞争既有助于锻炼个体的竞争意识和应变能力，也可能导致他们在家族关系中产生矛盾。竞争与合作的交织使得朋辈之间的关系变得更为复杂，也增加了他们成长中的心理压力。

最后，朋辈之间的交往与竞争在家庭压力中得到了体现。在贾府这个权力结构明显的大家庭中，朋辈之间的竞争不仅是个体之间的斗争，更是家族权谋和家族期望的体现。在这样的压力下，青少年们需要在竞争与合作中找到平衡，既满足家族的期望，又保持个体的独立性。

通过对朋辈之间交往与竞争的分析，我们可以看到，这种复杂而多元的人际关系不仅是青少年成长中的重要组成部分，也是他们在家庭与社会压力下进行身份认知和自我实现的一个重要场域。这种人际关系的交织使得他们既要维护亲情，又要应对家族压力，同时在竞争与合作中经历成长。

（三）性别角色与社会期望

1. 性别在封建社会的角色定位

首先，封建社会的性别观念对青少年的塑造起到了决定性的作用。在这个社会中，男女角色被明确的划分，而性别不仅是一种生理差异，更是社会期望的象征。男性通常被期望承担家族的继承责任，是家族的中流砥柱；而女性则受制于封建礼教，被寄予传宗接代、婚姻为重的期望。这样的性别观念在家庭、社会和家族权谋中得以体现，对青少年的性别角色产生了深远的影响。

其次，贾宝玉作为男性在小说中展现了对传统性别规范的挑战。他的性别认知并不局限于传统的男性职责，而是对自身性别身份进行了深刻的思考。贾宝玉的文学才华、书法技艺以及对诗词歌赋的独特理解，使得他在封建社会中呈现一种与传统男性角色不同的形象。他对女性情感的敏感和对纯洁爱情的向往，都显示出他对传统性别观念的质疑，以及对更为自由的性别认知的探索。

再次，与贾宝玉对传统性别规范的挑战不同，黛玉展现了对女性身份的独立认知。她不愿受制于封建社会对女性的固有期望，表现出强烈的自我主张和对爱情的追求。黛玉的聪慧才情，以及她在家族权谋中的抗拒，都反映了她对传统女性角色的不满，并尝试打破这种角色的束缚。黛玉的形象既表现了她对性别角色的挑战，也展现了她在封建社会中对个体价值的追求。

最后，这种性别挑战也引起了青少年们在封建社会中的社会压力。贾宝玉和黛玉的行为不符合传统的性别规范，他们的性别认知和行为模式引起了家族和社会的关注与反感。这使得他们在成长过程中既要应对家族的期望，又要追求个体的自由和独立。性别挑战成为他们成长中的一种心理冲突，也揭示了封建社会对性别角色的强大束缚。

2. 性别角色认知的挣扎

首先，青少年们在封建社会中面临着对传统性别角色的强烈期望，这也使他们对性别认知产生了挣扎。贾宝玉作为男性，被寄予了家族继承者的责任。传统的封建社会期望男性成为家族的支柱，肩负起传宗接代的使命。然而，这种期望也让贾宝玉感到沉重的压力，他在追求自我认同的同时，不得不面对传统男性角色的束缚，这种挣扎在他的成长过程中得到了明显的体现。

其次，贾宝玉对于自身性别认知的挣扎是他成长过程中的一大亮点。他对文学、艺术的独特追求和对感情的敏感表达，与传统的男性标准相悖。这使得贾宝玉在家族和社会中面临着非议和质疑，他的行为和性格在传统性别观念下被视为一种不同寻常的挑战。贾宝玉在性别认知上的独立思考，带来了内心深处的挣扎，同时展现了他对传统性别规范的不屈和追求个体真实性格的勇气。

再次，黛玉作为女性，她的性别挣扎体现在对封建女性角色的叛逆与自由意志的追求上。封建社会对女性的期望主要集中在传宗接代、婚姻和家庭责任上。然而，黛玉对这种传统女性形象的不满和反抗，使她成为小说中最具独立意志的女性之一。她不愿受制于传统的女性角色，对自己有着独立的人生规划和情感追求。黛玉通过对传统性别规范的挑战，彰显了她内心深处对个体权利和自由的坚持。

最后，这种性别挣扎也带来了青少年们在封建社会中的社会压力。尽管他们在性别认知上表现出独立和自由的追求，但这也导致了家族和社会的质疑和反感。贾宝玉和黛玉的行为和性格不符合传统性别规范，因而在封建社会中引起了不小的轰动。他们要面对来自家族、社会和权谋的多重压力，这成为他们成长道路上的一项重要挑战。

3. 性别探索的复杂性

首先，青少年在性别探索过程中的复杂性源于对传统性别角色的挑战。贾宝玉和黛玉作为小说中的代表性青少年，受到封建社会的性别期望，但他们并非简单地拒绝传统，而是试图在保留自我特质的同时重新定义性别角色。这一探索的动机体现在对封建社会框架的质疑，以及对个体真实性格的追求。

其次，贾宝玉通过对自身责任的思考展现了对传统期望的回应。在封建社会中，男性被寄予了家族继承者的责任。然而，贾宝玉并非简单地接受这一期望，而是试图在继承家族的同时，保留自己对文学、艺术的独特追求。他在性别探索中寻找一种平衡，既能符合传统期望，又能保留自己独特的个性，这使得他的性别探索呈现复杂性与深度。

再次，黛玉通过对个性的坚持和情感的表达，打破了封建女性的刻板印象。在封建社会中，女性被期望履行传宗接代、婚姻和家庭责任，然而黛玉并未被这种刻板印象所束缚。她通过对个体权利和自由的坚持，以及对感情的真实表达，使得她在性别探索中展现出了独特的复杂性。她不仅挑战了传统女性的角色，也在封建社会中寻找了自己的位置。

最后，这种性别探索的复杂性为贾宝玉和黛玉在封建社会中找到自己的位置提供了可能性。他们的探索并非简单地对抗，而是试图在传统框架内重新定义性别角色。这为封建社会的青少年提供了一种在传统与个体之间寻找平衡的路径。这种复杂性的性别探索不仅体现了他们对真实自我的坚持，也为封建社会的变革提供了有力的推动。

二、爱情和生活理想的追求

（一）贾宝玉的爱情观与初恋经历

1. 贾宝玉的爱情观初探

贾宝玉是《红楼梦》中的主要人物之一，他对爱情的独特理解贯穿整个小说。在他成长的过程中，初露的爱情观体现了封建社会中男女关系的复杂性。贾宝玉对黛玉的情感既包含了亲情、友情，又逐渐演变为爱情，这一过程影响着他后来对于生活理想的追求。

（1）贾宝玉的成长与爱情观

宝玉初现：纯真与家族期望的交织。在小说开始时，贾宝玉以其天真纯洁的形象出现，他身负家族期望，成为贾家的继承者。这一初现中，家族责任与个体的纯真相互交织，为贾宝玉的爱情观埋下了伏笔。这种交织既表现了封建社会对于男性继承者的期望，又为他后来的成长奠定了基础。

宝黛初遇：亲情与爱情的微妙平衡。贾宝玉与黛玉的初遇标志着他对于感情的初步体验。起初，这种感情更倾向于亲情，是家族之间的联系。然而，随着时间推移，宝玉对黛玉的情感逐渐演变为爱情，亲情与爱情在心灵深处形成微妙的平衡。这一平衡使得贾宝玉的感情观更加复杂，也增添了小说情节的戏剧性。

情感升华：从亲情到爱情的心灵转变。贾宝玉的情感经历了从亲情到爱情的升华过程。在这一过程中，个体的心灵逐渐完成了对于感情的认知和理解。黛玉在他心中的地位不仅是亲情的象征，更是对于封建礼教之外的感情世界的探索。这种心灵转变为贾宝玉的爱情观埋下了更为深厚的底蕴。

（2）贾宝玉的爱情观与家族责任的交融

作为贾家的继承者，贾宝玉肩负重任。他对家族责任感的觉醒早早显露，这一觉醒不仅体现在物质层面，更涉及对于家族兴衰、名誉与荣耀的担当。这种责任感使得贾宝玉在小说中成为家族的中坚，为家族的延续付出艰辛努力。然而，贾宝玉的爱情观与家族责任之间并非没有矛盾。他的感情世界受制于封建礼教，而他对黛玉的深厚感情与家族的期望产生冲突。这种矛盾使得贾宝玉陷入情感的痛苦，也为小说的情节发展增添了曲折性。

贾宝玉对家族责任感的体验深刻影响了他的爱情观。他的感情不仅是对于黛玉的深切思念，更是对于家族兴衰、世代传承的深刻反思。这一深层次的影响使得贾宝玉在个体成长过程中更加坚定地肩负起家族责任。

（3）命运的变迁与贾宝玉的成熟

贾宝玉的命运饱受变迁。从家族的荣辱到个人感情的曲折，他经历了封建社会中家族兴衰的沧桑。这种变迁不仅考验了他个人的坚韧，也反映了整个封建社会对个体命运的左右。命运的变迁使得贾宝玉在人生的波折中逐渐觉醒。他对封建礼教的反思不仅表现在他对爱情观的深刻思考,更反映在他对家族责任的重新审视。这种个人觉醒推动了贾宝玉在小说中的成熟与深化。

最终,贾宝玉在命运的变迁中完成了对爱情观与家族责任的中和。他对于家族的深情厚谊与对黛玉的深切思念在小说结尾处得到了最终的交汇。这一终和既是其个人成长的巅峰,也为整个《红楼梦》画上了深刻的句号。

2.黛玉与宝玉的情感演变

宝黛之间的情感演变是贾宝玉成长历程中的关键一环。最初,他们的关系更偏向亲情,充满了天真与纯真。然而,随着故事的发展,贾宝玉的感情逐渐演变为爱情,这个转变不仅影响了他的个人发展,也为整个小说的情节赋予了戏剧性。

(1)宝黛初遇:天真与纯真的交融

贾宝玉与黛玉的初遇是整个《红楼梦》情感线的开篇。他们相遇于纯真的年华,那时的黛玉七岁,宝玉八岁。在这段时光里,他们的关系更多的是亲情与友情,天真纯洁的感情交融于贾府的园林之中。

初遇时,贾宝玉对黛玉充满关怀和疼爱,这种感情体现了兄妹之间的亲情。他们在花丛中嬉戏、共读诗文,这些活动表达了纯真的友情与亲情。这一时期的宝黛关系为后续情感转变奠定了基础。然而,随着年龄的增长,情感在两人之间悄然发生着微妙的变化。宝玉对于黛玉的关心逐渐超越了亲情,开始萌动爱情的初芽。这个阶段的情感转变揭示了青春期情感的复杂性,为宝黛之后的戏剧性情节埋下了伏笔。

(2)情感的升华:从亲情到爱情的转变

随着故事的发展,宝黛之间的情感逐渐升华。贾宝玉对于黛玉的关心不再仅是亲情,而是逐渐流露出爱情的若隐若现。这种转变体现了青春期情感的复杂性,它超越了传统的亲情范畴,进入了更加深刻的感情层面。小说中的情节逐渐推进,宝黛之间的感情也得到了更加充分的表达。宝玉对黛玉的关切逐渐转变为深情厚意,而黛玉对宝玉的情感也经历了从纯真喜爱到深切思念的变迁。这种情感升华的情节推进增添了小说的戏剧性,也呈现了青春期情感的曲折发展。

在情感升华的过程中,宝黛之间形成了一种微妙的平衡。他们既是贾府中的兄妹,又承载着更为深刻的爱情情感。这种平衡不仅展现了青春期个体情感的多元性,同时为小说的情节赋予了更为深刻的内涵。

(3)情感的波折:家族责任与爱情的矛盾

封建社会的家族责任感为宝黛之间的爱情投下了沉重的阴影。贾宝玉身为家族继承人,他对于家族的责任感逐渐压迫了他个人的感情。这种家族责任感与爱情之间的矛盾使得宝黛之间的情感走向变得曲折而戏剧性。在家族责任感的压迫下,宝黛之间的感情面临重重考验。尤其是黛玉的病症以及宝玉身不由己的家族安排,使得他们的爱情遭受了巨大的波折。这一波折使得宝黛之间的情感更加坎坷,也为小说的情节发展注入了悲剧性元素。

3.贾宝玉的初恋经历的深层次影响

贾宝玉的初恋经历在他的爱情观中扮演着重要角色。这段经历不仅对他个人的感情产生深远影响，更影响了他对于家族、社会的看法。这一经历在小说中被巧妙地编织，凸显了封建社会对于爱情的束缚和对个体发展的影响。

（1）初恋的萌芽：贾宝玉与林黛玉初次相遇

贾宝玉与林黛玉的初次相遇标志着他们感情的开始。这一时刻的纯真与天真展现了青春期初恋的独有魅力。贾宝玉的心灵在这段经历中首次受到情感的触动，为他未来的成长埋下了种子。初恋经历的萌芽发生在两人的情感交流中。贾宝玉对林黛玉的关注不仅停留在表面，更体现在对她身体状况的关心和对她才情的赞赏。这种萌芽性的情感体验让贾宝玉对林黛玉产生了更为深刻的情感共鸣。随着故事的发展，初恋的情感纠葛开始显现。贾宝玉对林黛玉的情感逐渐超越了亲情，升华为更为深厚的感情。然而，封建社会的伦理规范和家族的安排为这段初恋投下了阴影，情感的纠葛也为贾宝玉的成长带来了复杂性。

（2）初恋的困境：封建礼教的束缚

封建社会的礼教规范成为初恋的困境。贾宝玉受到家族期望和社会伦理的双重束缚，这使得他的情感面临了前所未有的困境。初恋在礼教的阴影下变得曲折而矛盾，这一困境在他个人成长中起到了重要作用。随着初恋的发展，家族对于贾宝玉的期望也变得更加迫切。他身为贾家的继承者，必须顾及家族的利益和荣誉。这种家族压力增加了他对于初恋的矛盾心理，也为贾宝玉在人生十字路口做决策时增添了难度。由于封建礼教和家族的约束，初恋的走向逐渐变得悲剧化。贾宝玉在初恋中所受的困境和打击最终影响了他的人生轨迹。这段初恋经历的悲剧走向凸显了封建社会对于个体爱情的严格规范，也为小说的情节增添了戏剧性元素。

（3）初恋的深层次影响：对爱情与社会的思考

初恋经历深刻地影响了贾宝玉对于爱情的观念。他对林黛玉的感情让他认识到封建礼教对于个体感情的束缚和扭曲。这种认识推动了他对于封建社会的反思，为后来的人生观奠定了基础。初恋经历不仅影响了贾宝玉的爱情观，还影响了他对社会的观念。初恋的悲剧走向使他对封建社会的家族压力和礼教规范产生怀疑，从而开始思考社会的不公和对个体发展的限制。这种对社会观的转变为贾宝玉日后的人生选择提供了重要的参考。初恋经历对贾宝玉产生了深层次的影响，引发了他对个体发展的深刻反思。他开始深思个体在封建社会中的命运，思考个体是否能够在爱情中追求真正的幸福，而不受制于家族压力和封建礼教。这一深刻反思推动了贾宝玉逐渐走向独立思考和个性觉醒的过程。

（二）贾宝玉的生活理想与家族责任

1.宝玉对封建家族的责任感

作为贾家的继承者，贾宝玉肩负着沉重的家族责任。他对于家族的责任感早早显露，但这种责任感并非只体现在物质层面，更包含了对家族兴衰、荣誉与名望的担当。这种责任感在封建社会中是一种普遍存在的社会期望，也是贾宝玉成为家族中坚的动力。

（1）家族责任感的早期体现

贾宝玉在成长过程中早早体会到了家族荣誉与传统的分量。作为贾家的继承者，他身上背负着代代相传的家族荣光，这一责任感在他的心灵深处早已生根。家族的期望在贾宝玉的教养中扮演了重要角色。从小，他就被灌输着对于家族的忠诚与责任的思想，这种教育为他将来的责任感埋下了种子。

（2）家族责任感的多层面表达

随着故事的发展，贾宝玉逐渐体会到了家族兴衰的巨大负担。他深知自己肩负着维系贾家声誉的责任，这一责任感涉及家族整体的命运。贾宝玉在家族中的地位也导致了他在家族成员之间的矛盾。他需要在家族内部平衡各方利益，这种责任感使得他陷入家族关系的复杂纷争中。

（3）家族责任感的社会价值

在封建社会中，家族责任感是衡量一个人社会地位的标志。贾宝玉的责任感不仅是对于家族内部的责任，更是对于整个社会结构的一种参与和维护。贾宝玉的家族责任感贯穿整部小说，不仅是一种社会期望，更是他对于价值观念的体现。这种责任感使得他在困境中能够坚守信仰，对于家族的忠诚更是他家族中坚的动力。

2.生活理想的探寻与贾宝玉的追求

贾宝玉的生活理想并非仅停留在家族的延续上，更涉及对人生意义的深刻思考。他对诗文的热爱，对自然的向往，都表现了他对精神生活的追求。这种理想的探寻使得贾宝玉在小说中不仅是一个封建家族的继承者，更是一位追求内心深处真正意义的人。

（1）理想追求的初现

贾宝玉在小说中表现出对文学的浓厚兴趣，尤其是对诗文的热爱。这一爱好不仅体现了他对艺术的敏感，更暗示了他对精神生活的向往。贾宝玉对自然的向往在小说中得到了生动的描绘。他在园林的设想中展现了对理想家园的构想，这既是对自然的喜爱，也是对生活理想的一种具体表达。

（2）精神境界的提升

贾宝玉通过创作诗词歌赋表达内心情感，这不仅是文学爱好的延伸，更是他对于精神境界提升的追求。他透过诗文表达个体情感，塑造自己的理想形象。在小说中，贾宝玉对灵性的关注也显著。他与普陀山的和尚交流，对佛法进行了一番探讨，这表现了他对于内心深处意义的追求，对人生真谛的关切。

（3）理想追求的深刻思考

随着故事发展，贾宝玉对生命的意义进行了深入的思考。他开始追问人生的意义，对于存在的真谛有了更为明晰的认识。这种思考使得他在封建社会的生活中有了一种超越物质的追求。贾宝玉的理想追求逐渐超越了个人欲望，涉及对社会的责任感。他的理想生活不仅是对个体幸福的追求，更包含了对家族、社会的贡献，这体现了他对于人生意义的更加全面的认识。

贾宝玉的生活理想不仅局限于家族的延续，更体现了他对于精神生活的深刻思考和追求。他透过文学、自然、宗教等多重途径，寻找着生命的真谛，对个体价值和社会责任有了更为全面的理解。

3.贾宝玉与社会角色的矛盾

（1）理想超脱与尘世责任的矛盾

贾宝玉的生活理想追求着一种超越尘世纷扰的境界，这表现在他对文学、自然、宗教的向往中。这种渴望是对封建社会束缚的一种反抗，体现了他对个体精神独立的渴求。然而，贾宝玉所处的封建社会赋予他沉重的家族责任。作为贾家的继承者，他不得不承担家族荣辱的责任，这使得他的理想与封建现实之间产生了矛盾。尽管渴望超越尘世，却难以逃脱社会赋予的家族责任。

（2）诗文痴迷与社会担当的冲突

贾宝玉对诗文的痴迷反映了他对精神追求的狂热。然而，这种追求与封建社会对于家族责任的期望形成对立。他的文学爱好被视为一种放纵，与封建伦理观念发生冲突。在感情方面，贾宝玉的矛盾体现得尤为明显。他对黛玉的情感不仅受制于家族的期望，也与他超脱尘世的理想相冲突。感情抉择上的矛盾让他陷入内心的挣扎，难以找到平衡点。

（3）曲折发展的人生轨迹

贾宝玉在小说中经历了一系列的爱情波折，同时承受了沉重的家族责任。这种爱情与责任的两难让他的人生轨迹变得曲折，不断试图在理想与现实之间找到平衡。贾宝玉在矛盾中经历了人生的曲折过程。他在感情和家族责任的冲突中逐渐觉醒，理解到生活的复杂性。这一曲折的发展使得他的人物形象更加丰满，同时为小说的情节注入了深刻的思考。

（三）命运的转变与贾宝玉的心灵历程

1.命运的转变与贾宝玉的人生觉醒

在《红楼梦》中，贾宝玉的人生命运饱受波折。从家族兴衰到个人感情经历，他的成长伴随命运的变迁。这种变迁不仅是外在环境的影响，更是他内心深处的一次觉醒，使得他对于生活和爱情的理解更加深刻。

（1）命运的初步塑造

贾宝玉的成长受到贾家家族兴衰的巨大影响。作为贾家的少爷，他在早年间便目睹了家族的繁荣和衰败。这种家族的兴衰变迁使得他对于命运的理解不再停留在理想主义的层面，而开始逐渐认识到社会和家族结构对个体命运的塑造。在感情方面，贾宝玉的初恋经历是他命运初步塑造的重要一环。初恋的波折和悲剧让他深刻体会到爱情和婚姻并非理想中那样美好，而是受到封建社会礼教、家族压力等多重因素制约的。这为他后来的人生观和爱情观的形成奠定了基础。

（2）命运的反思与内在觉醒

贾宝玉在家族的环境中对封建礼教产生了深刻的质疑。他开始思考为何家族和社会要如此强调婚姻的社会地位，以及为何个体在感情选择上如此受到限制。这种对封建礼教的质疑标志着他命运觉醒的开端。在家族兴衰和个人感情经历的双重冲击下，贾宝玉开始对生活的意义进行深刻思考。他不再满足于家族的传统安排，而是追求真实的人生体验。这一转变标志着他内在觉醒的开始，他渐渐摆脱了命运的束缚，开始选择自己的生活道路。

（3）命运觉醒的深层次影响

命运的变迁和反思推动了贾宝玉的个性觉醒。他逐渐从家族和社会的束缚中解脱出来，开始独立思考人生、爱情以及社会的本质。这一觉醒不仅体现在他的行为上，更表现为对自我认知和生活态度的深刻变化。命运的变迁促使贾宝玉对爱情和社会有了更为深刻的理解。他不再将爱情理想化，而是通过亲身经历，认识到社会结构对个体命运的巨大影响。这种深刻的理解使得他在小说中扮演了对于家族和社会进行批判性反思的角色。

《红楼梦》通过塑造贾宝玉的命运变迁和内心觉醒，深刻展示了封建社会对于个体成长的制约和影响。他在家族的沉浮中逐渐认识到个体在封建社会的局限性，通过对爱情和生活的深刻思考，完成了对于命运的觉醒。这一过程不仅是贾宝玉个体的成长，更是对封建社会机制的深刻反思，具有重要的学术价值。

2.对爱情与理想的重新审视

在经历了家族荣辱、爱情波折后，贾宝玉对爱情和理想进行了重新审视。他逐渐明白封建社会的枷锁和对人性的局限。这一重新审视并非出于对爱情和理想的放弃，而是更为成熟深刻的认识它们。

（1）初窥爱情的荣辱

贾宝玉在家族的压力下初窥爱情，然而，这段初恋经历却深陷于家族荣辱的矛盾之中。他对黛玉的情感与家族的利益发生冲突，这一矛盾使他在爱情的追求中经历了种种波折。初窥爱情使得贾宝玉意识到封建礼教对于爱情的束缚。他在感情中屡遭波折，理想中的纯美爱情在现实面前显得愈发渺茫。这一阶段的经历促使他对于爱情和理想产生重新审视的需求。

（2）爱情与理想的深刻反思

贾宝玉对爱情进行重新审视，开始深刻思考社会枷锁对个体爱情的影响。封建礼教、家族压力等因素对于个体的感情选择形成了巨大的制约，他意识到这一点是爱情遭受困境的根本原因。爱情的波折使得贾宝玉开始反思个体理想与社会现实之间的矛盾。他意识到，理想中的纯洁、美好的爱情在封建社会的桎梏下几乎无法实现，这让他对理想产生了更为深刻的认识。

（3）爱情与理想的成熟认知

通过爱情的波折和反思，贾宝玉逐渐达到了对爱情的成熟理解。他不再将其理想化，而是明白爱情是一个受制于社会、家族等多重因素的现实存在，需要以更加成熟和现实的态度来对待。在经历了爱情的波折和重新审视后，贾宝玉对于理想进行了重新塑造。他开始以更为成熟的眼光看待理想，明白理想不是脱离社会现实的遥远幻想，而是需要在现实中不断努力去追求的目标。

3.贾宝玉的心灵历程的启示

贾宝玉的心灵历程为读者提供了深刻的启示。他在爱情与理想的追求中不断成长，最终在人生的波澜中找到了内心的平静。这一过程反映了一个封建社会下个体生命的曲折发展，也为读者提供了对于爱情、人生、命运的深刻思考。

（1）爱情与理想的曲折发展

贾宝玉在爱情的初生阶段，面对家族的压力与期望，经历了与黛玉的初次相遇。这一阶段反映了封建社会对于个体感情自由的限制，预示了他爱情观的曲折发展。贾宝玉的爱情经历充满波折，他与黛玉的感情受到家族的干预，理想中的纯美爱情在封建社会的阴影下受到冲击。这一冲击使他开始对个体理想与社会现实进行深刻反思。

（2）内心的成熟与思考

贾宝玉通过爱情经历，逐渐认识到家族、封建礼教对于个体感情的制约。这一认识使他在内心开始思考个体感情与家族、社会之间的关系，为理想的重新审视奠定了基础。在家族兴衰、个人命运波折的历程中，贾宝玉开始深刻思考命运对于个体生命的影响。这一思考不仅使他更加成熟地面对人生起伏，也为他对理想的重新定义提供了更为深刻的认知。

（3）内心平静地获得

经历了爱情波折和对命运的思考，贾宝玉对爱情和理想进行了重新定义。他不再将其理想化，而是以更加成熟和现实的眼光看待这两者，找到了内心平静。最终，贾宝玉通过内心的平静领悟到了人生的真谛。他在封建社会的矛盾中找到了内心的平和，对于人生的领悟使得他能够更从容地面对家族的兴衰、爱情的曲折。

贾宝玉的心灵历程不仅是一段个体爱情经历的过程，更是对封建社会束缚、个体理想追求的深刻思考。他在曲折的人生历程中找到了内心的平静，对于爱情、理想和人生的思考为读者提供了深刻的启示。这一过程具有广泛的社会学、文学、心理学价值，对于理解封建社会下个体心灵发展具有重要的参考价值。

第二节　贾宝玉对抗封建礼教的过程

一、英雄之旅中的困难和挑战

（一）挣脱封建礼教的束缚

1.礼教的束缚与宝玉的反抗

贾宝玉生活在一个严格受礼教束缚的封建社会。这个社会体系以家族为单位，对成员的言行举止、婚姻观念等方面都有着严格的规范。贾府作为一个封建大家族，其成员不仅受到家庭礼法的制约，还深受整个封建社会伦理的影响。宝玉所处的时代要求个体顺应传统礼教，这为他的英雄之旅增加了挑战的难度。

宝玉并非盲目反抗，而是通过对礼教的深刻认知，意识到其中的矛盾和局限。他从小就对家族礼法产生质疑，对于礼教体系中的不公平和不合理逐渐有了敏感的觉察。宝玉对传统规范的挑战并非出于叛逆，而是对人性和正义的追求，这使得他的反抗更具有深刻的社会价值。

宝玉的情感生活成为他对礼教反抗的重要动力。在封建礼教下，家族往往通过安排婚姻来维护家族利益。宝玉的感情生活受到了家族利益和礼教规范的双重压力。他的真挚感情和追求自由的渴望与家族的期望和礼教的规范产生冲突，这使他的英雄之旅更加曲折和充满戏剧性。

宝玉通过在英雄之旅中的种种经历，逐渐坚定了对反抗礼教的信心。他不仅在言行上表现出对传统规范的拒绝，更在实际行动中展现出对于人性平等、自由恋爱的坚持。宝玉对礼教的反抗并非一时的叛逆，而是一个个体在社会背景下，对于自由、平等、正义的坚定追求，为封建社会的改革奠定了思想基础。

2. 礼教对情感的限制

封建礼教对贾宝玉的感情生活进行了显著的干预。在封建社会中，家族往往通过安排婚姻来维护家族利益和社会地位。贾府作为一个封建大家族，对于宝玉的婚姻有着明确的期望。这种家族安排的婚姻观念让宝玉在感情选择上失去了自主权，使他的英雄之旅充满了家族期望和个体真实感情之间的矛盾。

宝玉在英雄之旅中经历了家族期望与个体真实感情之间的冲突。贾府对于宝玉的婚姻安排既考虑到家族的繁衍延续需求，又涉及家族地位和利益的维护。而宝玉个人的情感却往往与这些家族利益相冲突。这使宝玉在感情生活中不得不面对抉择，是顺应家族期望还是坚持个体真实感情，成为他情感生活中的一大难题。

宝玉追求感情的真实性成为他英雄之旅中的重要课题。在封建社会的礼教框架下，感情的真实性往往受到了严格的限制，尤其是在继承者的感情选择上。宝玉通过与黛玉等人的情感交往，试图在封建规范的框架内追求真实的情感，这使得他的英雄之旅更加曲折而富有戏剧性。

在英雄之旅的过程中，宝玉逐渐实现了情感上的解脱，并找到了真实的自我。通过对家族期望的反抗和对真实感情的坚持，宝玉最终在情感生活中找到了独立、自主的方向。这个过程不仅是他个体成长的一部分，也是对封建礼教束缚的一次有力反抗，为封建社会中感情观念的拓展奠定了基础。

3. 礼教挑战的背后

宝玉挣脱礼教束缚的背后是一种内在的驱动，即对自我认知的不断深化。在封建社会的礼教框架下，宝玉逐渐意识到礼教对他个体的束缚，这激发了他对自我独立和真实感情的需求。这种内在驱动力推动着宝玉勇敢地对抗传统礼教，寻找自己内心深处真实的情感需求。

宝玉在挣脱礼教束缚的过程中经历了情感冲突与自我探索。他面对家族的婚姻期望和个体的真实感情之间发生的冲突，逐渐认识到传统礼教对于感情选择的制约。这种冲突使得宝玉开始思考自己对感情的真实需求，从而深化了他对自我内在情感世界的理解。

宝玉通过挣脱礼教束缚，对自己独特的情感需求有了更深入的认识。他通过与黛玉、宝钗等人的交往，逐渐发现自己对于感情的渴望和对于真实自我的追求。这种对独特情感需求的认识使得宝玉在英雄之旅中更加坚定地追求内心深处的真实情感。

在挣脱礼教束缚的过程中，宝玉逐渐进入了独立自主的关键阶段。他通过对抗礼教，实现了对个体真实感情的追求，标志着他开始从一个在传统规范下被动受制的青年，向自我独立、真实自我的成年人转变。这一关键阶段为宝玉的个体成长奠定了坚实的基础。

（二）家庭关系与情感挣扎

1. 家族期望与自我发现的冲突

宝玉承受着沉重的家族期望。作为贾府的继承者，他被寄予了家族繁荣的期望，这使他在英雄之旅中面临着来自家族的沉重责任。这种家族期望不仅来自长辈的言传身教，更受到整个家族历史的传承的影响，使宝玉感到了沉甸甸的责任压力。

宝玉身处复杂的家庭关系之中。贾府内部权谋纷争、亲戚关系错综复杂，这些关系使宝玉在家庭中既有得力的支持者，又有明枪暗箭的竞争者。这种复杂的家庭关系为宝玉的成长增添了诸多变数，使他在家族期望与个体追求之间产生矛盾。

家庭关系的复杂性在宝玉的情感生活中引发了挣扎。他既要面对家族为他安排的婚姻，又要处理与黛玉之间的纠葛。这使得宝玉陷入情感的两难境地，不得不在家族期望和个体真实感情之间进行抉择，形成了他情感生活中的内在挣扎。

在家族期望与自我发现的冲突中，宝玉经历的矛盾和挣扎成为他成熟的催化剂。他通过对家庭关系的思考和情感抉择，逐渐认识到自己真实的需求和对于独立自主的渴望。这一成长的催化剂使宝玉在家族期望和自我发现的冲突中逐渐找到了平衡点，实现了个体成熟的转变。

2. 与黛玉的情感纠葛

宝玉的英雄之旅受到家族为他安排的婚姻的影响。家族期望他成为贾府的继承者，这使得他在情感上受到了一定的约束。然而，在这个家族期望的背后，黛玉的陪伴成为宝玉情感生活中的一处独特风景。黛玉的存在为宝玉带来了陪伴和情感的支持，同时让他对家族期望有了更为深刻的思考。

宝玉与黛玉的感情之路并非一帆风顺。他们经历了爱情的苦难，包括黛玉的疾病、宝玉对黛玉的深情厚谊等。这些困难不仅检验了两人之间的感情，也让宝玉更深刻地理解爱情的复杂性。这段经历让宝玉在情感上得到了成熟和启示，也让他对家庭和爱情的关系有了更为深刻的认识。

宝玉在家庭与爱情之间面临平衡难题。作为贾府的继承者，他必须履行家族责任，但与此同时，他对黛玉的深情让他陷入了情感的矛盾。宝玉需要面对家族期望与自己内心真实感受之间的冲突，这让他在成长过程中更加理解了家庭和个体情感之间的复杂关系。

宝玉与黛玉的情感纠葛为宝玉的成长提供了深刻的启示。通过这段感情经历，宝玉不仅体验了爱情的辛酸和珍贵，也更清晰地认识到自己对于真实感情的渴望。这种成熟的情感认知不仅影响了宝玉个体层面的成长，也让他对家庭和社会关系有了更为全面和深刻的理解。

3.家庭关系的反思与成长

宝玉在英雄之旅初期对家庭关系进行了初步的探索。作为贾府的继承者，他处在复杂的家庭结构中，亲情关系纷繁复杂。他对亲人的早逝、家族的权谋早有耳闻，这使得他对家庭关系产生了好奇和思考。这种初探是宝玉对自身家庭角色的第一步认知，也是他英雄之旅中对家庭关系反思的开端。

宝玉通过情感挣扎逐渐理解了亲情的重要性。他在与黛玉的情感经历中，深刻体验到亲情的珍贵。黛玉的离世让他更加意识到亲人的离去是一种无法抹去的痛苦，这种痛苦使他对家庭的依赖和亲情的价值有了更为深刻的理解。情感挣扎成为他认知亲情的一扇窗口，也为他更加成熟地看待家庭关系奠定了基础。

宝玉在家族责任和个体选择之间进行了平衡。作为贾府的继承者，他承担着家族的期望。然而，他在情感中的挣扎让他开始审视家族责任与个体选择之间的平衡问题。他对家庭的责任感和对自身情感的需求之间的矛盾成为他成长过程中的一个重要难题，也让他更加深刻地理解到个体在家庭中的两难地位。

（三）性别认知的拓展

1.与女性角色的交往与启示

宝玉在与女性角色的初步交往中形成了对性别角色的初步认知。与黛玉、宝钗等女性角色的接触让他意识到，女性并非简单的家庭附庸，而是拥有独立思想和情感的个体。这一认知打破了当时传统的性别刻板印象，使宝玉开始思考女性在家庭和社会中的真正地位。

宝玉通过与女性角色的深入交往超越了传统的性别观念。与黛玉的情感纠葛和宝钗的理性交往使他逐渐认识到，性别并不是决定个体价值和社会角色的唯一标准。女性在家族中扮演着至关重要的角色，拥有自己的智慧和责任。宝玉开始理解性别平等是社会进步的重要一环，而非简单的男尊女卑。

宝玉逐渐对女性角色表现出更深层次的敬重与理解。他通过与宝钗的交往，学到了理性思考和坚韧不拔的品质。与黛玉的情感纠葛让他明白了女性情感的复杂性和独特之处。这种深入的交往为宝玉拓展了对女性的理解，使他更为全面地看待女性在社会中的作用。

宝玉通过与女性角色的交往形成了对性别平等与社会责任的深刻认知。他开始明白，性别平等不仅是个体权利的问题，更是社会共同进步的标志。与女性角色的深入交往让宝玉更加关注社会中存在的性别歧视问题，并对此表示担忧。他的认知不仅停留在个体层面，更涉及社会层面，这为他的英雄之旅增添了更为深远的意义。

2. 性别观念的挑战与接受

宝玉对传统性别观念进行了深刻的质疑。在他的英雄之旅中，他开始认识到封建社会对男女角色的设定存在着局限性。他质疑为何男性被赋予更多的责任和权力，而女性则被束缚在传统的家庭和婚姻框架中。这种质疑是对封建礼教的挑战，也是对社会体制的深刻思考。

宝玉逐渐接受了女性的独立性和价值。通过与黛玉、宝钗等女性角色的交往，宝玉认识到女性并非简单地依附男性的存在，她们拥有独立的思想、情感和责任。宝玉在这一过程中逐渐认识了女性在家庭和社会中的重要性，这是他性别观念转变的一个关键点。

宝玉的英雄之旅呈现了对性别平等的持续追求。他不满足于简单地接受女性的独立性，而是开始呼吁性别平等。这一追求并非仅停留在个体层面，更是对整个社会制度的挑战。宝玉渴望一个能够让男女平等发展的社会，这使他的英雄之旅具有社会改革的倾向。

宝玉的性别观念拓展超越了简单的二元性别框架。他开始思考性别并非固定不变的，而是由社会赋予的角色。宝玉提倡超越性别的思考方式，主张个体的特质和能力应该是判断价值的标准，而非仅仅基于性别。这种超越性别二元框架的思考表明了宝玉在性别观念上的深刻反思。

3. 性别认知的深化与超越

宝玉通过与黛玉、宝钗等女性角色的交往，深刻理解了女性的复杂性。他开始认识到女性并非简单地被动接受家庭和社会安排的对象，而是拥有独立思想和情感的个体。黛玉的坚韧和宝钗的聪慧使宝玉看到了女性身上独特的价值，这是对封建社会性别刻板印象的突破。

宝玉的性别认知在此过程中得到了深化。通过与女性的交往，他开始反思自己作为男性的身份和责任。他不仅是贾府的继承者，还是一个有着情感需求和独立思考能力的个体。宝玉开始意识到，性别身份不应仅是社会赋予的角色，更应该是一个个体内在特质的一部分。

宝玉逐渐超越了传统的性别角色设定。他开始认识到，男女并非固定在社会赋予的框架中，而是可以超越这些界限。宝玉渴望建立一个更加平等、自由的社会，其中个体的发展不受性别的限制。这种对性别角色的超越意味着宝玉在封建社会中寻找自己个体身份的勇气和决心。

宝玉在性别认知的深化与超越中，找到了在封建社会框架内寻找宽广个体身份的可能性。他开始强调个体独立性和真实性，而非受到性别角色的约束。宝玉的性别认知变得更加灵活和开放，使他能够更全面地理解自己和他人，为建立一个更加公正和包容的社会贡献了自己的思考。

通过对宝玉性别认知深化与超越的分析，我们看到了一个青少年在封建社会中通过对女性的理解和对自身的反思，寻找独立、真实个体身份的过程。这种认知的深化不仅使宝玉超越了传统性别观念，更为他的英雄之旅注入了更为深刻的内涵。

二、对抗社会限制，追求真实自我

（一）超越传统规范的追求

1. 社会伦理与个体追求的冲突

小说中描绘的青少年形象反映了社会伦理与个体追求之间的冲突。现代社会同样存在传统规范的束缚，而青少年则在这种束缚下努力追求内心真实。社会伦理标准与个体自由发展的矛盾，使青少年在探索自我身份和独立性的过程中面临重要抉择。

现代社会需要鼓励青少年勇敢追求内心真实，挑战传统社会观念，表达个性，实现自我发展。小说中的青少年形象为当代青少年提供了鼓舞，使他们更有勇气和决心超越传统规范，积极追求自我理想。

2. 创新思维对社会的推动

青少年在小说中展现出的创新思维对当代社会的发展具有启示作用。他们不仅不满足于传统规范，而且勇于创新。这种创新思维对社会变革和进步起到推动作用，促使社会更好地适应当代人的需求和价值取向。

现代社会应该鼓励青少年发展创新思维，培养他们在面对社会问题时能够提出独特见解和解决问题的能力。通过提供创新的教育环境和资源，社会可以培养青少年的创造性思维，使他们在未来能够更好地应对社会的挑战。

3. 社会价值观的冒险与超越

小说中描绘的青少年对礼教的挑战提醒了现代社会对社会价值观进行冒险与超越的重要性。社会价值观需要不断调整和更新，而青少年的参与可以为这一过程注入新的思考和能量。现代社会应该鼓励青少年通过表达自己的观点，参与社会话题，推动社会价值观更新与发展。

（二）家庭关系与独立发展的平衡

1. 家庭关系对个体成长的深远影响

（1）家庭在青少年成长中的关键作用

小说中展现的家庭关系对个体的成长产生深远的影响。在现代社会，家庭是青少年成长的重要环境。父母和家庭成员的支持与理解对塑造青少年的人格和价值观起到至关重要的作用。这种家庭环境可以为个体提供安全感和情感支持，对青少年的心理健康和稳定发展至关重要。

（2）家庭作为独立发展平台的重要性

在现代社会中，家庭不仅是一个情感支持系统，更应该成为培养青少年独立发展的平台。父母应该为子女提供适当的自主权，让他们能够在家庭环境中培养自己的兴趣和能力。这种平衡有助于培养青少年的独立性，使他们能够更好地适应社会的发展和变化。

2. 家庭关系与独立发展的平衡

（1）父母在尊重个体选择中的作用

小说中青少年对个体独立发展的追求提醒了现代社会对家庭关系的调整。在现代社会中，父母应该在尊重个体选择的同时，提供积极的引导和支持。理解并接纳青少年的兴趣和抱负，有助于营造更加开放的家庭氛围，让青少年能够在独立发展的过程中找到平衡。

（2）家庭支持下的独立发展

现代社会要求家庭成为培养青少年独立发展的温床。父母的支持和鼓励可以帮助青少年更好地探索自己的兴趣和能力。通过提供资源和机会，家庭可以成为支持青少年个体发展的重要力量，使他们在独立发展的道路上更加坚定信心。

3. 家庭教育与社会责任感的培养

（1）家庭教育的社会责任感

家庭教育应该注重培养青少年的社会责任感。通过家庭教育，可以培养青少年对社会的敏感性，使他们认识到自己在社会中应该承担的角色和责任。家长可以通过榜样和引导，帮助青少年建立正确的价值观和社会责任感。

（2）参与社会活动的重要性

家庭应该成为培养社会责任感的温床。家长可以鼓励青少年参与社会活动，让他们亲身体验并认识社会责任的重要性。通过参与志愿活动、社区服务等，青少年能够培养对社会的热爱和责任感，为未来的成年生活奠定坚实的基础。

家庭关系与独立发展的平衡是青少年成长过程中至关重要的因素。父母和家庭成员的支持对于个体的成长有深远地影响，家庭也应该成为培养独立发展和社会责任感的平台。通过建立健康的家庭关系，现代社会可以更好地培养具备独立性和社会责任感的青少年。

（三）性别平等与自我认知

1. 宝玉对性别认知的启示

（1）性别平等教育的重要性

小说中宝玉对性别认知的启示提醒了现代社会性别平等教育的重要性。在当代社会，强调男女拥有平等权利和机会已经成为社会共识。宝玉通过与女性深入交往，逐渐拓展了对性别角色的认知。这为现代社会提供了深刻的反思，使人们更加关注和倡导性别平等，为青少年在自我认知中更全面的发展提供指引。

（2）宝玉的性别认知与现代社会的联系

宝玉的性别认知不仅是小说情节中的一部分，更是与现代社会紧密相连的议题。他的经历可以作为性别平等教育的范例，启发现代社会关注和强调性别平等的重要性。宝玉在封建社会中的勇气和开明思维为当代社会提供了反思和启发，促使人们更加注重性别平等的教育和实践。

2.挑战传统性别观念的勇气与开明思维

（1）宝玉的挑战与现代社会的勇气

小说中宝玉对传统性别观念的挑战展现了他的勇气和开明思维。在封建社会的压力下，宝玉敢于提出对传统性别规范的质疑，表达了对自由和平等的渴望。这种勇气为现代社会的青少年树立了榜样，鼓励他们勇敢地挑战传统性别观念，追求自我认知的深化与超越。

（2）宝玉的开明思维与社会的发展

宝玉的开明思维不仅是个体的勇气，更是对社会发展的一种推动。他敢于对传统观念提出质疑，表达了对自由、平等的向往，为社会的变革提供了积极的力量。现代社会应该鼓励青少年像宝玉一样，发展开明思维，勇敢地追求个性和平等，为社会的进步做出贡献。

3.性别平等教育的范例与社会的建设

（1）宝玉的性别认知为性别平等教育提供范例

小说中宝玉的性别认知为性别平等教育提供了有益的范例。通过他的经历，可以引导青少年超越传统性别角色，认识到男女在社会中应当具有平等的地位和权利。这为性别平等教育提供了一个生动的案例，有助于教育体系更好地传递性别平等的理念。

（2）性别平等教育的建设与社会的未来

性别平等教育的推进有助于塑造一个更加开放、平等和包容的社会。通过教育引导，可以培养青少年树立正确的性别观念，从而形成整个社会的性别平等氛围。

（四）社会价值观的冒险与超越

1.时代变迁中的价值观挑战

（1）青少年对传统观念的挑战

小说中描绘的青少年形象展现了他们对传统价值观的冒险与挑战。随着社会的不断演进，青少年成为推动社会变革的先锋。他们对传统观念的挑战不仅是个体的探索，更是对整个社会的价值观进行重新审视，反映了时代变迁的必然趋势。

（2）社会对价值观的反思

青少年通过对传统观念的挑战，引发社会对自身价值观的反思。社会需要借助青少年的冲动和勇气，审视并调整旧时的观念，使其更加符合当代社会的需求。这种挑战促使社会在不断变迁中实现价值观的创新。

2.社会参与的重要性

（1）青少年的社会活动参与

小说中描绘的青少年积极参与社会活动，表达对社会价值观的态度。他们通过发表观点、参与社会事务，成为社会变革的推动力。这种参与不仅使得他们个体得到锻炼，同时促使社会在多元声音中发展。

（2）培养青少年的社会责任感

现代社会需要更加重视培养青少年的社会责任感和积极性。通过鼓励他们参与社会事务，社会可以激发他们对社会问题的关注，并培养他们成为具有社会责任感的公民。这样的参与不仅有益于个体成长，也对整个社会产生积极影响。

3.青少年创造力与社会创新

（1）创新思维对社会的推动

小说中青少年的创造力展示了他们独特的思维方式。通过对传统价值观的挑战，他们为社会带来新的理念和观念，推动社会朝着更加开明和进步的方向发展。这种创新思维对社会的发展起到了积极的推动作用。

（2）鼓励青少年发挥创造力

现代社会应该更加注重鼓励青少年发挥创造力。通过提供更多的创新空间和资源，社会可以激发青少年的潜能，培养他们成为有独立思考能力和创新能力的个体。这种鼓励不仅有助于个体的成长，也对社会创新能力的提升产生积极影响。

小说中描绘的青少年形象通过对传统价值观的挑战，参与社会变革，以及展现创造力，这反映了社会价值观的时代变迁。他们的冒险与超越不仅推动了个体的成长，也在推动整个社会朝着更加开明、进步的方向发展。社会应该重视并激励青少年的参与和创造力，使他们成为社会变革的积极力量。

第六章　黛玉、宝钗等人物的心理特征

第一节　从心理学角度深入分析其他主要人物

一、个体与集体无意识的关系

（一）黛玉的个体心理解读

1. 自我认知的独立思考

第一，封建社会女性期望的背景下的自我认知。黛玉的个体心理展现了一种独特的自我认知。在封建社会中，女性往往被寄予家庭责任和婚姻期望，但黛玉的思考却跳出了这一范围。她通过对自我命运的思考，不断质疑传统期望对女性的束缚，展现出对个体自由的深切渴望。这种独立思考的个体心理在小说中与其他传统女性角色形成鲜明的对比，使黛玉成为一个独具思辨性格的角色。

第二，情感纠结中的独立心理表达。黛玉的个体心理在情感方面表现的尤为突出。她与贾宝玉之间的感情不仅是亲情，更逐渐演变为复杂的爱情纠葛。这种情感的转变展现了她对个体情感的独立追求，使她在感情纠结中保持了独立的心理。她对感情的思考和对自己内心真实情感的表达，形成小说中一个独特而深刻的个体心理描绘。

2. 情感复杂而深刻

第一，亲情的深厚感情。黛玉对亲情表达出深厚的感情。她与宝玉、宝钗等家族成员之间的关系充满了真挚和深沉的感情。这种亲情不仅表现在言语上，更体现在她对家族的关切上。亲情的存在为她的个体心理注入了一份坚韧和责任感。

第二，复杂的爱情纠葛。黛玉与贾宝玉之间的感情演变为她个体心理中的另一主线。从最初的亲情，到后来的爱情纠葛，这段感情线的复杂性为她的个体心理增添了戏剧性和深度。她对感情的思考、对未来的期望以及对爱情的独特理解，统一构成了小说中情感描写的重要组成部分。

在小说中，黛玉的个体心理既是对封建社会女性期望的反叛，又展示了一个个体在情感纠葛中的成熟与坚守。作者对她的心理描写丰富多彩，使得她成为《红楼梦》中最富有情感层次和独立思考性格的角色之一。

（二）宝钗的心理复杂性

1. 理性与冷静的社会认知

宝钗的个性心理特征体现出一种理性和冷静。她对于家族和社会的期望有着清醒的认知，同时她内心深处对于个体情感的追求也不可忽视。宝钗既是封建礼教的产物，又展现了她对于自我价值的追求。她的个体心理呈现出一种矛盾而复杂的状态。

（1）清醒的社会期望认知

宝钗的个体心理特征首先体现在她对家族和社会期望的清醒认知。她对于家族责任的理解使她成为贾府千金中的佼佼者。宝钗清楚地认识到家族在封建社会中的地位，她以理智的眼光看待家族的荣辱，对于传统行为规范有着坚定的认同。这种清醒的社会认知使宝钗在家族中成为一位稳重、负责的人物。

宝钗的个体心理不仅停留在对家族期望的认知上，更在对社会期望的追求中体现出理性。她对于婚姻、家庭的期望与规划展现了一种清晰的社会认知。宝钗在面对社会对女性的期望时，并未盲从，而是以理性的态度对待。她的个体心理在对社会期望的理性认知中显得更加独立而坚实。

（2）个体情感的追求

宝钗的个体心理特征不仅体现在对家族与社会的理性认知上，也展现在对个体情感的理性思考上。她看待爱情充满了理智，不被感性冲动左右。宝钗清楚地知道自己的社会地位和责任，对待感情问题更多地是通过理性的思考和权衡来处理。这种理性思考使她在情感纠葛中显得更加成熟与冷静。

宝钗的个体心理并非单一，她既是封建礼教的产物，又对个体情感有着独立的追求。这种矛盾而复杂的状态形成了她个体心理的另一重要特征。她在家族责任与个体情感之间始终保持一种微妙的平衡，不断在矛盾中彰显个体价值。

（3）个体价值的追求

宝钗的个体心理状态体现了对自我价值的追求。在封建礼教的框架下，她对于个体价值有着清晰的认知。宝钗在追求社会期望的同时，并未失去对个体价值的追求，这种追求使她成为小说中不可忽视的独立个体。

宝钗的个体心理既是封建礼教的产物，又展现了她对于自我价值的追求。她在社会期望与个体情感之间形成了一种矛盾而复杂的状态。这种状态不仅为她的角色赋予了深度，也让她成为小说中个体心理描写的一个重要范例。

（4）理性与冷静的个体状态

宝钗的个体心理在小说中呈现矛盾而丰富的状态。她既是封建礼教的产物，对家族责任有着清醒的认知，又在对个体情感的追求中表现出理性和冷静。这种理性与冷静的个体状态为小说中塑造了这样一个深刻而独特的角色，使宝钗成为社会认知与个体情感交织的代表性人物之一。

2. 对个体情感的追求

宝钗的心理世界不仅是封建礼教的表现，更体现了她对于个体情感的追求。在封建社会的桎梏下，宝钗内心深处对于个体情感的追求使得她的心理世界呈现复杂性。她在小说中的形象成为一个既受制于社会规范，又在内心深处追求个体情感的复杂人物。

（1）理性思考与感性平衡

宝钗的个体心理表现出对个体情感的理性思考。在封建社会的礼教框架下，她并非盲目地追求感性冲动，而是以理性的态度对待感情问题。她清楚地认识到婚姻的社会意义，对待感情问题更多地通过理性的思考来抉择，这种理性的个体心理使她在小说中成为一个独特的人物。然而，宝钗的个体情感并非完全被理性所覆盖，她在感性与理性之间形成一种微妙的平衡。她对个体情感的追求并非被封建礼教完全压抑，而是在理性的基础上保留了一份感性。这种矛盾为她的个体心理增添了层次，使她在小说中的形象显得更加丰满而生动。

（2）对婚姻的理性期待

宝钗的个体心理在对婚姻的期望上展现了对社会地位的理性期待。她并非单纯追求个体情感的满足，更在追求婚姻时充分考虑了家族和社会地位的因素。她对于婚姻的期望不仅是感性的追求，更是通过理性权衡社会期望和个体情感的复杂心理过程。

宝钗对婚姻的理性期待表现在她对感情与责任的平衡上。她对于感情的追求并非漠视家族责任，而是在感性与理性之间寻找平衡点。这种对感情与责任的理性平衡使得宝钗的个体心理呈现一种既独立，又与社会和家族和谐共生的状态。

（3）个体价值的表达

宝钗的个体心理体现在对个体价值的独立追求上。尽管她生活在封建社会，受制于社会规范，但她对于个体情感的追求使得她在封建礼教中找到了现实个体价值的途径。她通过对个体情感的坚持，为自己在社会中赋予了独立而独特的价值。

宝钗对个体情感的追求并非与社会期望完全对立，而是在两者之间形成一种平衡。她在对待婚姻、家庭的问题上，通过理性思考和感性平衡，使得个体情感与社会期望之间并未产生对立冲突，而是相互融合。这种平衡为宝钗的个体心理注入了更为深厚的内涵。

（4）社会期望与个体情感的交织

宝钗的个体心理呈现社会期望与个体情感的复杂交织。她在对待感情问题上既不失个体独立性，又考虑了社会期望的合理性。这种交织使宝钗的个体心理成为小说中一种独特而生动的表现形式。她的个体情感既受制于社会规范，又通过理性思考找到了自己的表达方式。

（三）其他人物的多元心理

1. 贾宝玉的纠结与挣扎

贾宝玉的心理世界呈现纠结与挣扎的状态。他在封建社会中对于家族责任与个体情感之间的选择感到矛盾。这种纠结与挣扎使他的个体心理在小说中表现得更加真实，也展现了他成长过程中的心理发展。

（1）家族责任与个体情感的矛盾

贾宝玉作为贾府的继承人，肩负着沉重的家族责任。这种责任感对他的个体心理产生了深远的影响，使得他在成长过程中时刻感受到家族期望的压力。他对于家族的责任感，既是封建礼教的体现，也是他个体心理挣扎的源头之一。然而，贾宝玉内心深处又有着对个体情感的追求。他的感性一面在与黛玉之间的情感纠葛中得到了表现。个体情感的追求使他陷入家族责任与个体幸福之间的矛盾，这种内心挣扎使他的个体心理呈现更为复杂的状态。

（2）爱情与家族期望的冲突

贾宝玉对黛玉的深厚感情是他个体心理挣扎的核心。这种感情的升华与家族期望形成了冲突。尽管黛玉的身世并不符合家族的期望，但贾宝玉对她的感情使得他陷入了爱情与家族期望两难的困境。这种冲突使得他的个体心理在爱情的追求与家族责任的履行之间摇摆不定。在封建社会的框架下，贾宝玉个体心理的挣扎还体现在社会规范与个体选择的冲突上。他在选择婚姻对象时，既要考虑家族的期望，又要面对自己内心深处的情感真实。这种冲突使得他在个体选择的过程中受到来自社会规范的阻力，加深了他的个体心理纠结。

（3）对家族传统的反思与认同

贾宝玉的个体心理纠结还表现在对家族传统的反思上。他对家族的期望感到纠结的同时，也在对家族传统的反思中寻找自己的定位。他对家族传统的质疑，使得他的个体心理在对传统认同与反叛之间波动。在个体心理的挣扎中，贾宝玉通过对家族传统的反思，逐渐探索出自己的个体认同。他不仅是家族责任的承担者，更是一个有着独立思考和情感表达需求的个体。这种对个体认同的探索使得他的个体心理在纠结中逐渐找到了平衡。

（4）成长过程中的心理发展

贾宝玉的个体心理在小说中经历了成长与发展。随着故事的推进，他逐渐意识到家族责任与个体情感并非对立，而是可以相互融合的。这种心理的成熟使得他在家族责任和个体情感的纠结中逐渐解脱，找到了一种更为成熟的个体心理状态。在个体心理的发展中，贾宝玉对社会规范也有了更为理性的认知。他明白了社会规范的存在和影响，也学会了在其中寻找个体选择的空间。这种理性认知为他在社会规范和个体选择之间找到了更为成熟的平衡，展现了他在封建社会中独特而复杂的个体心理。

2. 林黛玉的独立与敏感

首先，林黛玉在小说中呈现独立个体的特征。她与封建社会对女性的刻板印象形成鲜明对比。林黛玉并不满足于传统女性的角色定位，她追求独立思考和自我价值的体现。这种独立的个体心理在封建社会中显得格外突出，为小说注入了一股独特的反叛气息。

其次，林黛玉的个体心理表现出高度的情感敏感。她对于亲情、友情、爱情的体验都呈现出深沉而敏感的色彩。林黛玉在对待感情时的细腻表达，为她的个体心理注入了浓厚的情感元素。这种情感敏感度在封建社会的冷漠氛围中显得更为突出，为小说中的人物关系赋予了更加鲜明的情感对比。

再次，林黛玉独立与敏感两种个体心理特征之间形成了有趣的碰撞。她既有着对封建礼教的反叛，追求自我独立，又在感情中表现出极大的敏感。这种心理特征的碰撞使她的形象更加生动立体，也使她在小说中的角色更富有戏剧性。

最后，林黛玉的个体心理为整个小说情节增添了丰富的层次。她的独立与敏感成为情节中一个重要的推动力，推动着故事的发展。她与其他人物的互动，尤其是与贾宝玉之间的情感纠葛，使小说情节更加扑朔迷离，吸引读者深入思考人性的多面性。

通过对林黛玉独立与敏感这两个个体心理特征的深入分析，不仅可以更好地理解小说中这一角色的内在动机，也为读者提供了对封建社会中女性个体心理的深刻思考。她的独立与敏感在小说中的生动展现，丰富了整个作品的情感层次，为《红楼梦》增色不少。

二、人物心理特征的多样性

（一）情感复杂性的体现

1. 贾宝玉的初恋经历

首先，贾宝玉的初恋经历始于他与黛玉的初遇。这一相遇并非仅是封建礼教下的婚姻安排，而是一场情感的触发。贾宝玉在黛玉身上发现了与众不同的气质，这种独特性引起了他心灵深处的共鸣。这一初遇打破了封建社会对于婚姻的刻板印象，使得贾宝玉的情感在初期就显得异常复杂。

其次，随着情感的发展，贾宝玉的初恋经历变得愈发复杂。他对黛玉的情感逐渐超越了传统的亲情，变成了一种深沉的爱情。这种亲情与爱情的交融使得贾宝玉的个体心理陷入矛盾与纠结。他在对家族责任和个体情感的权衡中感受到了深刻的挣扎，这使他的情感变得异常丰富。

再次，贾宝玉的初恋经历在封建社会的家族体制下引发了心理冲突。他作为大家族的继承者，面对的不仅是个人情感的选择，更是家族荣誉与责任的考验。这种家族体制下的心理冲突使贾宝玉的个体心理变得扑朔迷离，让小说情节的发展显得戏剧性和复杂性。

最后，贾宝玉的初恋经历在小说中逐渐深化，并呈现戏剧性的反转。他与黛玉之间的情感在外部压力和内心矛盾下逐渐变得错综复杂。这使得他的个体心理在小说情节中成为一个引人注目的焦点，同时推动了整个故事的发展。

2. 黛玉的矛盾情感

首先，黛玉的矛盾情感根植于她对亲情的珍视与对爱情的追求。在家族中，她表现出对亲情的深厚感情，对父亲的关爱和家族的责任心化为内心的柔软。然而，这种亲情之下也隐藏着对爱情的渴望，对个体情感的追求。这两种情感形成了内心深处的矛盾，使得她的个体心理呈现丰富多层次的状态。

其次，黛玉的矛盾情感体现在对传统女性角色的不满与对个体自由的向往上。在封建社会的束缚下，她对传统女性角色的期望和限制感到不满。她渴望突破这一框架，追求个体自由和独立。这种对传统与对个体自由的矛盾让她的个体心理显得复杂而深刻。

再次，黛玉的矛盾情感通过心理对抗的方式得以表达。她在小说中时常表现出矛盾而复杂的情感状态，既有对家族的忠诚，又有对个体情感的执着。这种对抗并非外在的冲突，而是内心深处的挣扎，使她的个体心理显得既真实又令人感慨。

最后，黛玉的矛盾情感在小说情节中产生了一系列的结果和反思。她的个体选择最终受到了封建社会的限制，这使她的矛盾情感在结局中找到了某种宣泄。这个过程不仅是对黛玉个体心理的探讨，也是对封建社会对个体心灵的束缚的深刻反思。

3. 宝钗的理性思考

宝钗展现了理性思考的一面，她对家族和社会的期望有着清醒的认知。然而，与此同时，她内心深处对于个体情感的追求也使得她的心理世界变得不那么理性而充满了复杂性。宝钗的情感复杂性在小说中为她的形象增添了层次。

（二）性格特点的突出

1. 贾宝玉的多愁善感

首先，贾宝玉展现了多愁善感的情感表达。他对于家族责任和个人情感的矛盾感受在小说中得到了深刻的描绘。在面对家族期望时，他常常表现出内心的矛盾和多愁的情感。这种多愁善感不仅是他个体心理的表达，也是对封建礼教的一种反思，使他的形象更加真实和立体。

其次，多愁善感成为贾宝玉成长过程中的一种动力。他对于家族责任和个人情感的矛盾感受推动了他在小说中的成长。这种成长并非单纯的年龄增长，更使他的个体心理逐渐丰富和复杂。多愁善感成为他性格特点的标志，为小说中人物关系和情感线的发展提供了丰富的情感元素。

再次，多愁善感为小说情节提供了丰富的情感张力。他在家族责任与个人情感之间的纠结使得整个小说的情节更加戏剧性。这种矛盾情感不仅是贾宝玉个体心理的体现，也为小说的发展注入了情感的深度和复杂性。多愁善感的情感张力成为小说中一个重要的情节线索。

最后，多愁善感展现了情感体验的内在丰富性。他对于家族、亲情、爱情等方面的情感体验都显得极为深刻。这种内在丰富性使他的性格更加具有立体感，也为读者提供了更多角度来理解他的个体心理。多愁善感的情感体验为小说中的人物塑造增色不少。

贾宝玉的多愁善感不仅是他个体心理的一种表现，更是小说情节发展的关键因素之一。他的矛盾情感、成长动力、情感张力和情感体验的内在丰富性为《红楼梦》中的人物形象和故事情节提供了丰富而深刻的内容。

2. 林黛玉的独立敏感

首先，林黛玉展现了强烈的独立精神，与封建社会的期望形成对抗。在一个强调女性贞矜的封建社会，林黛玉的个体性格显得格外突出。她不愿受制于传统的女性角色，对于个体自由的追求表现为一种强烈的独立心态。这种独立精神为小说中的情节发展提供了一种反叛的力量，使她成为封建社会中的异类。

其次，林黛玉的敏感度使得她的情感体验呈现多层次的特点。她对于亲情的珍视、友情的执着、爱情的追求，构成了一个丰富而深刻的情感世界。这种敏感度使她在小说中成为一个备受关注的角色，她对情感的深刻体验为整个故事注入了戏剧性和感染力。

再次，林黛玉的个体性格在她内外矛盾的心理状态中得到了充分展现。她对亲情的珍重与对爱情的追求形成了内外矛盾。在封建社会的期望下，她不得不面对传统女性角色的束缚，这使她的心理状态显得更加矛盾和纠结。这一独特的心理状态为小说中的情节发展提供了一个引人深思的主题。

最后，林黛玉的独立敏感为小说注入了独特的情感色彩。她的形象既是对封建社会的一种反叛，又是对个体情感的真实追求。她的独立性格使得她在小说中成为一个独特而丰富的角色，为整个故事增加了深度和情感层次。

总体来说，林黛玉的独立敏感构成了她丰富多彩的个体心理。她的独立精神与对情感的敏感度使得她在封建社会的情境中成为一个引人注目的角色。她对传统期望的不满与对个体自由的向往，使得她的个体性格呈现独特的复杂性。

3. 宝钗的理性坚定

首先，宝钗展现了理性思考与社会期望的清醒认知。她在面对家族和社会的期望时，能够保持理性的思考和清醒的认知。这种理性的态度使得她在封建社会中显得独特，能够更好地理解并应对家族和社会的期望。她的理性思考为小说中人物的行为和抉择提供了一种平衡和理智的参考。

其次，宝钗在处理家族责任与个体情感的矛盾时表现出理性的坚定。她能够清晰地认识到家族期望与个体情感之间的矛盾，并且能够用理性的态度来处理这种矛盾。这种理性坚定不仅为她个人的发展提供了指导，也在小说中为其他人物的情感冲突提供了启示。宝钗的理性坚定为小说中人物关系的发展注入了一种平和而成熟的元素。

再次，宝钗的理性坚定体现在对个体情感的追求与封建礼教的矛盾处理上。她既受制于封建社会的礼教规范，又在内心深处追求个体情感的自由。宝钗用理性的态度来平衡这种矛盾，因此她在小说中成为一个既符合封建礼教，又在个体情感上追求真实幸福的形象。

最后，宝钗的理性坚定为小说增添了一种复杂而丰富的个体心理。她不仅是封建社会的代表，更是个体情感的追求者。这种复杂性使得她的形象更加深刻，也为读者提供了对封建社会中女性个体心理的一种思考。宝钗的理性坚定在小说中成为一个平衡和理智的象征。

宝钗的理性坚定是《红楼梦》中一个突出的性格特点，她在封建社会中的理性思考与个体情感的追求使得她成为一个复杂而深刻的角色。她的形象为小说增添了一种平衡和理智的元素，也为封建社会女性的个体心理提供了一种启示。

（三）心理冲突的描绘

1. 家族责任与个人情感的冲突

首先，人物在封建社会的家族体制下承担着沉重的家族责任。以贾宝玉为例，他作为贾府的继承者，肩负着维护家族荣誉和传承家族文化的使命。这种家族责任在他心中形成了一种深重的压力，要求他在言行举止中体现出对家族的尊重和忠诚。这样的内在冲突使得他的个体心里充满了矛盾和挣扎。

其次，家族责任与个人情感之间的冲突体现在对个体情感的追求上。贾宝玉在小说中展现了对黛玉复杂的情感，而这与他身为继承者的家族责任形成了直接冲突。他在个体情感与家族期望之间徘徊，试图找到一种平衡，但这种平衡在封建社会的家族体制下显得异常困难。这一冲突为小说情节的发展提供了不断升华的主题。

再次，家族责任与个人情感的冲突还表现在社会规范与个体自由之间。在封建社会的礼教约束下，贾宝玉不得不在个人追求和社会期望之间做出选择。他的个体自由与家族责任之间的冲突成为小说中一种深刻的心理矛盾，也反映了封建社会中个体与社会规范之间的难以调和的矛盾。

最后，家族责任与个人情感的冲突使得人物不得不对家族传统与个体价值进行深刻的思考。这种思考不仅是对于个体心理的一种挑战，也是对封建社会价值观的一种质疑。人物在冲突中逐渐认识到家族责任与个体情感的复杂关系，也使得小说中的人物形象更加立体和真实。

2. 爱情向往与封建礼教的矛盾

首先，黛玉展现了对爱情的深切向往。在封建社会的礼教框架下，女性的婚姻往往是家族利益的产物，但黛玉对于爱情有着强烈的渴望，追求的不仅是婚姻的名分，更是真挚的感情。这对于当时的女性而言是一种非常前卫的心理状态，与传统婚姻观念形成鲜明对比。

其次，黛玉在个体心理中与传统女性角色形成了对比。她对于婚姻的期望不仅是为了家族的荣誉，更是为了寻找自己真正的爱情。这种对比与封建社会对女性的期望形成了冲突，使黛玉成为一个突破传统的独特形象，她在心理上的坚持不仅是对个体自由的追求，也是对封建礼教的挑战。

再次，黛玉的爱情向往与封建礼教的矛盾还体现在儒家思想对爱情观的制约上。封建社会中儒家思想有着深厚的传统，而黛玉对于真挚的感情的追求往往与儒家强调的家族利益和社会规范产生冲突。她对于个体情感的坚持使得她在儒家礼教体系下显得更为坚定与独立。

最后，黛玉的心理冲突与情感纠葛在小说中呈现极大的戏剧性。她在个体心理中对爱情的向往与社会对她的期望之间不断挣扎，这种内外矛盾使得她的形象更加复杂。她的爱情观与封建礼教的矛盾既为小说情节提供了深刻的冲突，也在人物内心世界中刻画了一种深刻的心理状态。

3. 对社会期望的反叛

（1）黛玉的反叛心理

首先，黛玉在封建社会的期望下展现出强烈的反叛心理。黛玉作为女性，面对传统的女性角色期望，她不愿束缚于家庭和婚姻的桎梏。她对于婚姻的不满和对女性角色的反叛，使她的个体心理呈现一种强烈的独立精神。黛玉在小说中通过言行举止表达了对封建社会框架的反抗，她的反叛心理在情感纠葛中得到了深刻的体现。

其次，对传统期望的质疑体现了个体与社会文化的互动。黛玉对于传统期望的质疑不仅体现在她对婚姻的态度还表现在她对女性角色的认知上。她不满于传统女性应该安于家庭的设定，更希望能够超越这些限制，追求自己的个体价值。这种反叛不仅是对封建社会制度的反思，更是对个体自由的追求，这使她在小说中成为一个富有深度的角色。

最后，个体心理与社会文化的互动构成了黛玉形象的鲜明特点。黛玉通过对传统期望的反叛，不仅为她的性格注入了坚韧和独立的元素，也为小说的情节提供了发展的动力。她的反叛心理使她成为一个在封建社会中独特而引人注目的形象，同时引发了读者对封建社会制度的思考。

（2）林黛玉的独立精神

首先，林黛玉对于传统女性角色的反叛表现出独立精神。林黛玉同样在小说中展现了对传统女性角色的不满。她不甘受制于封建礼教对女性的刻板印象，渴望突破传统的束缚，追求个体独立。林黛玉的独立精神体现在她对命运的抗争和对自由的追求上，这种精神也成为她个体心理的重要特征。

其次，林黛玉通过情感的表达展现了对社会期望的反抗。林黛玉的情感丰富而深刻，她在对待亲情和爱情时都表现出坚韧的一面。尽管她身处封建社会的束缚，但她通过自己的情感表现出对传统期望的不屈反抗。她的个体心理通过情感纠葛展现出对封建礼教的质疑，使她的形象在小说中更加立体和深刻。

最后，独立与反叛共同构成了林黛玉的个体心理特征。林黛玉的独立精神与对社会期望的反叛相辅相成，共同构成了她鲜明的个性心理特征。她在小说中不仅是一个传统女性形象的突破者，更是一个在封建社会中追求自由和个体价值的代表。她的个体心理使小说更加富有层次，也为社会文化的思考提供了一个独特的视角。

4. 封建礼教束缚与个体价值的追求

（1）宝钗的理性思考与个体情感的冲突

首先，宝钗展现了理性思考的一面，对家族和社会期望都有清醒的认知。宝钗在小说中被描绘为一个理性而清醒的人物，她对家族和社会的期望有着深刻的认知。作为贾府的后来者，她在处理家族责任和社会规范时表现得相当冷静和理性。这种理性思考使她在封建社会的礼教束缚下仍能保持一份独立的思考。

其次，宝钗内心深处的个体情感与理性的冲突使她的心理更加丰富。尽管宝钗以理性见称，但她内心深处也有对个体情感的追求。对贾宝玉和黛玉之间情感的理性分析和对个体情感的思考构成了她个体心理的一种独特冲突。这种个体情感与理性的冲突使宝钗在小说中成为一个既理性坚定又充满人性复杂性的角色。

最后，宝钗的个体情感与理性思考的冲突为小说增加了深度和层次。宝钗的个体情感与理性思考的冲突不仅她个人的心理描写增添了戏剧性，也为整篇小说增色不少。这一冲突既是对封建礼教的回应，也是对个体价值的探索。宝钗的个体心理在小说中既是对封建社会的思考，也是对个体情感的追求，这使她成为一个复杂而深刻的角色。

（2）封建礼教束缚下个体价值的探索

首先，贾府作为封建礼教的象征对个体心灵施加着强烈的束缚。贾府作为一个大家族，代表了封建社会的家族文化和礼教规范。在这一体制下，个体成员受到严格的社会期望和家族责任的制约。这种封建礼教为人物的个体心理创造了复杂的心理背景，使他们在家族责任与个体情感之间陷入深刻的冲突。

其次，宝钗在理性思考中对封建礼教的回应显示了个体价值的追求。宝钗通过理性思考对封建礼教进行了深刻分析，她清醒地认识到家族和社会的期望，同时在个体情感上展现了对自我价值的追求。她对家族责任和个体情感的权衡体现了对个体价值的探索，使小说中个体与封建礼教之间的关系在她的身上体现得更为复杂。

最后，宝钗的心理冲突为整篇小说增加了深度和思考的空间。封建礼教束缚下个体价值的追求在宝钗这一人物身上得到了充分的表达。她的心理冲突既反映了封建社会的束缚，又展示了对个体价值的坚守。这一心理冲突引发了对整篇小说更多关于封建社会与个体之间关系的深刻思考，为读者提供了更多的审视角度。

5. 人物之间的情感交织与矛盾

（1）贾宝玉与黛玉的爱情矛盾

首先，贾宝玉与黛玉之间的情感交织表现出深刻的爱情矛盾。贾宝玉对黛玉的深切感情既包含了对亲情的珍视，又逐渐演变为复杂的爱情。这种情感的复杂性使他在家族责任和个体情感之间陷入纠结。贾宝玉的心理世界呈现多层次的情感，他在爱情与家族责任之间的选择构成了小说情节的一个关键矛盾。

其次，黛玉对于传统女性角色的反叛与贾宝玉的感情矛盾相互交织。黛玉的独立与反叛心理使她对于传统女性角色的期望与贾宝玉的感情产生了矛盾。黛玉对于个体自由的追求与贾宝玉的家族责任形成了强烈的对比，使两者之间的感情线变得更加错综复杂。这种矛盾不仅是两个个体心理的冲突，更反映了封建社会制度下个体与社会文化的对抗。

最后，贾宝玉与黛玉的爱情矛盾成为小说情节发展的核心动力。贾宝玉和黛玉之间的爱情矛盾不仅推动了整个故事的发展，也为人物的个体心理增添了更多的戏剧性。这种情感交织与矛盾不仅是两个人物之间的问题，更反映了封建社会中个体与社会、个体与家族之间错综复杂的关系。

（2）宝钗的理性思考与感情纠葛

首先，宝钗在小说中以理性坚定的形象示人，她对家族的期望和社会规范有着清醒的认知。这种理性思考使得她在处理个体情感与家族责任之间显得相对冷静，为她的个体心理增添了一份独特的坚韧。

其次，尽管宝钗展现了理性思考的一面，但她的内心深处同样有着丰富的感情。对贾宝玉和黛玉的关系，宝钗虽然能够保持理性，但她内心对于个体情感的追求使得她的心理世界更加复杂。这种理性与感情纠葛构成了她个体心理的矛盾。

最后，宝钗的理性坚定为小说增加了一种平衡和理智的元素。宝钗在小说中的理性思考既是对封建社会的一种回应，又是对个体情感的一种探索。她的理性坚定使得小说中的情感线更加丰富，为整个作品增添了一份平衡和理智的元素。宝钗的个体心理既是对封建礼教的思考，也是对个体情感的追求，使她成为小说中一个复杂而深刻的角色。

第二节　个体与集体无意识的关系

一、人物内心与社会文化的互动

（一）黛玉的反叛心理

1.个体自由的强烈追求

第一，对封建社会束缚的强烈反感。林黛玉的个体心理表现出对封建社会束缚的深刻反感。在小说中，她对传统女性角色的思考和对婚姻制度的反叛是她强烈追求个体自由的直接体现。黛玉的心灵世界中充满了对封建礼教的怀疑和不满，她拒绝受制于传统的女性框架，力图在封建体制下追求个体的尊严和自由。

第二，婚姻制度的反叛与权利追求。黛玉通过对婚姻制度的反叛，不仅表达了对个体权利的追求，也表现了她对自身命运的掌控。在封建社会的框架下，婚姻制度往往是个体命运的关键。黛玉通过拒绝传统的婚姻安排，试图争取自己的权利，追求自由和个体尊严。这种追求超越了个人层面，具有一定的社会和文化批判的意义。

第三，个体尊严的捍卫与独立精神的彰显。黛玉在心灵深处追求个体尊严的同时，也表现出了强烈的独立精神。她不愿受到封建礼教的桎梏，对于自己的命运有着强烈的掌控欲望。这一独立精神使她在小说中成为一个引人注目的形象，她的坚持和抗争为整个故事增色不少。

第四，对社会规范的挑战与心灵自由的追求。黛玉的心灵自由追求不仅是对婚姻制度的反抗，更是对整个封建社会规范的挑战。她试图超越传统的社会期望，追求心灵的独立和自由。这一追求不仅体现了个体对封建体制的反抗，也是对心灵自由的强烈追求，代表了个体在封建文化框架下的一种心理冲动。

在整篇小说中，林黛玉的个体自由追求成为一个引人深思的话题。她的反叛与抗争，代表了对封建礼教的不屈和对个体价值的坚守。这种心理冲动使得黛玉的形象在小说中独具魅力，也为读者提供了对封建社会中个体心灵抗争的深刻思考。

2.女性角色的反叛心理

第一，对传统女性品行的质疑。黛玉的反叛心理不仅是对个体自由的追求，更延伸到对传统女性品行的质疑。在封建社会中，女性往往被期望具备温柔、顺从、贤淑的特质，然而黛玉对这种刻板印象有着明显的反感。她质疑为何女性不能追求更多元的生活，为何要被限定在狭窄的社会期望中。

第二，对女性权利的渴望。黛玉的反叛心理还表现在对女性权利的渴望上。她希望女性能够拥有更多的自主权，不受封建礼教的束缚。这种渴望并非孤立的个体心理，而是反映了封建社会中女性群体的集体愿望，她代表了一种对女性地位改变的呼声。黛玉试图摆脱传统对女性的固有观念，为自己争取更多的权利和自由。

第三，对女性角色的独立坚定。黛玉的反叛心理使她成为小说中独立而坚定的女性角色。她不愿成为封建社会期望下的传统女性，而是追求独立思考、自主选择的权利。这种独立坚定的女性形象为整个小说注入了一种现代意识，打破了传统女性形象的思维定式。

第四，与封建社会中女性形象的鲜明对比。黛玉的反叛心理与封建社会中刻板的女性形象形成鲜明对比。她的形象超越了传统对女性的期望，展现出一种不愿被束缚的坚定意志。与其他女性形象相比，黛玉的反叛心理使得她在小说中成为一个独特而引人注目的女性角色。

（二）宝钗的社会角色认知

清晰认知家族责任。宝钗展现了对社会文化角色的清晰认知，特别是在家族责任方面。她对于家族责任的认知超越了个人层面，具有更深层次的社会职责。宝钗理解自身地位所带来的责任，并努力履行该责任，她对家族的忠诚感使得她成为家族内的支柱之一。

（三）晴雯性格特征

晴雯是心灵手巧的，但在当时的时代背景下，她从没有因此刻意讨好过谁，因而成了她短命的原因之一。晴雯是大观园里最富有个性的一个奴婢，在她的身上，自然地流露出了一股野性，也自然地流露出了她的纯洁。

1.生前—美人，死后—美神

（1）晴雯的美丽与个性魅力

晴雯的美丽是大观园中无人不知的，她的容貌标致，被公认为是最美的女奴。贾母在评价她时提到了她的"模样爽利"，这不仅是对她外貌的夸赞，更是对她清爽灵动气质的称赞。晴雯的美貌如同一朵绽放的花朵，在贾府中独具风采。晴雯不仅以外貌出众，她的言谈举止也展现出非凡的机智。在贾府中，她以独特的口才和聪明才智脱颖而出，赢得了众人的赞誉。宝玉对她的评价中也提到了她的"巧嘴"，这种机智和语言能力使晴雯在人群中独具一格。晴雯的个性魅力体现在她倔强不驯的性格中。她不肯低三下四逢迎讨好主子，这种倔强让她在封建社会中显得独立而坚韧。她没有阿谀谄媚的奴才相，反而展现了自己强烈的个性，与众不同。贾母和宝玉这两位贾府中地位显赫的人物对晴雯的美丽与个性都给予了高度评价。贾母认为她模样爽利，言谈别人不及；宝玉对她的巧嘴和言谈能力赞不绝口。这两位权势显赫的人物对晴雯的赞誉使她在贾府中的地位更为显著。

（2）宝玉对晴雯的深情厚谊

晴雯在宝玉心中拥有独特的地位，她不仅是一位美丽的女子，更是宝玉心灵深处的特殊存在。晴雯的聪明、倔强和独立性格深深地吸引了宝玉，使得她成为他心头的一颗璀璨明珠。宝玉对晴雯的深情厚谊不仅体现在对她外貌和智慧的高度评价，更表现在他对晴雯的痴情和怀念。晴雯的死让宝玉痛苦不已，他将晴雯视作芙蓉神，为她创作了长篇的《芙蓉女儿诔》。这篇诔文中，宝玉对晴雯的美德、贞洁和神性进行了赞颂，表达了他对晴雯的深切怀念之情。在《芙蓉女儿诔》中，宝玉通过华丽的辞藻，赞美了晴雯的高贵品德和纯洁灵魂。他将晴雯比作芙蓉女儿，形容她在人间的种种磨难只是为了磨炼她的灵魂，最终升华为芙蓉神。这不仅是对晴雯个体的赞美，更是对她在死后升华的神性之仰慕。宝玉在《芙蓉女儿诔》中表达了对晴雯的深切怀念和痛惜之情。他对晴雯的离世感到无尽地惋惜，对她的美好回忆充满眷恋。这种怀念之情在诔文中通过对晴雯的种种美德的描绘而愈加深沉。

宝玉对晴雯的深情厚谊在《红楼梦》中得到了充分的表达，不仅体现在他对她美貌和聪明的高度评价上，更表现在他对她的怀念和痛惜之情。晴雯在宝玉心中不仅是一个美丽的女子，更是一位被怀念和尊崇的特殊存在。这种深情厚意为小说增添了浓厚的感情色彩，使晴雯成为宝玉心灵中永远难以磨灭的印记。

（3）晴雯的生命短暂与转折点

晴雯的美丽和个性魅力使她在大观园中成为独具风采的女子。她的模样标致、言谈举止让上下主子奴仆都为之倾倒。然而，正是这份美丽和个性魅力注定了她的短暂生命。她的聪明、倔强和独立性格，虽然吸引了宝玉，却也为她的悲剧命运埋下伏笔。在宝玉心中，晴雯拥有着特殊的地位。她不仅是一位美丽的女子，更是宝玉心灵深处的特殊存在。宝玉对晴雯的独特感情使她在小说中成为宝玉情感转折的关键因素。晴雯的死引发了宝玉内心深处的强烈情感冲突。在她离世后，宝玉将她视作芙蓉神，为她创作了《芙蓉女儿诔》。这篇诔文不仅是对晴雯个体的赞美，更是宝玉对她人性转化为神性的深切怀念。

晴雯的死使宝玉陷入了深深的痛苦中。她的离世引发了宝玉内心的情感冲突和对生命的反思。宝玉对晴雯的深情厚谊在她死后得到了充分的表达，为整个故事增添了情感的深度和戏剧性。

2. 晴雯和贾宝玉之间到底有无爱情

贾宝玉和林黛玉之间的爱情是动人情、惹人怜的，许多读者也都认为晴雯是黛玉的影子,而且也有不少人认为晴雯与宝玉之间的感情是爱情。

(1) 晴雯与宝玉的亲近

晴雯作为贾宝玉的丫环,她与主子之间的关系受到社会地位的制约。在封建社会的框架下,主仆之间的感情常常受到规范和约束。汪文科先生认为晴雯与宝玉之间存在爱情。他可能从晴雯病补雀金裘、宝玉对晴雯的特殊关照等方面找到了爱情的证据。然而,这种观点并不被所有学者普遍认同。在小说中,晴雯对宝玉表达了深厚的情感,但这并不一定等同于爱情。她可能对宝玉抱有深厚的友情和忠诚,这在主仆关系中并非罕见。封建社会中的主仆关系往往带有复杂性,既有严格的等级差异,也可能存在亲密无间的情感。晴雯与宝玉的关系可能受到这种复杂性的影响。有观点认为,晴雯与宝玉之间的感情更倾向于纯真的友谊。他们在生活中互相关心,但这并非一定说明其中包含浪漫的爱情成分。

(2) 对话中的微妙暗示

在小说中,晴雯常常通过言辞表达对宝玉的关切。她在宝玉生病或受伤时表现出特殊的担忧,这种关切的表达常常富有微妙的情感。晴雯作为宝玉的丫环,她们之间的关系不仅是主仆,更涉及深厚的感情。在封建社会中,主仆之间的情感常常包含着忠诚、亲情和友情。封建社会的等级制度对于主仆之间的关系有着深远的影响。即便存在深厚的感情,社会的框架也会对这种情感施加一定的制约。晴雯对宝玉的言辞可能更多地反映了友情而非爱情。尽管她表达了关切,但并非所有对主子的关切都可以被解读为爱情。作为一部文学作品,《红楼梦》通过人物对话来展示复杂的情感关系。作者通过微妙的描写和对话,让读者感受到主仆之间情感的错综复杂。

(3) 情感的复杂性

晴雯是一个性格丰富而复杂的角色,她的性格中既有坚韧不拔的一面,也有含情脉脉的一面。这种复杂性为她与宝玉之间的关系埋下了深厚的情感基础。在宝玉与晴雯之间的关系中,友情是最为显著的一个层面。作为主仆,他们在日常生活中互相扶持,分享欢笑和悲伤,这种深厚的友情构成了他们感情的基础。宝玉对晴雯的信任和关心超越了一般主仆关系。他在晴雯病重时的关切,以及对她言行的留心,显示出他对晴雯的特殊情感。这种情感既有可能是友情,也有可能含有更深层的感情。晴雯与宝玉之间的情感不仅局限于友情。它可能包含对彼此的深厚关怀和牵挂,甚至可能存在爱情的元素。这多层面的情感让他们的关系变得丰富而复杂。封建社会的等级制度对于个体情感关系有着一定的束缚。即便是友情,也常常受到社会框架的限制。在这个背景下,情感的表达更显得复杂微妙。

(4) 主仆关系的界限模糊

在封建社会的框架下,主仆关系是严格定义的,有明确的等级和角色分工。晴雯作为宝玉的丫环,其身份地位明显处于下位,应按规矩侍奉主子。然而,在这一明确的社会框架中,晴雯与宝玉之间的感情开始呈现模糊性。尽管宝玉和晴雯之间存在主仆关系,但他们的亲近是建立在深厚的友情基础上的。晴雯的聪明机智和宝玉对她的信任,使他们的关系逐渐超越了传统主仆之间的关系,呈现更加亲密的特质。封建社会的等级制度对感情关系有着明确的限制。主仆之间的交往受到社会规范的束缚，从而使他们的感情无法自由地展开。这种社会框架的束缚也为他们的感情注入了复杂性。随着宝玉和晴雯之间感情的深化，主仆关系的模糊性逐渐显现。他们在日常互动中表现出的亲密和关切，超越了传统主仆之间的规范，使他们的感情更加丰富多彩。晴雯与宝玉之间的感情模糊性也反映了社会规范与个体情感之间的冲突。封建社会的期望与个体情感的真实需求之间的对抗，使得他们的感情关系充满了戏剧性的矛盾。

3.晴雯的奴隶身份

晴雯只是个奴隶，是一个虽未完全觉醒、但又能对她已感觉到的屈辱进行反抗的奴隶，而不是那种把奴隶的手铐看作是手镯，把锁链当成项链的麻木奴才。曹雪芹在介绍十二钗的又副册时，把她置于首位，是有心安排的。

（1）晴雯的社会身份

首先，出身决定命运。晴雯的社会身份深受封建社会等级制度的束缚。她的出身背景决定了她的命运，使她成为贾府中的奴隶。这种身份地位使她在社会结构中处于最底层，生来即为统治阶级的附庸，无法改变命中注定的身份。

其次，主仆关系的限制。她与贾宝玉之间的主仆关系更加深了她的社会身份的固化。作为宝玉的丫环，她深受主仆伦理的制约。社会框架下的主仆关系使她在贾府中的地位更加微弱，无法摆脱奴隶的身份。

最后，封建制度的束缚。封建社会的制度将她束缚在一种固有的社会身份中。贵族统治下的社会结构让她无法超越自身的社会阶层，成为贾府内部的附属。封建制度下的等级划分使她只能默默承受社会的压迫。

（2）反抗与纯真的奴隶

第一，奴隶身份下的反抗。晴雯身份低微，是封建社会中的奴隶，但她的内心却充满了反抗的力量。在贾府这个封建社会的代表性场景里，她不满足于顺从命运，而是坚定地表现了反抗的态度。她通过言辞和行动对抗贵族阶级的不公与压迫。

第二，对不公正的反感。晴雯对主仆制度和社会等级制度的不公正深感不满。她拒绝低三下四，不妥协于封建礼教的束缚。她不惧贵族的威势，敢于直言自语，表达她对不公正对待的反感。这种坚持正义的精神是她反抗的源泉。

第三，纯真与怜爱。在她的反抗中，她展现出一种纯真而坚韧的品质。她的心灵并未被封建社会的黑暗所污染，仍保持着一种天真的纯净。读者看到晴雯那种在逆境中依然保持纯真的形象，不禁为她的命运感到惋惜和怜爱。

（3）社会框架下的叛逆

第一，对主子和统治阶级的嘲讽与讥笑。晴雯身为奴隶，却在言行中展现了对主子和统治阶级的叛逆。她的嘲讽和讥笑并非盲目的逆反，而是对封建制度的深刻领悟。通过她的言辞，读者看到了一个在社会框架下试图突破束缚的叛逆者。

第二，对不公正待遇的反击。晴雯不甘于接受主子的任意摆布和不公正的待遇。她通过言辞和行动进行积极的反击，坚决捍卫自己的尊严。这种反抗不仅是对个人命运的抗争，更是对封建社会不公正制度的有力回应。

第三，对个体尊严的坚守。在封建社会的压迫下，晴雯展现出了对个体尊严的坚守。她不肯低头、不愿妥协，用自己的方式维护着一份内心深处的尊严。这种坚守既是对封建制度的质疑，也是对自我价值的坚信。

（4）悲惨的命运注定

首先，晴雯的命运深受封建制度的桎梏。她身为奴隶，无法改变自己的社会地位，注定要在统治阶级的压迫下度过一生。这一点与她坚强的个性形成了鲜明地对比，使她的命运显得更加悲惨。

其次，尽管晴雯展现出对正义的执着追求，但她无法改变封建社会的社会结构。阶级的鸿沟使她即便有着锐利的思想和坚定的意志，依然无法逃脱奴隶的命运，这也反映了封建社会的残酷现实，让晴雯成为悲情的代表人物。

最后，晴雯的命运最终深陷于统治阶级的压迫中。她的坚韧和反抗，虽然令人敬佩，但在封建社会这个有着鲜明等级的制度下，她的个体力量显得微不足道。最终，她的悲惨结局是封建制度下个体命运的必然产物。

（5）社会阶级的冲突

首先，晴雯的命运是封建社会阶级体系的产物。她身为奴隶，虽然思想独立，却被社会阶级所束缚。这个阶级体系将人分为主仆两大类，这也注定了晴雯的悲惨命运。

其次，晴雯的独立思想与她所属的阶级发生冲突。她对不公的反抗、对主子的嘲讽，都是她个体意志的表达，但这与封建社会既定的等级观念相悖。这种冲突导致了她在社会阶级面前的无力。

最后，晴雯的死成为社会阶级冲突的象征。她的死不仅是个体的离世，更是对封建社会不公的无声抗议。她的命运凸显了社会阶级固化和冲突的残酷，为整篇小说注入了深刻的社会思考。

（6）对晴雯的怜悯与反思

首先，晴雯的悲惨遭遇唤起了读者的怜悯之情。她作为奴隶，虽有坚强的性格，却受尽压迫和不公。这使人们深感她命运的不公和对奴隶境遇的深刻同情。

其次，晴雯的故事引起了对封建制度的反思。她的个体反抗和对命运的坚持，使读者深刻认识到封建社会中阶级固化的不公。她的命运成为社会道德的镜子，让人们对封建制度进行深刻反思。

再次，晴雯的反抗与坚守也引发了对个体尊严的深入探讨。她的死是对个体尊严的无声呐喊，使人们反思在封建制度下，个体是否能够获得真正的尊重和平等。

最后，激发社会正义的呼声。晴雯的悲剧呼唤着社会正义。她的命运使人们意识到封建制度下存在着阶级冲突和不平等，从而激发对社会正义的呼声。她的形象也成为呼吁变革、追求公平正义的象征。

（四）其他人物的社会互动

1. 贾宝玉的家族责任认知与反思

第一，家族责任的独特认知。贾宝玉对家族责任的认知并非简单地遵循传统的期望，而是在他心中形成了一种独特的理解。作为贾府的继承人，他意识到自己肩负着对整个家族的传承和延续的责任。这种认知不仅是一种身份的象征，更是对整个家族历史和文化的一种深刻认同。

第二，家族责任与个体情感的冲突。贾宝玉的内心世界并非只有对家族责任的盲目接受。他在家族责任与个体情感之间陷入了矛盾与冲突。封建社会对于继承人的期望与个体情感的追求在他心中形成了交织的纠结。这种冲突使得他的个体心理更加复杂，为小说情节注入了戏剧性和情感的张力。

第三，家族历史与个人命运的反思。在对家族责任的思考中，贾宝玉不仅停留在表面的层面，更对家族历史与个人命运进行了深刻的反思。他思考着家族的兴衰荣辱，试图寻找自己在这个大家族中的定位。这种反思既是对家族历史的铭记，也是对个人使命的思考，使他的个体心理在理解家族责任中获得了更深层次的认知。

第四，家族责任的价值与意义。贾宝玉通过对家族责任的认知与反思，逐渐赋予了这种责任更为丰富的价值与意义。家族责任不再仅是一种社会角色的扮演，更是对家族文化的传承和对个人价值的实现。这种认知为他的成长和个体发展提供了一种内在的动力，使他在小说情节中呈现出更加丰富和深刻的个体心理。

在小说中，贾宝玉对家族责任的独特认知与反思使他的个体心理呈现多元、丰富的特征。这种对家族责任的理解不仅是对传统期望的遵循，更是对家族历史和个体命运的深刻思考。这一层层的心理描写为小说赋予了更为立体和饱满的人物形象，也为读者提供了对封建社会家族责任与个体情感的深入思考。

2. 林黛玉对传统女性角色的反叛

第一，独立敏感的塑造。林黛玉在小说中呈现强烈的独立敏感，这与传统思想对女性的期望形成鲜明对比。她不甘受到封建社会对女性的刻板印象束缚，展现了对个体自由的强烈追求。她的独立性格使她在封建社会的女性形象中独具魅力。

第二，与封建社会期望的冲突。林黛玉的反叛并非孤立的个体行为，而是与封建社会期望形成深刻冲突。她对传统女性角色的反叛表现为对束缚的拒绝、对婚姻制度的怀疑，以及对个体自由的向往。这种冲突使得她的形象更为立体而富有张力。

第三，独立与活力的象征。林黛玉的反叛不仅体现在思想层面，还体现在她的行为和情感表达中。她的独立性格为小说注入了新鲜的活力，使得整个故事变得更加多元化。她在个体自由的追求中成为小说中一个引人注目的象征，引起了读者对封建社会价值观的思考。

第四，戏剧性与情感的提升。林黛玉对传统女性角色的反叛为整个小说注入了戏剧性和情感的元素。她的内心矛盾和对个体自由的渴望为情节发展提供了悬念和张力。这种情

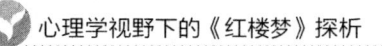

感的提升使林黛玉成为小说中一个丰满而立体的角色。

在小说中，林黛玉的反叛行为并非简单地叛逆，而是对封建社会价值观的深刻质疑。她的独立性格和对个体自由的执着追求使她成为小说中一位充满活力和思想深度的女性形象。这种对传统女性角色的反叛为小说赋予了更为丰富和多元的文化内涵。

二、集体无意识在小说中的体现

《红楼梦》通过对家族的集体无意识、社会礼教的无意识制约以及封建文化的集体心理影响的深刻描绘，勾勒出了封建社会下个体心灵的复杂情景。这些集体无意识的体现使人物在封建社会的文化框架下发展出生动而各具特色的个体心理。小说通过对这些集体心理的刻画，不仅为故事赋予了深刻的文化内涵，也提供了对封建社会集体心理的思考。

（一）家族的集体无意识

1.家族期望与传统的行为规范

（1）家族的历史传承

在《红楼梦》中，贾府代表了一个传统而庞大的家族系统。这个家族有着悠久的历史传承，承载着丰富的家族文化。家族成员被期望遵循这一传统，以维护家族的尊严和延续家族的荣耀。这种历史传承在人物心理中形成了对家族责任的根深蒂固的认同感。

（2）传统行为规范的约束

家族集体无意识通过传统的行为规范对成员产生了强烈的影响。家族期望成员在婚姻、职责、人际关系等方面遵循既定的规范，以确保家族的和谐稳定。这些传统行为规范在人物内心中形成了对家族责任的挣扎，使得人物在个体发展中面临着家族期望与个人意愿的矛盾。

2.维护家族的尊严和传承家族文化

（1）家族的期望与压力

贾府作为一个大家族，对于家族的尊严和荣耀寄予了厚望。家族的期望在每个成员心中形成了一种沉甸甸的压力。人物在努力维护家族的尊严同时，往往会感受到家族集体无意识的强烈压迫感，这成为人物心理冲突的来源之一。

（2）传统文化的传承

贾府不仅期望成员维护家族的尊严，还要求他们传承家族的文化。这包括家族的价值观、生活方式、婚姻观念等。成员被要求不仅在外部行为上表现出家族的身份，更要在内心深处接受并传承家族的文化。这种传承使家族集体无意识在每个人物心中形成了共鸣。

3.个体在家族期望中的挣扎与冲突

（1）个体的自我认知

在家族的集体无意识中，个体往往会陷入对自我认知的挣扎。他们需要在履行家族责任的同时保持个体的独立性。这种自我认知的冲突使得人物在成长过程中产生矛盾，既想要满足家族的期望，又渴望追寻个体的自由与独立。

（2）个体与家族责任的矛盾

家族集体无意识在每个人物心中都投射出对家族责任的挣扎。个体与家族责任之间的矛盾是贯穿整个小说的主题之一。人物在面对家族期望时，不同的选择往往会引发心理上的挣扎，使人物成长的过程更加丰富而戏剧性。

通过对家族的集体无意识的历史传承、传统行为规范的约束、维护家族的尊严和传承家族文化、个体在家族期望中的挣扎与冲突等方面进行深入剖析，《红楼梦》展现了封建社会大家族对于个体心灵的深刻影响。这种集体无意识在人物内心中交织出丰富而纷繁的心理图景，赋予了整篇小说深刻的文化内涵和情感张力。

（二）社会礼教的无意识制约

1.礼教规范的根深蒂固

（1）礼教对个体行为的塑造

整个封建社会笼罩在繁杂的礼教规范之下，这种规范在人物心理中深刻植根。礼教规范不仅影响人物外在的行为举止，更深刻地塑造了个体内心的价值观和认知框架。每位主要人物在成长过程中都不可避免地受到礼教规范的影响，这使他们在情感和行为上表现出与社会期望相符的特征。

（2）礼教对人际关系的影响

社会礼教规范不仅体现在个体的行为上，还深刻地影响了人物的人际关系。婚姻观念、亲情、友情等方面的交往都受到了社会礼教的无意识制约。人物在处理人际关系时往往会受到社会礼教的束缚，使他们的人际互动变得更加复杂和微妙。

2.礼教无意识的深刻压迫

（1）礼教对婚姻观念的塑造

在封建社会的礼教中，婚姻观念扮演着至关重要的角色。社会期望个体通过婚姻来维系家族的延续，而这种观念在每位人物心中都形成了一种无法逾越的制约。人物在感情方面往往需要在家族期望和个体选择之间寻求平衡，这使他们的内心充满了矛盾与挣扎。

（2）礼教对个体自由的限制

封建社会的礼教规范限制了个体的自由发展。每位人物在追求自我认知和独立思考时都会受到礼教无意识的深刻压迫。对于女性而言，封建礼教对其职业选择、婚姻观念等方面都施加了无形的限制，使她们在追求个体自由时要面临更多的困境。

3.礼教无意识的挑战与反抗

（1）人物对社会规范的反思

尽管社会礼教对个体形成了强大的制约，但小说中的一些人物还是对这些规范进行了深刻的反思。他们在个体成长的过程中逐渐认识到礼教规范的片面性和束缚性，从而表现出对社会规范的挑战态度。这种反思使得人物在情感和行为上更加独立和有深度。

（2）礼教制度的颠覆与改变

小说中一些人物通过自己的努力试图颠覆或改变封建社会的礼教制度。他们以个体的力量对社会的礼教提出质疑，通过自己的实际行动展示出对社会变革的渴望。这种颠覆与改变为小说注入了积极向上的力量，也让人物在社会礼教面前表现出更加鲜明的个体特质。

（三）封建文化的集体心理影响

1. 儒家思想的渗透

小说中融入了丰富的封建文化元素，构成了一种集体心理的文化基础。儒家思想作为封建文化的核心之一，深刻影响了人物的思想观念。家族观念、孝道伦理等儒家思想在集体心理中形成了共鸣，为人物的决策和行为提供了文化背景。

（1）儒家思想在小说中的根基

首先，儒家思想深深植根于小说中的家族观念。贾府作为一个大家族，家族观念在人物心理中形成了一种深厚的文化底蕴。儒家注重家族传承与延续，强调子孙教养、家族荣誉等观念，小说呈现了封建社会家族制度的特有氛围。

其次，孝道伦理是儒家思想的重要组成部分，也在小说中得到了充分展现。人物在家庭关系中时刻受到孝道观念的引导，这体现在对父母的尊敬、对家族荣誉的追求等方面。小说通过这种方式，巧妙地表现了儒家思想对人物行为的深远影响。

（2）儒家思想的人物心理共鸣

在小说中，儒家思想对个体的发展起到了积极的引导作用。人物在面对人生选择、家族责任等问题时，常常会通过儒家思想的观念进行思考。这种思考方式能使人物更加理性地面对个体发展与家族荣誉之间的矛盾，体现了儒家思想对人物心理的深刻引导。

儒家思想所强调的道德规范也贯穿于小说人物的行为中。人物在面对伦理道德的选择时，往往会根据儒家思想的指引进行抉择。这使得小说中的人物更具有道德意识，对于善恶、忠孝等价值观的把握更为深刻。

（3）儒家思想的影响下的人物决策

儒家思想对个体情感与婚姻观念的影响在小说中得到了精彩呈现。人物在感情抉择中，往往会考虑到家族荣辱、伦理道德等方面，这与儒家强调的思想相一致。儒家思想在人物抉择中既是一种制约，又是一种引导，这使人物的情感表达更富有内涵。最后，儒家思想对于个体发展与社会责任的平衡产生了深远影响。人物在小说中常常困扰于个体欲望与社会责任之间的矛盾，儒家思想为其提供了一种解决之道。通过强调个体的成就与社会责任的结合，儒家思想为人物抉择提供了一种有益的文化背景。

在小说中，儒家思想通过对家族观念、孝道伦理的渗透，对人物心理的引导，以及在人物抉择中的深远影响，为整个故事提供了丰富的文化内涵。这种思想的渗透不仅影响了人物的个体发展，也为小说赋予了更深层次的意义。

2. 婚姻观念的制约

婚姻观念的制约源自封建社会的深刻婚姻制度。在《红楼梦》中，每位人物的婚姻期望与选择都受制于封建社会的家族传统、门第观念等婚姻制度。这种制度不仅注重家族的联姻，更强调门当户对，成为人物在婚姻选择中的集体无意识制约。

人物在婚姻观念上往往受到封建社会的期望与压力，形成一种矛盾心理。封建社会对于门第的看重使得人物在选择伴侣时常常注重社会地位的因素，而个体情感往往被迫退居次要位置。这种社会期望与个体真实感情之间的矛盾，成为婚姻观念受到制约的重要体现。

婚姻观念的制约在小说中对女性表现得尤为明显。女性在封建社会往往受到更多的束缚，她们的婚姻观念往往更受家族传统、社会期望的影响。婚姻成为女性生活中的一种家族责任，而个体的幸福与否往往被排在次要位置。这种束缚对于小说中女性人物心理发展的影响是深远的。

小说中人物在婚姻观念的制约下，产生了一系列的个体矛盾与内心纠结。他们在追求个体幸福的同时，又需要兼顾家族的期望。这种内外矛盾使得人物在婚姻观念的框架下不断挣扎，形成丰富而复杂的心理世界。婚姻观念的制约既影响了个体的婚姻选择，也深刻地塑造了人物心理的复杂性。

综合而言，封建社会中婚姻观念的制约在《红楼梦》中得到了充分的表现。这种制约既体现在人物婚姻选择上的集体无意识，也通过个体的矛盾与追求展现出深刻而复杂的心理描写。婚姻观念的制约不仅是社会文化的体现，更是对个体幸福与家族责任之间困境的生动揭示。

第七章 文学作品与心理学的交汇

第一节 《红楼梦》中的文学元素

一、笔法、描写手法等文学构建

（一）作品的主题

1. 作品的社会生活视野

（1）广阔的社会生活视野

《红楼梦》通过对"贾、史、王、薛"四大家族兴衰的描写，呈现了一个广阔而绚丽多彩的社会生活视野。作品中通过对家族兴衰的叙述，展示了封建社会末期的百态人生，深刻揭示了封建制度的腐朽和社会的动荡。

（2）封建社会的衰亡史

《红楼梦》被视为封建社会的百科全书，反映了封建制度的衰亡史。通过对贾、史、王、薛四大家族的兴衰叙述，作者揭示了封建王朝政治斗争的历史，呈现了一个庞大而复杂的社会结构，为后人提供了深刻的历史反思。

（3）多重性的主题

《红楼梦》的多重性主题使其成为众说纷纭的经典之作。有人认为它是历史小说，反映了封建社会的衰亡；有人将其视为爱情小说，表现了宝黛爱情的千古绝唱；还有人认为是政治小说，隐喻康熙朝政。主题的多重性成为《红楼梦》的一大特征。

2. 对人性摧残的血泪控诉

（1）对女性的摧残

《红楼梦》通过对金陵十二钗等女性的描写，展现了封建社会对女性的摧残。万艳同杯、元迎探惜、千红一窟等情节，透露出女性在封建社会中的困境和痛苦，反映了作者对封建社会下女性命运的深刻关切。

（2）曲折手法的运用

作者通过运用曲折手法，如万艳同杯、元迎探惜、千红一窟等情节，表达了对女性命运的关切。这些情节通过曲线的方式揭示了女性在封建社会中所受到的压迫和摧残，为作品增添了层次感和深度。

（3）隐语的运用

《红楼梦》运用丰富的隐语，如诗、词、灯谜、酒令、骨牌等，巧妙地揭示了人性被摧残的主题。通过这些隐语，作者更深刻地表达了对封建社会摧残人性的血泪控诉。

3.主题的揭示与反思

（1）明显的揭示

作品中通过万艳同怀、千红一窟、元迎探惜等明显的揭示，强烈地表达了对人性被摧残的控诉。这些揭示不仅在情节上呈现，更通过文字和语言的艺术手法深刻地反映了作者的态度和观点。

（2）人性被摧残的主题

《红楼梦》通过描绘金陵十二钗等女性的遭遇，以及通过曲折手法和隐语的运用，强烈揭示了人性被摧残的主题。这使得作品不仅是一部叙述家族兴衰的小说，更是一部对封建社会不公正的深刻反思之作。

（3）深刻的反思

《红楼梦》通过揭示人性被摧残的主题，引发了读者对封建社会的深刻反思。作品中的隐语和曲折手法使得主题更加丰富和复杂，为读者提供了深度思考的空间。这使《红楼梦》超越了一般小说的层次，成为文学史上的经典之作。

（二）《红楼梦》的结构

1.《红楼梦》的结构新颖

（1）以散文化的描写为主

《红楼梦》的结构呈现新颖而奇巧的特点，脱离了传统的章回小说形式。曹雪芹主要以散文化的描写为主，以生活全景式的创造为目标，不仅注重情节的铺陈，更关注人情世态和人物刻画。这种独特的结构风格开创了中国古典小说现实主义的新境界，使作品更富有文学深度。

（2）以"以假寓真"为结构基调

《红楼梦》以"以假寓真"为结构基调，通过神话故事和"假语村言"等手法，将小说内容置于扑朔迷离的雾色之中。这种结构设定不仅增添了作品的神秘感，也为后续情节的发展创造了一种梦幻的氛围。最终，小说以"梦""幻"世界为落脚点，呈现一个独特而神秘的生活世界。

（3）结构线索的多样性

整部小说的结构线索有多条，其中主线为宝黛钗的爱情悲剧，而四条副线分别涉及贾元妃与贾府的联系、僧、道与贾府的联系、贾雨村与贾府的联系，以及刘姥姥三进荣国府。这些多样的结构线索使小说不仅在主线上有着紧凑的情节发展，还在多条副线上展示了丰富的文化内涵。

2. 主线与副线的交织

(1) 主线：宝黛钗的爱情悲剧

主线贯穿整个小说，围绕宝黛钗的爱情展开。这条线索通过对宝玉、黛玉、宝钗主要人物的情感纠葛和命运安排，呈现一场悲剧。这一悲剧并非偶然，而是承载了历史必然性的结晶，涵盖了封建社会的多重矛盾。

(2) 副线的文化内涵

副线则通过贾元妃、僧、道、贾雨村以及刘姥姥等次要人物，反映了封建社会的种种问题。这些副线并非简单的结构表现，而是富有深厚的文化内涵，涉及了封建宗法、礼教综合作用等多方面的社会因素。

(3) 历史必然性的反映

宝黛钗的爱情悲剧并非个体的偶然，而是历史必然性的反映。这一悲剧通对民主与专制、叛逆与卫道思想的对峙，以及进步思想与美好情愫被毁灭的描写，呈现了封建社会的矛盾冲突和进步力量的挫折。

3. 结构的文化内涵

(1) 民主与专制、叛逆与卫道思想的对峙

宝黛钗的爱情悲剧不仅是个体的遭遇，更体现了封建社会中民主与专制、叛逆与卫道思想的对峙。这种对峙在整个结构中得到了巧妙的表现，使小说超越了单纯的情节铺陈，具有深刻的社会反思。

(2) 作用的多方面展示

副线的文化内涵主要涉及封建宗法和礼教综合作用的多方面社会因素。通过对贾元妃、僧、道、贾雨村等人物的刻画，展现了封建社会中权谋与虚伪、宗法伦理与道德沦丧的诸多问题。这为整个小说提供了丰富的社会背景和文化底蕴。

(3) 结构的深度与广度

整体而言，《红楼梦》的结构既有深度又有广度。深度体现在对主线和副线的巧妙交织中，以及对封建社会矛盾的深刻揭示上。广度则体现在对不同人物、家族、社会群体的全景刻画，呈现了一个庞大而细致的生活世界。

(4) 结构的艺术表现

整个结构的艺术表现值得称赞。通过"以假寓真"的手法，曹雪芹在小说中创造了一个独特的虚幻世界，使读者在探索故事的同时，沉浸于作者对封建社会的深刻思考和对人性的细腻描绘中。

4. 读者与作品的互动

(1) 读者的感知与解读

《红楼梦》中的结构不仅是一种文学表现手法，更是引导读者感知和解读小说的关键。通过结构的设计，读者在阅读过程中能够感受到主线与副线之间的关联，深入思考封建社会的内在矛盾。

（2）作品与读者的情感共鸣

结构的深度刻画和文化内涵丰富使得作品更易引起读者的情感共鸣。读者在与主人公的共情中，对封建社会的不公和对人性的摧残产生更为深刻的认知，促使他们对社会现实进行反思。

5.文学作品在心理治疗中的应用

（1）文学作品的情感疗愈

《红楼梦》通过对人性的深刻描绘和对社会问题的敏感把握，为读者提供了一种情感疗愈的途径。读者与作品中的人物命运产生共鸣，有助于释放读者内心的情感压力。

（2）作品中的心理抒发

小说中对主线和副线人物的细腻刻画为读者提供了一个心理抒发的空间。读者通过对作品的思考，能够更好地理解自己的情感体验，并通过对比产生对生活的积极思考。

（3）对社会现实的反思

《红楼梦》通过对封建社会的揭示，引导读者对社会现实进行深刻的反思。这种文学作品的启发功能有助于读者更全面地理解社会问题，为心理治疗提供了认知重建的可能性。

（三）《红楼梦》的人物塑造

1.人物塑造的整体框架

（1）独特的艺术特色

《红楼梦》以其丰富而复杂的人物画廊展现了其最高艺术成就。这部小说中塑造的人物栩栩如生、个性鲜明，代表了封建社会的多样性。从贾宝玉到凤姐，再到林黛玉和薛宝钗，每个角色都被赋予了独特的艺术特色，呈现森罗万象的生动画卷。

（2）社会力量的代表

作品通过对人物的塑造，展示了不同人物所代表的社会力量。贾宝玉作为反封建的叛逆者，凤姐作为权谋的代表，林黛玉和薛宝钗则体现了个性与理智的对立与融合。这些人物形象既是具体的个体，又是社会力量的象征。

2.主要人物的个别分析

（1）贾宝玉的多元形象

贾宝玉是《红楼梦》中最丰富复杂的人物之一。他既是反封建的叛逆者，又是追求人道主义和理想主义的理想主义者。通过对他痴情、博爱、遁世的描写，展现了他内心的深刻矛盾和对社会现实的深刻思考。

（2）林黛玉与薛宝钗的对比

林黛玉和薛宝钗的对比是《红楼梦》中的又一大亮点。林黛玉多情敏感，表面上清高孤傲，而薛宝钗则理智稳重、处事周全。通过她们的形象对比，展示了不同社会背景和个人遭遇对性格的影响。

（3）细致描写与性格表现

《红楼梦》通过对日常生活的反复细致描写，展现了人物的性格。凤姐奸诈泼辣、黛玉伤感尖刻、宝钗庄重平和，这些性格通过日常生活中的点滴描写得以淋漓尽致地展现。

3.人物评价的社会变迁

（1）社会形态变迁对人物评价的影响

人们对《红楼梦》中人物的评价随着社会形态的变迁而发生改变。例如，对贾宝玉的看法可能在封建社会与现代社会有着截然不同的审美判断和价值取向，这种变化反映了社会对个体行为和理念的不同认知。

（2）林黛玉与薛宝钗在社会变迁中的反映

林黛玉和薛宝钗作为两个极端性格的代表，在不同时期的社会变迁中得到了不同的社会评价。林黛玉的个性或许在封建社会更被理解，而薛宝钗的理智则在现代社会更受欢迎。

4.日常生活描写的表现手法

（1）日常生活细节的描写

《红楼梦》通过对日常生活细节的描写，展现了人物的性格。凤姐的冷漠、林黛玉的多疑、宝钗的庄重，这些都在日常琐事中得以淋漓尽致地呈现。例如，抄检大观园一节通过各人物在这场大事件中的表现，生动地描绘了他们的思想面貌和个性特点。

（2）大事件与人物塑造

大事件如抄检大观园，为人物塑造提供了独特的表现舞台。通过这些大场面，人物的内在特质得以更加鲜明的显现。不同人物在面对压力时的表现，无一不彰显出他们的思想立场和性格特征。

5.社会变迁与人物评价

（1）人物评价的多样性

对《红楼梦》中的人物评价是多样的，这不仅与人物自身的复杂性相关，也与社会变迁密切相连。同一人物在不同社会阶段可能会有截然不同的评价，这反映了社会对于价值观和人性观念的多元化。

（2）社会变迁对林黛玉和薛宝钗评价的影响

林黛玉和薛宝钗作为代表性的女性角色，她们的形象在社会变迁中受到了不同层面的评价。在封建社会，林黛玉的多情敏感可能更符合社会审美，而在现代社会，薛宝钗的理智与深谋或许更受欢迎。

二、文学作品中的心理学元素

（一）人物心理描写

1.贾宝玉的复杂内心世界

第一，贾宝玉的家族责任与个人感情的矛盾。贾宝玉身负贾家的继承责任，是贾府的少爷，他应当肩负起维护家族荣誉和延续香火的责任。然而，他的内心却深深地陷入了个人感情的漩涡。从一开始，贾宝玉就展现出对黛玉深情的一面。这种深情不仅是对黛玉个体的情感，更是对于贾府传统的一种颠覆。黛玉是贾府的女儿，而贾宝玉对她的情感与家族的期望形成鲜明的对比。这种矛盾使得贾宝玉的内心承受着沉重的压力，他需要在继承家业的责任和个人情感的牵绊中找到平衡点。

第二，亲情、友情、爱情的纷繁复杂。贾宝玉的内心世界包含了丰富而多样的情感。首先，他对亲情表现出深厚的忠诚。作为贾府的一员，他对贾母、贾政等家族长辈充满孝心，对家族的兴衰荣辱格外重视。其次，他与黛玉之间的友情又增添了层层情感。这种友情不同于亲情，更寄托了他对黛玉个体的关爱和对她家族地位的关切。最后，最为复杂的是他的爱情经历，对黛玉的深情和后来与其他女子的纠葛使得他的内心充满了爱情的喜悦和痛苦。这样多层次的情感纷繁交织，使得贾宝玉的内心充满了戏剧性和复杂性。

第三，个人感情的追求与家族责任的冲突。贾宝玉一直在寻求自己内心深处对于爱情的追求。这种追求与他作为贾府继承者的身份形成了冲突。他渴望追求真挚的感情，但又不得不面对家族传统对于门第和身份的期盼。这种冲突使得他的内心充满了挣扎，他需要在爱情和责任之间找到平衡点，这使他的内心世界变得更为丰富和深邃。

第四，情感的起伏与内心世界的变化。贾宝玉的情感起伏和内心世界的变化构成了他复杂的心理描写。从初见黛玉时的情感激荡，到后来与其他女子的情感纠葛，再到最终的心灰意冷，贾宝玉的内心历程充满波折。这种情感的起伏不仅表现了他个人成长的经历，也反映了整个贾府的兴衰变迁。通过这些变化，贾宝玉的内心世界呈现生动的戏剧性，为整篇小说增添了深度和厚重感。

2.林黛玉的矛盾心理

第一，林黛玉对宝玉的深情厚谊。林黛玉的内心世界深深地扎根于对贾宝玉的深情厚谊之中。她与宝玉的感情超越了一般的友谊，更是一种精神上的共鸣。她对宝玉的深情表达在小说中是显而易见的，这种深情体现在她对宝玉的关心、牵挂和默默付出。这样的深情让林黛玉成为贾宝玉内心世界中的独特存在，为整个故事增色不少。

第二，对宝玉家族的不满和身份矛盾感。然而，林黛玉的内心矛盾并非仅限于感情层面。她对宝玉所属的家族，特别是对贾府的不满和反感也贯穿于她的内心。林黛玉身为贾府的女儿，却因其母系身份而受到贾府成员的冷遇，这让她在家族关系中感到身份的矛盾。她深知自己的身份既使她享受一些特殊的待遇，又限制了她的自由，这样的身份矛盾让她陷入内心的挣扎。

第三，对自身命运的无奈和抗争。林黛玉对自己身世的无奈和对命运的抗争也是她内心矛盾的一部分。她的身世使得她在家族中孤立无援，对于自己的命运似乎无法做出有效改变。然而，林黛玉并非消极软弱之人，她在命运的抗争中展现出坚韧不拔的一面，尽管最终的结局仍然令人痛惜。

第四，矛盾心理的悲剧走向。林黛玉的内心矛盾将她最终导向了一个悲剧性的结局。她对宝玉的深情与对家族、身份的矛盾交织在一起，最终成为她悲剧的原因之一。她对家族的不满和对自己身份的无法认同，以及对宝玉深情的付出，构成了她内心矛盾的悲剧走向。她的离世不仅是对自身悲惨命运的诠释，也是对整个封建制度下女性身份局限的深刻反思。

（二）心理冲突的呈现

1. 贾宝玉的责任与感情矛盾

第一，家族责任的沉重担当。贾宝玉作为贾家的继承者，肩负着沉重的家族责任。他是贾府的少爷，是家族延续的希望，这使得他不得不在封建礼教和家族传统的框架下履行自己的责任。作为家族的继承人，他需要参与家族的事务、维护家族的声誉，以及承担起对家族成员的照顾和庇护之责。这些责任在他的肩上形成了一种沉甸甸的压力，让他的生活充满了压力和束缚。

第二，与黛玉之间的情感纠葛。然而，贾宝玉的内心世界并不仅被家族责任所充斥，他与林黛玉之间的情感更是让他深陷于感情的漩涡。黛玉的出现为他的生活注入了一种特殊而强烈的情感，超越了一般的亲情和友情。他对黛玉的情感既是一种责任，又是一种禁锢。他渴望能够追随内心的感受，但家族责任的桎梏让他无法真正的追逐自己内心的渴望。这种矛盾让他陷入情感的挣扎中，时而感到痛苦，时而感到对家族责任的无奈。

第三，内心挣扎与情感波动。贾宝玉的内心挣扎和情感波动是《红楼梦》中一个重要的心理描写。他对家族责任的尊重和对黛玉情感的放纵两者之间形成了一种难以调和的冲突。在他的内心深处，责任与感情交织在一起，让他陷入纷繁复杂的思考和情感的波动之中。他时而表现出对家族责任的坚守，时而又在感情面前显得犹豫和无奈。

第四，责任与感情的交汇。贾宝玉最终在责任与感情之间找到了一种平衡，但这并不是一条平坦的道路。他通过对家族责任的思考和对黛玉感情的体察，逐渐成熟起来。他在责任与感情的交汇处，展现出了一种更为成熟和理性的一面。然而，这一切的成长和领悟都是在内心矛盾的冲突中得来的。

2. 林黛玉的爱与恨的心理复杂性

第一，对贾宝玉的深情厚谊。林黛玉对贾宝玉的深情厚谊是《红楼梦》中的一大情感亮点。她在小说中被描绘成聪慧、敏感、多愁善感的女子，对宝玉表现出深厚的感情。她对宝玉的独特理解和对他的照顾使她成为宝玉心中的知己。这种深情厚意在她的言行中得到充分体现，使她成为小说中备受关注的角色。

第二，对家族的不满与恨。然而，林黛玉的内心并不只是充满了对宝玉的深情。她对贾府的不满和对其他女子的宠爱引发了她对家族的恨。贾府的种种不公和对黛玉的冷遇让她感到深深的委屈和愤怒。她的身份地位使得她在家族中无法获得应有的尊重，这种无奈和不满让她的心灵深处充满了对家族复杂的情感。

第三，内心冲突的复杂表达。这两种情感的交织使得林黛玉的内心充满了冲突。她既渴望得到宝玉的宠爱，又因为家族的不公而心生不满。她的深情与不满在她的言语和行为中形成了独特的表现。她的锐利口才和尖锐语言正是这种内心复杂性的表达。她对宝玉的痴情和对家族的反感时而交替，形成了一种独特的心理冲突，使她的形象更为立体和丰满。

第四，情感的化解与悲剧结局。尽管林黛玉的内心充满了爱与恨的复杂性，但她最终无法逃脱悲剧的结局。她的情感无法得到真正的满足，内心的冲突最终导致了她身心俱疲。她的悲剧命运也反映了封建社会中女性的无奈和困境。她的爱与恨最终在悲剧结局中找到了一种苦涩的化解。

（三）潜意识的揭示

1. 梦境的反映

第一，贾宝玉的梦境描写。贾宝玉是《红楼梦》中一个极富情感的角色，他的梦境成为揭示他内心深层的挣扎和情感的重要途径。在小说中，贾宝玉的梦境主要反映了他对黛玉的思念和对家族责任的复杂情感。在梦中，他与黛玉相遇，表达了他对黛玉的深深眷恋，同时在梦中经历了对家族责任的无奈。

第二，梦境中的情感挣扎。这些梦境不仅是对现实的一种寄托，更是贾宝玉内心情感挣扎的真实反映。他在梦中对黛玉表达深情，却在现实中面临着爱情无法言说的困境。这种情感的反差使他的内心深处充满了挣扎和矛盾。

第三，梦境揭示的潜意识。梦境作为一种心理现象，反映了人们潜意识中的欲望、焦虑和希望。在贾宝玉的梦境中，黛玉的形象成为他内心深处对爱情的向往和对家族责任的无奈的象征。这种梦境揭示了他内心深层的潜意识，使读者更加深入地理解了他的情感世界。

第四，梦境丰富了人物形象。小说通过对梦境的描写，丰富了人物形象的层次和深度。梦境不仅是一种艺术手法，更是对人物内心的深刻挖掘。通过梦境，贾宝玉的形象变得更加真实和立体，读者可以更加细腻地感受到他内心情感的纷繁复杂。

2. 幻想的心理逃避

第一，林黛玉的心理逃避。林黛玉是《红楼梦》中一个充满矛盾情感的角色，她通过幻想的手法进行心理逃避，将对现实的不满和矛盾在潜意识中进行表达。她对宝玉的情感是她内心世界最深处的痛楚，而通过幻想中的美好场景和美好时光，她得以在心灵深处寻找一份安慰。

第二，美好场景的构建。林黛玉通过幻想构建了一个理想中的美好场景，将自己与宝玉的相处想象得十分美好。在这个幻想中，她可以摆脱现实中的种种压力和矛盾，尽情沉浸在对宝玉的深深眷恋之中。这种美好场景的构建成为她心理逃避的一种方式，帮助她应对现实的困境。

第三，美好时光的幻想。除了场景，林黛玉还通过幻想构建了一段美好时光。她想象着自己与宝玉共度欢乐时光，远离世俗的纷扰。在这个幻想中，她可以摆脱封建礼教的桎梏，与宝玉自由地相爱，不受任何束缚。这种时光的幻想成为她心理逃避的一种途径，带给她一丝慰藉。

第四，潜意识中的宣泄。这些幻想不仅是对现实的逃避，更是林黛玉潜意识中情感的宣泄。她通过这些美好的幻想，释放对宝玉深深眷恋的情感，同时在潜意识中对现实的不满得到了一定的宣泄。这种心理逃避的方式使得她在现实面前能够更加坚强地面对困境。

通过对林黛玉的心理逃避的深入探讨，我们可以看到幻想在小说中的重要作用。它不仅是人物心理世界的一种表达方式，更是对现实不满的一种途径。在《红楼梦》中，幻想为人物提供了一方理想的净土，使他们能够在心灵深处找到一份安慰和慰藉。这种潜意识中的心理逃避成为小说中极富戏剧性和深度的表现手法之一。

三、《红楼梦》的语言艺术

风格是艺术家在创作过程中所呈现的独特艺术特征，而《红楼梦》中的语言则被誉为"语言艺术皇冠上的明珠"。该作品的审美风格正是基于其独特的语言表达方式。它的语言来源于生活，其形式同样来源于生活。它既是文学，又是时代的真实写照。在贾府这样一个典型的封建大家庭中，说话人的身份、说话人所处的环境、说话人的性格都促使《红楼梦》的语言表达限定在"怨而不怒"的范围内。在语言表达技巧上，作者多采用委婉含蓄的措辞，使"怨而不怒"的语言特色与人物叙事、故事情节深度融合。"每一种语言本身都是一种集体的表达艺术"。《红楼梦》含蓄、洗练的语言表达是"怨而不怒"审美风格的一部分，同时对塑造人物、表现主题都发挥了举足轻重的作用。

（一）《红楼梦》中的含蓄讽喻之道

1. 怨而不怒的儒家中庸哲学

怨而不怒的文学风格。在《红楼梦》中，怨而不怒的文学风格表现得淋漓尽致。这种风格具有儒家中庸哲学的独特特色，注重情感的平和与节制，通过含蓄而不激烈的表达方式，展现作者对社会弊病的深刻关切。中庸之道，旨在维护社会和谐，使作者在描写社会问题时避免了过于激烈的言辞，保持了一种温和而不失力度的姿态。

比兴手法的巧妙运用。怨而不怒的表达方式常常借助比兴手法，通过对古代典故、神话传说的借用，巧妙地表达对现实问题的讽刺。例如，在对宦官集团的描述中，使用阴间小鬼的口吻传递社会讥诮，既保持了一种古典雅致，又使得讽喻更显含蓄。这种比兴的巧妙运用为小说增色不少，使作者对社会问题的描绘更加生动有趣。

中庸哲学的体现与封建礼教的调和。中庸哲学的要旨在于"发乎情，止乎礼义"，这种理念在小说中得以体现。作者通过人物的言行，即便对社会问题有所不满，也能够在封建礼教的框架内表达。举例而言，在对元妃省亲的描写中，曹雪芹通过贾政的回应，将元妃的不满转变为对亲人的思念，体现了情感抒发与封建礼教的巧妙调和，使故事更加感人而不失庄重。

谲谏之道的高明运用。儒家谲谏之道强调言之有物，言之有物则不媚俗，不越礼而有刺。曹雪芹通过小说中的谲谏手法，既揭示了社会弊端，又避免了直接对封建制度的过激批判。这种手法的高明运用使《红楼梦》在文学创作中独具匠心，兼具艺术性和社会关怀。

2. 含蓄委婉的讽喻手法

古代典故与神话传说的引用。曹雪芹善于运用古代典故和神话传说，通过借用这些文学元素，将讽喻的语言嵌入到小说中。以宦官集团为例，他以阴间小鬼的口吻对社会问题进行讥讽，充分运用古代文学的比喻手法。这种运用不仅赋予小说深厚的文化内涵，也使其讽喻更具隐蔽性，更富有深意。

人物口吻的灵活运用。含蓄的讽喻往往通过人物的口吻来表达，曹雪芹在《红楼梦》中巧妙地利用人物的语言特点。例如，鬼判对秦钟的讥诮语言直接而又生动，将社会弊政巧妙地呈现在读者面前。通过这种人物口吻的灵活运用，讽喻既保持了小说整体风格的一致性，又对社会问题的描写更为生动和传神。

对封建制度的委婉挖掘。曹雪芹通过含蓄的讽喻手法，避免了直接对封建制度进行批判，使讽喻更显委婉。在阴间小鬼的嘲讽中，虽然对社会问题提出了批评，但通过特殊的叙述角度，成功地规避了直接对封建制度的挑战。这种委婉的表达方式既让读者在欣赏小说的同时思考社会问题，又保留了小说在封建社会中的立足点。

文学元素与社会讽刺的巧妙结合。曹雪芹善于将文学元素与社会讽刺相结合，通过比兴手法巧妙地表达了对社会问题的深刻认识。阴间小鬼的形象不仅起到了传神的讽喻作用，也使小说的语言更具生动性和寓意深度。这种巧妙结合不仅丰富了小说的艺术表现，也为读者提供了对当时社会的一种启示。

3. 社会现实的隐晦讽喻

由省亲之事联想到古代典故。曹雪芹在《红楼梦》中通过元妃省亲的描写，以太祖皇帝仿舜巡的故事为引子，将社会现实巧妙地融入小说情节中。这种古代典故的巧妙运用使得讽喻更富有文学内涵，读者能够在古代传说的框架下思考当时社会的弊端。

赵嬷嬷与凤姐的对话折射出社会不满。通过赵嬷嬷和凤姐的对话，曹雪芹巧妙地折射了贾政对元妃境遇的不满情感。他们在谈论太祖皇帝仿舜巡的过程中，实际上是在暗示贾政对元妃在宫中的种种不如意的不满。这样的对话不仅揭示了现实社会的问题，也通过人物的口吻使讽喻更为生动。

旁敲侧击的言辞展现对社会弊病的关切。曹雪芹巧妙地采用了旁敲侧击的手法，通过太祖皇帝的仿舜巡和赵嬷嬷、凤姐的对话，间接表达了对社会弊病的关切。这种言辞的含蓄让讽喻更显深沉，读者在阅读中需要通过细致的品位来感受其中的隐晦之意。

谨慎和含蓄的整体风格。在整个描写元妃省亲的情节中，曹雪芹保持了小说整体风格的谨慎和含蓄。他并没有直接点名批评，而是通过古代典故、人物对话等手法，以一种委婉的方式表达了对当时社会问题的担忧。这样的风格既让小说更具有审美价值，也为读者提供了一种思考现实社会的可能途径。

4. 情感抒发与封建礼教的调和

元妃深宫生活的真情流露。元妃在《红楼梦》中对深宫生活的感受，以及她与贾政之间的对话，展现了真挚而深刻的情感。她通过细腻的语言，生动地表达了在宫中的艰辛和对外界亲人的思念之情。

曹雪芹通过贾政的回应转变情感语境。曹雪芹在处理这种情感的抒发时展现了高明的手法。贾政对元妃的回应并非直接回应她的不满，而是将其情感转变为对亲人的思念。这种巧妙的调和使得情感的表达不至于违背封建礼教的准则，保持了小说整体风格的谨慎和含蓄。

调和情感与封建礼教的矛盾。通过这一手法，曹雪芹成功调和了情感抒发与封建礼教的矛盾。尽管元妃在深宫中经历了诸多苦难，但她的情感表达并没有直接挑战封建礼教的观念。相反，通过贾政的巧妙回应，情感得以得体地表达，同时符合当时社会的礼教规范。

突显"怨而不怒"风格的高明之处。这一调和手法突显了《红楼梦》中"怨而不怒"风格的高明之处。曹雪芹既展现了人物真实的情感，又在情感的表达中遵循封建礼教的规范，巧妙地避免了直接的挑战。这种情感与礼教的巧妙调和使小说更加含蓄且丰富。

（二）空白省略与情感的抑制

陈望道先生在《修辞学发凡》中提到的"跳脱"理论，为理解《红楼梦》中空白省略的审美特点提供了重要线索。他指出，语言在特殊情景下，如心思急转、事象突出等，有时会采用"跳脱"手法，即半路断了语路。❶这种跳脱，在形式上表现为残缺或间断，但在实际运用中，若将真实情感和境相契合，就能呈现一种不完整而胜于完整的情韵。

1.《红楼梦》中的语言留白

在《红楼梦》中，曹雪芹运用空白与省略的手法，巧妙地渲染人物情感，形成一种审美的独特功能。这种审美并非简单的语言遗漏，而是通过未说尽的内容，为读者留下思考的空间，使得情感表达更为深刻和复杂。

（1）对话中的空白留白

对话是小说中最直接表达情感的方式之一，而《红楼梦》中的对话常常在关键时刻使用空白留白，使得情感得以缓冲。黛玉对宝玉的"你这——"两字，正是一例，通过省略的方式，将矛盾情感表达得淋漓尽致，而读者则在这留白中感受到了更多的情感张力。

（2）不绝其境的意蕴

这种留白并非绝对的虚空，而是"不在场"而具有表达力的方式。它在形式上呈现一种不完整的表达，但却能使情感更加有深度，更加有意境。这种不绝其境的意蕴，让读者在未完全言说的情感中感受到一种弥漫而沉郁的美。

（3）连接与效力的平衡

在空白留白中，情感不是孤立的，而是与完整的情韵相连接。这种不完整而有完整以

---

❶ 陈望道：《修辞学发凡》，上海教育出版社1979年版，第221页。

上的情韵，不连接而有连接以上的效力，使得《红楼梦》中的情感表达不仅具有深度，还充满层次感。

（4）情感的虚实相生

《红楼梦》中的空白省略正是情感虚实相生的体现。通过情感的虚，使得读者产生更多遐想和思考。通过情感的实，让读者感受到作者深刻的情感抒发。这种虚实相生，构成了小说语言的独特之美。

（5）怨而不怒的审美境界

这种留白省略与《红楼梦》中"怨而不怒"的审美风格相得益彰。怨而不怒要求表达情感时既不能过于直接激烈，又要富有深度，而空白省略正是满足这一审美境界的艺术手段。

总体而言，空白省略在《红楼梦》中的运用，不仅是一种语言技巧，更是情感抒发的巧妙途径。通过留白，读者在思考和遐想中感知情感的复杂性，使得小说更具厚重感和艺术深度。这种审美留白，成就了《红楼梦》在古典文学中的卓越地位。

2."怨而不怒"审美的体现

在《红楼梦》中，"怨而不怒"是一种独特而深刻的审美特点。这种审美要求情感的表达不宜过于激烈，而应当以怨天尤人、深沉含蓄的方式呈现。与这一审美特点相辅相成的，正是作者在语言表达中巧妙运用的空白省略手法。

（1）情感表达的温和方式

"怨而不怒"意味着对社会、人生的不满和抱怨，但不采用激烈、愤怒的方式。通过对话和描写中的未完全言说，作者将情感温和地呈现在读者面前。例如，黛玉对宝玉的"你这——"一句，没有直接揭示她的愤怒，而是通过省略表达一种无奈和深藏的怨愤。[1]

（2）留白的美感

空白省略的运用创造了一种留白的美感，使情感在未说尽的状态中表现得更为丰富。这种美感并非缺乏，而是在不完全表达中形成一种审美的遐想空间。读者在留白中感受到的是情感的深度和复杂性，这正是"怨而不怒"审美特点的精髓所在。

（3）准则的尊重与挑战

封建礼教是《红楼梦》中不可忽视的准则，而"怨而不怒"的审美特点正是在这一准则的基础上进行的表达。通过空白省略，作者避免了越过直接挑战封建礼教的底线，使情感表达在遵循准则的同时更显深刻。

（4）内涵的丰富与层次感

怨而不怒的审美要求情感表达中应有内涵，不宜肤浅直白。而空白省略的运用使情感表达更具层次感，读者在其中感受到的是一种深刻而含蓄的内涵，而非简单的愤怒或抱怨。

---

[1] 涂年根：《空白研究》，江西师范大学2015年博士学位论文，第12页。

（5）小说整体氛围的谨慎与含蓄

《红楼梦》作为一部古典小说，整体氛围显得谨慎和含蓄。怨而不怒的审美与空白省略的运用相得益彰，使小说在表达情感时既充满深度，又不失整体的谨慎与含蓄。

3. 审美效果的凸显

在《红楼梦》第三十回中，宝玉和黛玉因"金玉"发生争吵，黛玉只说了"你这——"两个字。这种省略的手法在情感冲突的表达上显得十分巧妙。未说尽的话语使读者更加关注未被揭示的情节，营造了悬疑感，增强了情感的冲突和张力。

（1）留白引发读者联想

通过空白的设计，作者成功地引发了读者的联想。黛玉仅说了一半的话，读者在留白中可以自行填充可能的情节和对话，从而让读者更深入地参与到故事情节中。这种留白引发的联想是审美效果的重要组成部分。

（2）情感的深度展示

未说尽的话语营造了情感的深度展示。在宝玉和黛玉的争吵中，两个字的省略并非简单地停顿，而是一种情感的积蓄。这种深度展示使得读者更能感受到人物之间的复杂情感，而非简单的表面矛盾。

（3）意在言外的内心痛苦

在其他场景中，比如黛玉对宝玉的怨恨和痛悔的表达，同样通过未说尽的话语，体现了一种意在言外的内心痛苦。这种省略不仅让情感更显深沉，也使读者更能产生共鸣和体会人物的心境。

（4）悬念的营造

空白省略的手法也在小说中成功地营造了悬念。读者在未说尽的情节中产生的疑虑和期待，使小说更具吸引力。这种悬念的营造成为推动情节发展的一种有效手段。

（5）审美的遐想空间

这种留白引发的遐想空间，成为审美效果的突出之处。读者在留白中可以自由想象情节的发展方向，这种审美的遐想空间使得小说在艺术上更为丰富和多元。

4. 空白省略与读者的互动

《红楼梦》通过这种留白的表达方式，将情感的传递戛然而止，留给读者丰富的想象空间。这种互动式的表达方式，使读者能够在未完全言说的情感中，感受到更多的思考和体验，呈现了"无言之美"。

（1）读者的思考与填充

空白的留白给予读者更多思考的空间。未说尽的情节成为一种引子，读者可以自行填充缺失的信息，推测可能的发展方向。这样的互动使得阅读过程更为丰富，读者可以在思考中建构自己的解读。

（2）情感的共鸣与体验

省略营造的情感深度，激发了读者的共鸣和情感体验。读者在面对空白时，更容易在其中投射自己的情感和经验，与小说中的人物建立更为紧密的情感纽带。这种互动性使小说不再是单向地叙述，而是一次读者与作品的深度对话。

（3）引发读者的好奇心

未说尽的情节常常带有悬念，引发读者的好奇心。读者渴望了解更多的细节和发展，因此会更加专注于小说的阅读，迫不及待地想要了解接下来会发生什么。这种好奇心的引导使阅读变得更为主动和积极。

（4）审美的互动体验

空白留白的审美效果正是建立在读者与作品的互动基础上。读者通过自己的思考和情感投射，与小说中的情节相互交织，形成一种独特的审美体验。这种互动性不仅让阅读更有深度，也让每个读者在阅读中找到自己的解读路径。

（三）含蓄委婉，言外之意

1. 含蓄委婉的文学审美

（1）姜夔的观点

姜夔的"语贵含蓄"观点在文学创作中得到了充分体现。通过含蓄的表达，作者不仅能够抑制情感，更能使言辞富有层次、意味深长。这种审美追求不仅要求文字的表面意义，更注重文字背后的深层内涵。

（2）《红楼梦》中的委婉表达

《红楼梦》通过巧妙运用含蓄委婉的语言，展现了中国古典文学的审美特色。例如，宝钗在面对宝玉的冷嘲热讽时，用含蓄的言辞反讽巧妙地表达了自己的不满。这种委婉的表达方式在传达情感的同时，保持了作品整体的雅致和典雅。

2. 言外之意的深度挖掘

（1）戏谑与讽刺的融合

在《红楼梦》第三十回中，宝玉和黛玉因琐事发生争执。通过宝钗的委婉调侃、戏谑与讽刺巧妙融合，使情节更富有层次感。作者透过语言的含蓄，达到言外之意的深度挖掘，使作品更具深度和内涵。

（2）情感的巧妙调和

在第七十一回中，贾赦因不满贾母偏袒贾政而心生怨愤。通过讲笑话的方式，巧妙地调和了作者的情感表达。这种委婉含蓄的手法不仅达到了发泄情感的目的，也在维持家族尊严的同时显得不过激，展现了"怨而不怒"的审美理念。

3. 封建礼教与情感释放的平衡

（1）贾母的含蓄表达

在第七十六回中，贾母对贾政的不满与怨愤通过含蓄的语言得以释放。尽管心中充满了愤怒，但在封建礼教的制约下，贾母通过含蓄的方式表达了自己的感受。这种平衡的处理使情感释放得当，不至于破坏家族和谐。

（2）审美的互动效应

含蓄委婉的表达方式在文学审美中产生了互动效应。读者需要在言外之意中进行解读，参与到情感的推演和想象中。这种互动性不仅增强了作品的深度，也使读者更深层次地沉浸在作品的情感世界中。

4.文学语言的审美塑造

（1）文学创作中的空白处理

空白留白的处理在《红楼梦》中得到充分展现。通过未完全言说的情节，作者创造了一种留白的美感，使读者在面对空白时能够更主动地参与到作品的解读中，体验到一种与作者共鸣的审美感觉。

（2）引导读者的思考

留白的文学语言引导了读者向更深层次的思考。未说尽的情节成为一种引子，读者可以通过自己的思考填充缺失的信息，推测可能的发展方向。

四、《红楼梦》的人物叙事

《红楼梦》隐晦含蓄的写作手法在人物叙事中达到了深文曲笔、义见文外的艺术效果。《红楼梦》第一回指出："其间离合悲欢，兴衰际遇，俱是按迹循踪，不敢稍加穿凿，至失其真。"作者对客观精神有着极强的自觉意识，力求人物叙事达到"无我"境界，让整部小说的情绪表达处于相对平衡的位置，同时隐晦地显示出"微言大义"。所以王希廉于此评云："叙法皆有微旨❶。"人物情节的平和舒缓、人物情景的谈笑趣谈、人物情状的温柔敦厚和艺术美感追求都形成了小说"怨而不怒"的审美风格。另外，曹雪芹在《红楼梦》中塑造的主要人物不是乡村野夫，更不是江湖豪杰，他们是封建社会的贵族。一言一行都要受到礼仪和面子的约束。纵然有像宝玉这样的叛逆形象也是家族文化的传承者，同样被圈在贵族素养的一隅。

（一）人物情节

1.曹雪芹的写实手法与人物塑造

（1）脂砚斋对《红楼梦》的评价

在《红楼梦》中，曹雪芹采用了多样而独特的写作手法，被脂砚斋形容为"有间架，有曲折，有顺逆，有映带，有隐有见，有正有闰"。❷ 这种手法让小说的情节发展既有层次，又充满张力。每一个情节都被巧妙地连接起来，留下了隐约的线索，使得整个故事更具深度。

（2）人物塑造与生命逻辑法则的一致性

曹雪芹对人物的塑造与命运设定与生命的发展逻辑相一致。他注重角色的理性发展，每个人物的行为都有其内在的逻辑考虑。这种关注使角色在其社会身份的基础上行事，与整体艺术要求相一致。以宝玉挨打为例，这一情节的发展可以追溯到早期的角色互动，形

---

❶ 冯其庸：《八家评批〈红楼梦〉》，文化艺术出版社1991年版，第114页。

❷ [清]曹雪芹：《脂砚斋重评石头记：甲戌本》，[清]脂砚斋评，人民文学出版社2010年版，第13页。

成了一个复杂的人物关系网。

（3）角色之间的关联与伏笔的巧妙安排

曹雪芹在《红楼梦》中，通过隐晦的描写和情节的发展，将角色之间的关联巧妙地安排。以宝玉挨打为例，黛玉和宝钗对宝玉的心疼，以及袭人向王夫人的体己话，都为后来的故事埋下了伏笔。这种写作手法使整个小说具有层次感和丰富的内涵。

（4）写实主义创作理念与人物的多角度描写

曹雪芹秉持写实主义的创作理念，关注人物的真实性。他将客观生活与主观思维融合在一起，表现社会生活的复杂性。对于人物态度，从不是单一的，而是多角度的。这种写实手法使人物更加饱满，生动地展现了社会生活的多样性。

2. 人物情节发展的巧妙安排与生活的平淡美感

（1）故事发展的循序渐进

《红楼梦》中故事情节的发展是隐晦而循序渐进的。以薛蟠挨打为例，其原因在早期的回目中就已经给出了暗示。整个发展过程涉及多个角色，如香菱、袭人等，形成了一个丰富而庞大的故事线。这种手法使故事的发展既合乎逻辑，又充满戏剧性。

（2）生活的平淡与人物情节的流动美感

与传统文学不同，《红楼梦》告别了传奇色彩，注重真实地表现生活的平淡。人物情节的发展如同生活一样，平淡无奇却又多姿多彩。曹雪芹通过细腻描写，使得生活情节产生了流动的美感。在整个故事中，角色的生活细节和交往关系被巧妙地展现，这使读者沉浸其中。

（3）矛盾冲突的巧妙处理

在贾府内部，曹雪芹通过欢声笑语的描写，巧妙地化解了多次重大的矛盾和冲突。例如，在贾赦试图娶贾母的贴身丫鬟鸳鸯一事中，贾母的怒火被探春一番巧妙的话语缓和。这种处理方式既保持了矛盾的发展，又避免了过于激烈的冲突，使故事保持了一种平衡。

3. 《红楼梦》的审美效果与文学风格

（1）曹雪芹的写实手法与文学风格

脂砚斋将《红楼梦》形容为"无声的音乐"和"抒情的哲学"。曹雪芹的写实手法和文学风格使得小说具有深刻的审美效果。他将人物的情感、命运与社会生活有机地融合在一起，展现了生活的复杂性和丰富性。

（2）平淡无奇中的烟波流动美感

与其他文学作品的雄奇紧张特点不同，《红楼梦》的节奏舒缓，充满了平淡无奇中的烟波流动美感。这使整个故事更贴近生活，更能引起读者的共鸣。曹雪芹通过对生活细节的描写，形成一种荡气回肠、百读不厌的审美效果。

（3）深刻细腻的人物描写与社会生活画卷

曹雪芹通过深刻而细腻的人物描写，将《红楼梦》打造成一幅庞大的社会生活画卷。他不仅关注主要人物，还通过对次要角色的塑造，展示了贾府内外的各个阶层和生活状态。这种全景式的描绘使得小说更具社会性，超越了单一人物情节的层面。

（4）矛盾冲突的转折与结局

贾府内外多次矛盾冲突的发展往往在欢声笑语中迎来转折与结局。例如，由贾赦娶贾母贴身丫鬟鸳鸯引发的矛盾，在探春的化解下平息。这种巧妙的处理方式不仅使故事更加富有戏剧性，同时展示了曹雪芹对于情节发展的深思熟虑。

（5）写实手法与审美效果的融合

曹雪芹的写实主义手法与审美效果的融合，使《红楼梦》独具魅力。他不仅注重情节的逻辑，还在平淡生活中发现了独特的美感。这种写实与审美的有机结合，使得小说成为一部既具有社会价值又富有文学价值的作品。

（6）告别传奇，迎接真实生活的表现手法

《红楼梦》的表现手法告别了传奇的气派，注重真实的表现生活。曹雪芹没有追求大起大落，而是通过对人物情节的平淡描写，展现了生活的真实面貌。这种表现手法使小说更加贴近读者的生活经验，产生了共鸣。

曹雪芹在塑造人物和推动情节发展时，并不力求完美，而是追求足够真实。他将客观真实的生活与主观思维有机地结合，展示了社会生活的复杂性和鲜活性。这种深度的人物描写使得角色更加立体，令人难以忘怀。

（二）人物情境

1.隐蔽矛盾与含蓄美

《红楼梦》以贾府为背景，巧妙地描绘了封建大家族内部错综复杂的矛盾。尽管这些矛盾涉及整个家族的命运，但在父子、主仆、长幼、嫡庶等多重关系的制约下，矛盾形式常常显得隐晦而微妙。如张爱玲曾说的"中国文学里弥漫着大的悲哀……细节往往是和美畅快、引人入胜的，而主题永远悲观"在《红楼梦》中得到淋漓尽致的体现。人物矛盾隐藏在谈笑之间，形成一种含蓄蕴藉的审美风格。❶

首先，在第二十二回的生日点戏场景中，贾府成员戏谑时展现了史黛之间微妙的关系。湘云指名黛玉，明言她像戏中人物，这引起了黛玉的不悦。然而，由于湘云的身份，黛玉不便当众回应，只能暂时隐忍。作者将这个矛盾转化为宝玉内心的冲突，以"赤条条来去无牵挂"表达宝玉对感情的无奈和无所依归的心境。

其次，林黛玉和薛宝钗所代表的两种思想与道路构成全书的根本对立矛盾。作者以"探宝钗黛玉半含酸""薛宝钗羞笼红麝串"等微妙场景，巧妙地表现了她们之间的隐藏矛盾。通过这些描写，矛盾在含蓄中逐步升华，旁敲侧击地展示了两位女子心底的纷扰和矛盾之处。

最后，贾政对宝玉的责备也展现了封建社会中家族成员之间含蓄的矛盾。贾政频繁地责骂宝玉，以此表达对他在仕途上的期望。这种"怨而不怒"的表达方式，既是一种家庭关系的表现，也彰显了封建社会父权制度下的家族纷争。

---

❶ 耿占春：《叙事美学》，南方出版社2008年版，第242页。

2. 情节描写中的曲折发展

在《红楼梦》中，情节的发展往往是曲折而隐晦的，通过巧妙的叙述手法，作者将矛盾的发展转折得相当自然。

以贾琏和王熙凤之间的矛盾为例。在第十六回，平儿替贾琏藏起了多姑娘的头发，引发了王熙凤的怒火。此时，王熙凤的挖苦进一步激化了两人之间的矛盾。然而，贾母一句淡淡的话却巧妙地平息了这场矛盾。通过这个情节，作者以曲折的方式展示了贾琏与王熙凤之间的微妙关系，矛盾不断上升却在关键时刻得到化解。

在第二十一回中，贾琏再次面对多姑娘的事情，情节展开时，作者通过平儿的谎言将矛盾推向高潮。然而，贾琏的"把这醋罐打个稀烂"的威胁表面上是对平儿的愤怒，实际上是对整个家庭矛盾的一种释放。这样曲折的发展使矛盾得到了充分的表达，却又巧妙地避免了直接冲突。

作者通过描写宝黛之间的矛盾也展示了情节发展的曲折性。在第六十六回中，柳湘莲的一番话引发了宝黛之间的矛盾。然而，黛玉的愤怒并没有直接爆发，而是被作者嵌入整个饯花会的场景，待到合适的时机，将矛盾冲突转变为宝黛独唱的场面。作者通过这种曲折的手法，将矛盾隐晦地表现在情节之中，给予读者一种深刻的审美体验。

3. 矛盾转化与隐含思想

在小说中，矛盾不仅在人物关系中体现，也表现为不同思想观念之间的冲突。林黛玉和薛宝钗代表了两种截然不同的思想，它们的矛盾在小说中以一种潜在曲折的方式展开。

在"探宝钗黛玉半含酸"中，作者以微妙的语言展示了林黛玉对薛宝钗的复杂情感。通过这些描写，矛盾被巧妙地隐藏在字里行间，化解在含蓄的表达之中。宝钗以笑容回应，使矛盾得到了瞬间的缓解，但在情感的层面仍有潜在的冲突。

此外，宝黛之间的矛盾也常通过其他人的视角来呈现。在饯花会的场景中，黛玉因先前的误会而生气，但作者将这一矛盾暂时搁置，通过宝玉与探春的对话引出，使情节曲折而自然地转移到其他层面。这种矛盾的转化不仅体现了作者高超的叙事技巧，也表达了人物内心纷繁复杂的思想。

4. 人物语言与心理描写

《红楼梦》中的人物情感矛盾通过细致入微的语言和心理描写得以生动体现。贾政对宝玉的训斥、贾琏和王熙凤之间的暗流、黛玉和薛宝钗的微妙关系，都在人物的语言和内心独白中得到淋漓展现。

在贾政对宝玉的责骂中，作者通过描写父子之间的争执，展示了封建社会中家族内部的矛盾。贾政的责备虽然是对宝玉成长的期望，但也透露着家族内复杂的情感纠葛。这种含蓄的父子矛盾通过"无知的业障"等词语的运用，得以淋漓呈现。

在贾琏和王熙凤之间的情感矛盾中，作者在他们的谈笑间展示了家庭生活中的曲折。贾琏对香菱的称赞被王熙凤嘲弄，既揭示了夫妻之间的戒备心理，又通过平儿的介入将矛盾引向高潮。作者通过这些对话巧妙地展示了家庭内部微妙的关系。

在黛玉和薛宝钗的矛盾中，作者通过描写饯花会等场景，将她们的矛盾在细腻的心理描写中得以升华。黛玉对薛宝钗的敏感以及通过宝玉与探春的对话引发的矛盾，都在人物内心的独白中得到了巧妙的展现。

5."怨而不怒"的审美表达

整个《红楼梦》的人物矛盾以一种"怨而不怒"的审美风格展现。这种怨而不怒的情感表达方式，使矛盾在隐晦中得到了极致的表达。

在贾府中，家庭成员之间的矛盾虽然频繁，但作者巧妙地通过怨言的方式表达，避免了直接的冲突。父子、夫妻之间的矛盾在"无知的业障""拿着皮肉往倒不相干的外人身上贴"等怨言中得以体现。

在宝黛、黛宝等感情矛盾中，怨言的表达也体现了作者独特的审美观。林黛玉对薛宝钗的怨言、贾琏对王熙凤的责备，都以含蓄的方式表达了矛盾的存在，使读者在细致描写中领略到家族生活中的曲折复杂。

在整部小说的结构中，作者通过"怨而不怒"表达了对封建社会制度和家族伦理的隐秘抗衡。贾府内部的矛盾虽然复杂，但通过作者细腻的描写，使得矛盾的审美得以凸显，情感在含蓄中更显深刻。

（三）人物情状

1. 传统文化与人格形塑

（1）儒、佛、道的文化渗透

在《红楼梦》中，儒、佛、道三种文化相互渗透，形成了中国传统文化的多元性。孔子的"三戒"、孟子的"养浩然之气"以及庄子的"以天地为己任"反映了一种积极进取的入世精神。然而，传统道德理念强调"自我克制"和"修身养性"，导致个体情感的压抑，使人在封建伦理要求下失去了自我的"主体意识"。

（2）三纲五常与天人合一

《红楼梦》中体现了"三纲五常"和"天人合一"的思想，强调了对封建统治的绝对服从。这使得人们难以表现出明显的反抗精神，个体情感受到压抑。人物在封建礼教的束缚下，不敢追求个体幸福，而是被迫适应封建伦理的规范。

2. 人物生活与心理状态

（1）薛宝钗的温柔敦厚

薛宝钗被塑造为《红楼梦》中封建家族中"温柔敦厚"的代表。然而，她完美的形象本身就是对性情欲望的压制。她在封建礼教的约束下过着一种混沌的生活，表现出对个体欲望的不自觉追求。她的性格特征受到封建统治的影响，生活一直处于缺乏自主性的状态。

（2）宝玉的思想叛逆

宝玉是封建社会的一种叛逆者，但他的反抗更多地体现在思想、意识和道德上对上层建筑的怀疑上。尽管宝玉在爱情中表现为叛逆，但在政治经济层面上，并没有表现明显的阶级对立的反抗。他对贾政的畏惧和遭受毒打时向贾母求助的行为表现出对封建统治的屈服。宝玉在抄检大观园和黛玉的矛盾中没有展现出强烈的反抗意识，最终选择通过"悬崖撒手"来逃避阶级对抗。

（3）女性角色的逆来顺受

《红楼梦》中的年轻女性在拥有美好心灵的同时，受到封建道德的禁锢，表现出逆来顺受的状态。她们的个体意识被抑制，对未来生活的憧憬被封建伦理淡化。即使面临不幸，她们也表现出容忍和妥协的态度。迎春的包办婚姻和对家庭不公的忍让，以及其他女性在面对命运时的懦弱，都展现了她们在封建社会中的逆来顺受的心理状态。

3.死亡与审美表达

（1）"怨而不怒"的审美风格

《红楼梦》中的人物死亡呈现了一种"怨而不怒"的审美风格。虽然没有激烈的斗争形式，但在人物的性格、情感和命运中展示了封建社会中无辜生命的毁灭。作者通过人物的缅怀、赞美以及对美好生命的怀念，将死亡事件升华为对人生价值的思考。人物死亡的描写凸显了艺术的美感，使作品具有深厚的思想内涵。

（2）人物反抗与无声的批判

尽管《红楼梦》中人物的反抗程度较低，但他们的不幸也反映了作者对封建社会的无声批判和抗议。人物的不幸是作者深刻同情和悲悯的表现，揭示了封建社会中个体生命的无辜毁灭。作品以强大的内在力量启迪人们思考生命的真正价值，具有超越和升华的审美表达。

第二节　文学作品对读者心理的影响

一、读者与文学作品的互动

（一）情感共鸣

1.情感元素的引发

人物遭遇的戏剧性描绘。《红楼梦》通过戏剧性地描绘人物遭遇，成功引起了读者的情感共鸣。作品中的人物命运跌宕起伏，饱含爱恨情仇，为读者提供了一个丰富多彩的情感世界。例如，贾宝玉与林黛玉的离别，贾宝玉对黛玉的思念之情，都是通过戏剧性描写构建的情感高潮。读者在这些情节中，仿佛置身其中，与人物共同经历着爱情的甜蜜与痛苦，产生了强烈的情感共鸣。

情感的细腻表达。作品以其细腻的情感表达成为读者心灵的触动器。人物内心世界的复杂性通过精致的描写得以展现，使读者能够深入感知人物情感的微妙变化。例如，黛玉对宝玉的深情厚谊，通过作者对她内心情感的描绘，读者能够更为清晰地感受到这份爱意的浓烈。这种情感的细腻表达不仅增强了作品的真实感，也让读者更容易与人物建立情感共鸣。

情感因素的多维度呈现。《红楼梦》通过多维度呈现情感因素，为读者提供了更为广泛的情感选择。作品中不仅有爱情，还有友情、家族情感等多方面的情感元素。例如，除贾宝玉与林黛玉的爱情线之外，还有贾宝玉与薛宝钗之间的复杂情感线，以及宝玉对自身身世的矛盾心情。这样的多维情感让读者在情感共鸣中能够找到更多的投射点，使阅读过程更为充实。

人物命运的戏剧性转折。作品中人物命运戏剧性的转折也是引发情感共鸣的重要因素。人物的生死离别、悲欢离合都通过戏剧性的情节展现，加深了读者对人物命运的关注。例如，林黛玉因病而亡，这一情节通过作者精湛的叙述技巧，使读者对林黛玉的不幸命运感到深切的同情和悲伤。这种戏剧性的情感元素使作品更加具有张力，引发读者更为强烈的情感共鸣。

2. 读者的情感投射

文学作品作为情感镜子。在阅读过程中，文学作品充当了一面情感镜子，通过其中人物的遭遇和情感描绘，为读者提供了情感投射的载体。作品中的人物，如《红楼梦》中的贾宝玉、林黛玉等，成为读者情感的投影面，使其能够在作品中找到自己的情感体验。这面情感镜子的存在，使读者能够更为深刻地理解和感知自身的情感状态。

情感共鸣的主观性体验。情感投射不仅是理性的认同，更是一种主观性的体验。读者在文学作品中寻找到与自己相似的情感体验，通过对作品中人物情感的认同，产生共鸣。例如，《红楼梦》中林黛玉对宝玉深情的描写，触发了读者对自己深情付出的回忆，从而在情感上形成一种共鸣。

情感投射的心理疗愈作用。情感投射在心理学上被认为具有心理疗愈的作用。文学作品，特别是具有情感元素的作品，可以引导读者将被压抑的情感投射到作品中，起到一种情感宣泄的作用。通过作品中人物的经历，读者得以找到宣泄情感的途径，缓解心理压力，达到一种心理疗愈的效果。

情感投射与认同感的关系。情感投射与认同感相辅相成。通过情感投射，读者加深了对作品中人物的认同，而这种认同感又进一步增强了情感投射的深度。例如，《红楼梦》中贾宝玉与林黛玉的爱情故事，读者若曾有过类似经历，很可能通过情感投射形成更强烈的认同，形成一种深刻的情感体验。

（二）认同感

1. 性格和经历的深刻描绘

塑造丰富的人物形象。在文学作品中，尤其是《红楼梦》中，通过深刻而生动的描绘，塑造了丰富而多面的人物形象。每一位角色都有独特的性格特征和复杂的内心世界，使其在读者心中栩栩如生。贾宝玉的多愁善感、林黛玉的聪慧敏感、王熙凤的机智果断，这些性格特征通过作者的描写得以深刻展现。

成长过程中的相似之处。通过对人物成长过程的深刻描绘，作品成功地使读者找到了与自己的相似之处。贾宝玉从少年到成年，林黛玉的坚韧不拔，这些成长轨迹中所经历的喜怒哀乐，很可能与读者在生活中的成长经历产生共鸣。人物的成长过程成为读者与作品建立情感联系的纽带。

性格特征与情感共鸣。人物的性格特征成为读者产生情感共鸣的纽带。当读者发现作品中的人物与自己有相似之处，例如对爱情的追求、对友情的坚守，读者便能够在性格特征上找到共通点，产生一种强烈的情感共鸣。例如，《红楼梦》中黛玉对爱情的执着和对宝玉的深情，可能引起读者对自身感情经历的回忆。

情感投射与认同感的加深。人物性格和经历的深刻描绘使情感投射和认同感相辅相成。读者通过对人物性格的认同，将自己的情感投射到作品中。当读者发现人物的情感体验与自己相符时，便会加深对作品的认同感，使其更加投入作品所营造的情感世界中。

2. 作品成为读者心灵的镜子

虚构的故事转为真实的投影。文学作品，尤其是《红楼梦》，通过深刻描绘人物的成长、奋斗和坎坷，使其不再只是虚构的故事，而成为读者心灵中的一面镜子。作品中所呈现的情节和人物命运仿佛在反映读者自身的人生轨迹，将虚构的故事投影为读者内心深处的真实体验。

人物的成长与读者的影子。通过人物的成长经历，成功地让读者找到了自己在作品中的影子。贾宝玉的青涩少年时期、林黛玉的坚守与不幸，这些人物在成长过程中所经历的阶段与读者自己的人生经历相呼应。作品中的人物仿佛成为读者的代言人，通过其成长与坎坷，引起了读者对自身成长历程的深刻反思。

认同感的加深。这种人物的成长与读者的影子不仅是相似，更是一种认同感的延伸。读者在作品中找到了自己曾经或正在经历的情感起伏，这种共鸣与认同感使读者更加投入作品中，将小说中的人物当作自己的朋友或知己，从而建立起一种亲密而深刻的认同感。

深刻的情感联系。作品成为读者心灵的镜子，这不仅让读者看到了自己的影子，更使他们与作品建立起深刻的情感联系。读者通过作品中的人物，看到了自己曾经或期望经历的人生轨迹，这种深刻的情感联系使得读者对作品充满了感激与喜爱。作品不再只是文字的堆砌，而成为一个承载读者情感的心灵共鸣体。

二、文学作品在心理治疗中的应用

（一）情感释放

1. 作品作为情感释放的媒介

人物情感的多样性。《红楼梦》中人物情感的复杂性为读者提供了表达自身情感的多元途径。作品中涵盖了丰富的情感元素，如爱情、友情、亲情等，每个人物都经历了各种情感起伏，展示了人性的多样性。读者可以通过感受作品中人物的情感体验，找到与自己相似或相反的情感路径，从而更直接地表达自己内心的情感。

情感共振与沟通。作品中人物情感的深刻描写引导读者与之产生情感共振。通过与作品中的角色建立情感联系，读者仿佛与书中人物进行了一场心灵的对话。这种情感共振使读者能够更为清晰地理解自己的情感状态，同时在情感表达中找到更为准确的途径。作品成为一种情感沟通的媒介，使读者得以表达自身情感。

情感词汇的拓展。文学作品为读者提供了大量情感词汇，拓展了表达情感的语言。《红楼梦》中通过丰富的描写和独特的表达方式，为读者提供了更为丰富的情感词汇，使其能够更准确地描述和表达自己的情感体验。作品的语言艺术性使情感表达更为生动深刻，激发了读者对情感表达的主动性。

情感释放与情感处理。通过感受作品中人物的情感经历，读者能够找到一种情感释放和处理的途径。作品中的情感宣泄、冲突解决等情节不仅为读者提供了一种观察和分析情感的角度，同时激发了读者对自身情感进行处理的欲望。文学作品因其情感元素的饱满和人性的深刻描写，成为读者表达情感、理解情感的重要途径。

2.表达情感的途径

情感的多维度体验。在《红楼梦》中，人物所经历的爱情、友情、亲情等多样的情感经历为读者提供了表达自身情感的多维度途径。每一位人物都拥有独特而复杂的情感体验，使读者能够在不同情感维度中找到与自己相似的经历，从而更全面地理解和表达自己的情感。

情感共振与身临其境。作品中的人物复杂而真实的情感让读者与之建立情感共振，仿佛置身于故事中。这种身临其境的感受使得读者更容易将自己的情感投射到作品中，与人物形成更为紧密的联系。通过情感共振，读者能够更直接地表达内心的情感，释放心灵的压力。

情感词汇的丰富应用。《红楼梦》通过丰富的情感描写拓展了情感表达的词汇。作品中运用了各种形象生动的语言，为读者提供了更多、更精准的情感词汇。这种语言的艺术性不仅使作品更为生动感人，同时启发了读者对情感表达词汇的拓展和运用。

情感释放的疗愈效果。通过阅读《红楼梦》，读者可以在作品中找到情感释放的疗愈效果。作品中人物的情感经历成为读者借以宣泄内心情感的途径，通过与作品的互动，读者得以释放被压抑的情感。这种情感释放不仅为读者提供了一种情感宣泄的出口，也带来了一定的心理疗愈效果。

3.情感宣泄的通道

情感的身临其境。阅读《红楼梦》等作品成为一种情感宣泄的通道，其中最为显著的方式是通过情感的身临其境。作品中所描绘的人物命运的曲折、情感的跌宕起伏，仿佛将读者带入一个真实而充实的情感世界。读者能够在这个身临其境的虚拟空间中，深刻感受到人物的痛苦、欢愉、迷茫等情感，使其更容易将自己的情感投射到作品中，实现情感的共振。

情感投射与认同。作品中人物的命运和情感经历为读者提供了一面情感投射的镜子。读者能够将自身的情感经历与作品中的人物相对照，找到相似之处，建立情感的认同感。通过这种认同，读者得以在作品中找到情感释放的共鸣点，实现情感宣泄。

情感的共鸣与释放。作品中所呈现的爱恨情仇、生死别离等复杂情感元素引发了读者内心深处的情感共鸣。这种共鸣不仅使读者更加投入作品的情感中，也为其提供了一种情感释放的途径。通过对作品中情感的共鸣，读者能够借助作品，将内心深处的情感得以宣泄和释放。

作品的情感映射。作品中的情感映射为读者提供了情感宣泄的另一种通道。通过阅读，读者可以将自己的情感映射到作品中的人物和情节中，使其获得一种情感的释放和宣泄。这种情感的映射不仅为读者提供了情感的表达途径，也实现了一种心灵的净化和舒缓。

（二）心理启示

1. 人物经历的反思

丰富性格的深刻剖析。《红楼梦》通过对人物的丰富性格进行深刻剖析，为读者提供了丰富的心理元素。人物的性格塑造既符合封建社会的背景，又展示了个体内心的多样性。例如，贾宝玉的多愁善感、林黛玉的坚持独立、王熙凤的机智聪慧等，这些性格特征在作品中呈现得淋漓尽致。读者通过对这些性格的深入了解，可以在其中找到与自己相似或相反的一面，促使其对个体性格的反思。

命运的曲折与心灵成长。作品中人物的命运起伏和心灵成长过程为读者提供了关于人生的心理启示。贾宝玉从纨绔公子到最终的苦修，林黛玉从豁达天真到悲剧结局，这些人物的成长历程是命运多舛的缩影。读者通过对人物的经历进行深思，可以看到人生的无常和变化，促使其对自己的生活和心灵成长进行反思。

情感的起伏与情感处理方式。作品中展现的爱情、友情、家庭情感等，为读者提供了情感处理的范本。通过人物的情感起伏，读者可以观察到不同情感处理方式的结果。例如，贾宝玉与林黛玉之间的纠葛，表现了情感中的喜怒哀乐。通过对这些情感的反思，读者能够更好地理解自己的情感体验，学会更积极、理性地处理情感问题。

人物的困境与心理解决。人物在作品中所面对的困境和心理解决过程为读者提供了解决问题的启示。贾宝玉对封建礼教的反思、林黛玉对宿命的坚持等，都是人物在不同境遇下进行心理解决的过程。读者通过对这些情节的认知，可以从中汲取解决问题的智慧，帮助自己更好地应对生活中的困境。

2. 自我认知的元素

命运的反思。作品如《红楼梦》通过对人物命运的深入描绘，为读者提供了一种反思自己命运的元素。人物在作品中经历了喜怒哀乐、生死离别，这些命运的波折成为读者在作品中找到共鸣的关键。通过对人物命运的反思，读者可以触及自身生活中的起伏和曲折，促使他们更深刻地认识自己的生活轨迹。

情感的投射。作品中人物的情感经历成为读者进行情感投射的元素。人物在作品中经历各种复杂的情感，如爱恨情仇、亲情友情，这些情感因素成为读者在作品中找到自我情感体验的途径。通过将自身情感与人物情感相投射，读者能更准确地认知自己内在的情感状态，找到心灵共鸣。

人物性格的对照。作品通过对人物性格的深刻描绘，为读者提供了对照自己性格特征的元素。贾宝玉的多愁善感、林黛玉的坚持独立，这些性格元素在作品中得以充分展现。读者通过对人物性格的对照，可以发现自身性格中的相似或相反之处，有助于更清晰地认知自己的性格特征，引导个体进行心理自省。

价值观的对比。作品中人物所面对的困境和价值观的碰撞成为读者进行价值观对比的元素。人物在作品中所表现的对传统观念的反思和对封建礼教的怀疑，这些都成为读者思考自己所持价值观的契机。通过对比人物的价值观与自身的信仰体系，读者能够更清晰地认知自己的价值观取向，引导其进行深层次的心理自我认知。

3. 情感处理的指南

成功与失败的情感应对。《红楼梦》中人物的成功与失败为读者提供了丰富的情感应对方式。通过作品展现的人物命运的波折，读者可以学习到在面对人生高低潮时的情感处理技巧。贾宝玉的得失、林黛玉的坚持，这些人物的情感经历为读者提供了积极面对成功和接受失败的心态指南。

爱与恨的情感体验。作品中深刻描绘的爱恨情仇为读者提供了处理复杂情感的指南。贾宝玉与林黛玉之间的爱情线，以及贾母与王熙凤之间的恩怨情仇，这些情感纠葛让读者更好地理解并处理自身爱与恨的情感。作品中人物的爱恨经历成为读者处理复杂情感的参考模板。

人物成长的心理启示。通过人物的成长过程，《红楼梦》为读者提供了心理启示，成为情感处理的指南。人物在作品中通过种种经历的洗礼逐渐成熟，这为读者提供了在困境中寻找出路的经验教训。贾宝玉的坚韧、林黛玉的悲凉，这些人物的成长经历成为读者应对生活挫折的心理指引。

适应生活变幻的情感调适。作品中人物面对生活的变幻为读者提供了情感调适的指南。贾宝玉从纨绔子弟逐渐面对家族的变迁，林黛玉从少女的纯真逐渐面对命运的考验，这些情感历程启示了读者在适应生活变故中保持心态平和的方法。作品中人物的命运变迁为读者提供了在现实中应对生活波折的情感处理智慧。

（二）情绪调节

1. 作品成为情感调节的工具

作品中充满着深刻的情感张力。贾宝玉、林黛玉等人物的情感经历交织出爱恨情仇的复杂画面，读者在阅读中被引导体验不同层次的情感，从浓烈的爱情到深沉的悲凉，情感的丰富性为读者提供了情感体验的多样性。

使读者在阅读过程中建立与人物的共情。通过与贾宝玉、林黛玉等角色产生情感共振，读者能够更加直接地体验到作品所传递的情感信息。这种共情机制促使读者更深度地参与到作品的情感世界中，产生更为真实和强烈的情感体验。

通过读者对人物情感的反思和体验。读者在经历作品中人物的情感波动时，不仅仅是被动的体验，更是通过对人物情感经历的反思，找到了处理和调节自身情感的途径。作品提供了一种情感调节的反思空间，使读者更有意识地参与到情感调适的过程中。

作品中的情感体验为读者提供了在现实生活中调节情感的指导。读者通过对作品中情感的体验，可以将这些指导运用到自己的日常生活中。面对现实中的情感波动，读者能够更理性、平和地应对，从而提高情感管理的水平。

2. 情感体验的多样性

在《红楼梦》中，人物的情感体验呈现鲜明的对比。例如，林黛玉的深情厚谊与贾宝玉的多情善感形成强烈的反差，读者通过这些对比感受到了爱情的多样性。这种对比不仅使作品情感更为生动，也让读者在情感体验中体会到丰富的情感表达方式。

作品通过塑造不同人物的情感特征，展示了多样性的情感体验。林黛玉的忧郁与袭人的坚韧形成了截然不同的情感对比，读者透过不同人物的情感经历感受到了情感表达的多样性。这使读者能够更全面地理解和体验作品中所呈现的情感世界。

作品中人物的情感随着故事情节的发展而变化。不同的情节引导人物经历各种情感，从初恋的甜蜜到亲情的悲凉，情感的多样性贯穿整个作品。读者通过故事情节的推进，体验到了情感在不同背景下的变化，拓展了对情感的理解。

作品通过刻画人物的情感，使读者与人物建立更为深刻的情感共鸣。读者在阅读过程中，通过对人物情感的体验，找到了与自己内心相符的情感元素。这种共鸣不仅让读者更加投入作品中，也使其感受到情感体验的多样性，从而拓展了自身的情感表达方式。

3. 情绪平衡的促进

在《红楼梦》中，作品通过刻画人物的真实情感经历，使读者更加真切地感受到生活中的各种情感波动。人物的欢笑、泪水、愤怒，如同一面情感的镜子，反映了生活中的多彩情绪。读者通过这些真实的情感经历，体会到了情感的丰富性，为自己情绪的平衡奠定了基础。

作品中人物情感的起伏成为读者情绪平衡的重要因素。故事情节的波澜起伏、人物命运的沉浮，都让读者深刻体会到情感的多变。这种变化在心理治疗中为读者提供了情感调适的范本，教会他们如何在复杂的生活中保持情绪平衡。

作品中人物在面对情感困境时所采取的处理策略成为读者情绪平衡的参考。从人物的成长过程中，读者学到了处理爱情、友情、家庭纠纷等情感问题的智慧。这些情感处理策略在心理治疗中为读者提供了实际操作的指南，帮助他们更好地适应情感的变化。

作品通过读者在其中的情感投射，使其更好地理解和处理自身情绪。读者将自己的情感投射到作品中的人物经历上，通过这种情感共鸣来调节自己的情绪。这种主动参与的过程帮助读者更好地认知和理解自己的情感状态，促进了情绪的平衡。

三、心理学角度分析文学作品的影响

（一）情感调节理论

1. 情感共鸣的心理机制

情感共鸣是文学作品对读者情感产生影响的核心机制之一。在情感调节理论的框架下，情感共鸣建立在作品所描绘的丰富情感元素之上。作者通过深刻的人物塑造和情节安排，创造出引人入胜的情感体验。《红楼梦》中的爱情、友情、亲情等多样的情感元素在作品中被生动而细致地描绘，为读者提供了一个丰富的情感世界，激发了读者情感体验的兴奋点。

情感共鸣涉及读者将自身情感投射到作品中的人物经历上。读者在阅读的过程中不仅是被动的接受情节，更是将自身的情感经历与作品中的人物相对应。《红楼梦》中角色的命运波折、爱恨情仇引起了读者内心深处的情感共鸣。这种情感投射使得作品不再只是一纸故事，而是一个情感的共鸣空间，拉近了读者与作品之间的距离。

情感共鸣的心理机制涉及生理基础。科学研究表明，阅读情感充沛的文学作品会激发大脑中负责情感处理的区域，如扣带回、杏仁核等。这种生理上的共鸣使得读者更容易被作品中的情感所打动。在《红楼梦》这样的作品中，人物的情感起伏深深触动读者的内心，引起大脑情感中枢的生理共鸣，使产生的情感更为深刻和真实。

情感共鸣不仅是一种情感体验，更是一种对情感调节的积极影响。通过与作品中的人物建立情感连接，读者能够更直接地面对自己的情感体验。在这个过程中，读者学会理解、表达并逐渐调节自己的情感状态，促使情感更好地流动和协调。《红楼梦》作为一部情感丰富的文学巨著，为读者提供了深刻的情感共鸣体验，使其在情感调节上获得积极的心理健康收益。

通过深入理解情感共鸣的心理机制，我们可以更好地认识文学作品对读者情感产生的影响，并为文学作品在心理健康领域的应用提供更为深刻的理论基础。

2. 情感释放与压抑

情感释放理论是情感调节领域的一个重要理论基石。该理论认为，情感如果被过度压抑，会对个体的心理健康产生负面影响。在这一理论框架下，文学作品充当了情感释放的媒介，为读者提供了宣泄情感的途径。《红楼梦》作为一部充满情感张力的文学巨著，通过人物的遭遇和情感冲突，为读者提供了释放内在情感的可能性。

作品中的情感宣泄途径为读者提供了安全而有效的方式。在《红楼梦》这样的文学作品中，人物的命运波折、爱恨情仇等情感元素构成了复杂而丰富的情感体验。读者通过与作品中的人物共情，将自身的情感投射到故事情节中，从而找到一种情感宣泄的途径。这种情感宣泄不仅让读者更好地理解自己的情感，还有助于缓解其内在情感的压力。

情感宣泄在心理层面上产生了积极的效应。通过阅读《红楼梦》作品，读者得以释放被压抑的情感，使情感得以流动和表达。在情感宣泄的过程中，读者可能经历情感的解构和重新组织，有助于厘清情感经验。这种心理过程使情感得到了宣泄和调节，有助于保持情感的流畅。

情感释放与心理健康存在密切关系。情感释放有助于维持情感的平衡，防止情感的过度积压。《红楼梦》所提供的情感释放途径为读者提供了一个情感的宣泄口，使内在的情感得以释放，有助于维持心理健康的稳定。通过文学作品进行情感释放，读者能够更好地适应生活的各种压力，有助于保持心理的平衡和稳定。

（二）认知心理学视角

1. 认知模式的构建

认知模式是指在信息处理过程中，个体根据已有的知识和经验构建的一种认知结构。从认知心理学的视角看，文学作品为读者提供了丰富的认知模式的构建材料。在《红楼梦》中，人物的复杂性格和丰富命运抉择为读者提供了多样的认知元素。

作品通过描绘人物的思考和决策过程为认知模式的构建提供了有力支持。文学作品不仅是一个故事的叙述，更是人物智慧和决策的展示。在《红楼梦》中，贾宝玉、林黛玉等人物的内心独白和思考过程为读者提供了深刻的认知素材。读者通过观察人物在面对困境、作出决策时的思考方式，得以构建自己的认知模式。

文学作品中展现的人物复杂性为认知模式的构建提供了多样性。在《红楼梦》这部作品中，人物的性格特点各异，命运起伏不定，呈现了多样的认知模式。读者在接触这些不同的认知模式时，可以更全面地理解人性的复杂性，提高对现实生活问题的认知水平。

通过对认知模式的构建，读者可以更好地应用于现实生活。文学作品中所呈现的人物思考和决策过程为读者提供了一种思维的样本。读者在面对类似的现实问题时，可以借鉴作品中的认知模式，更有针对性地进行决策和思考。

2. 情感与认知的交互作用

情感与认知在人类心理活动中相辅相成。认知—情感理论强调了情感和认知的相互关联，认为它们在个体心理过程中相互交织。文学作品作为一种表达情感和展示认知的媒介，为读者提供了一个情感与认知交互的平台。

文学作品成为情感与认知的交汇点。通过《红楼梦》等作品中人物的思考和情感体验，读者得以深刻体验情感和认知的交织。例如，作品中对于爱情、责任、荣辱等主题的深入探讨，既启迪了读者的认知层面，又引发了情感共鸣。这种交互作用使读者在作品的世界中获得全面的心理体验。

认知—情感理论为解释文学作品对读者心理的积极影响提供了理论支持。通过作品中人物的情感经历，读者不仅在情感上共鸣，也在认知上得到启示。作品中对复杂人际关系、道德伦理的探讨，使读者在认知上更深入地理解人性和社会。

情感与认知的交互作用促使读者对自身和他人有更全面的理解。《红楼梦》将人物性格、情感经历和认知决策相结合，为读者提供了一个多维度的心理体验。这种全面的理解有助于读者更好地处理现实生活中的复杂情境，提高心理健康水平。

四、《红楼梦》对现当代小说的影响

《红楼梦》是一部旷世奇书，是中国古典小说发展到极致的完美呈现。她以其独特的艺术魅力，在中国古典文学乃至世界古典文学史上树立起了一座文学高峰，召唤着无数后来者攀登、挑战。在这样一种文学自觉的过程中，《红楼梦》的影响变得潜移默化，因为她不具有侵略性，相反她是唯美的、温情的、含蓄的、深刻的、警醒的……所以，她的影响力无疑是巨大的。

（一）《红楼梦》的艺术魅力

《红楼梦》诞生于18世纪后半叶，在这两百多年间，她始终以其所塑造的异常出色的艺术形象和极其丰富深刻的思想底蕴，散发着她独特的艺术魅力，从而在中国文学史上营造了一处经典别致的人文景观。❶

1. 语言层

（1）《红楼梦》的语言艺术成就

《红楼梦》的语言艺术成就体现在北方口语与古典书面语言的巧妙融合。以北方语言为基础，作家曹雪芹将古典书面语言的精髓融会贯通，经过高度提炼加工，创造出一种生动形象、准确精练、自然流畅、充满生活气息和感染力的文学语言。这种语言风格使小说更加贴近读者，增强了作品的感染力和可读性。

小说在描写人物神态、动作、感情和心灵状态时采用了精练而富有表现力的口语描写。例如，在宝玉与姐妹们玩得正开心的情节中，当听到贾政叫他时，作品通过对宝玉的无奈、倔强、妥协等情感状态的描绘，使读者深刻感受到人物内心的复杂情感。这种描写方式使人物更加鲜活，读者更容易产生共鸣。

小说在描写风景时展现了强烈的抒情气氛和浓厚的诗情画意。无论是黛玉葬花、宝玉乞红梅，还是史湘云醉卧芍药花、宝黛偷看《西厢记》，作品通过语言创造出令人陶醉的文学画面。这种抒情氛围不仅美化了作品，还为读者提供了一种愉悦的阅读体验。

小说通过人物的语言准确地展现了其身份、地位和性格特征。人物的语言在表达方式上有所差异，能够显示其社会地位和身份。同时，语言还能形神兼备地表现出人物的个性特征，使每个角色都栩栩如生。这样的语言塑造使得小说中出现了一系列鲜明的"圆型人物"。

（2）《红楼梦》的文学语言的社会和人文语境

小说的社会语境映照着十八世纪的清王朝，反映了康乾盛世的余晖。小说中通过对封建王朝的描绘，折射出了封建社会的由盛而衰，从而反映了当时社会的政治和经济状况。

小说的人文语境受到专制王朝的思想专制的影响。在文字狱大行其道的时代，作家们在行文中多用曲笔，言此意彼，委婉含蓄而意蕴深刻。这种表达方式不仅是对时代思潮的妥协，也是文学创作的一种巧妙应对。

---

❶ 中国文学史（第二版，第四卷），袁行霈，北京：高等教育出版社，2005年，299～318页。

2. 现象层

作为叙述类文本，《红楼梦》塑造的人物形象在文化传承中占据着重要地位。贾宝玉、林黛玉、薛宝钗、王熙凤等人物形象，因其性格鲜明而生动亲切，已经成为文学经典中的代表。这些人物形象随着社会时代的发展，逐渐融入人们的日常文化生活，成为戏剧舞台和电影屏幕上常见的原型。这种文学创作的成功，使得《红楼梦》中的人物走进了人们的心灵深处，成为文学、文化传承中的瑰宝。

曹雪芹在塑造人物时运用了人物性格的点染法。在庞大的人物群中，曹雪芹对初次进入结构的人物采用淡淡的笔墨，略事点染，为人物性格点上底色。然后，通过浓笔重抹，使人物更加富有立体感，同时在人物性格的描写中起到了伏笔的作用。这种点染法不仅使人物形象更加栩栩如生，也为后续情节的发展埋下了伏笔。

曹雪芹对人物结局进行了巧妙的暗示。他在描写人物的同时，通过暗示人物性格的逻辑轨道告诉读者。这种暗示不仅是对人物走向的提示，也是对整个小说结构的"秘密"。通过这种手法，曹雪芹在矛盾中找到了叙事的平衡点，使整个《红楼梦》的叙事更加巧妙而有深度。

小说采用了多线结构，以贾宝玉的爱情婚姻悲剧为主线，同时描写了贾府等四大家族的衰亡过程，以及集中描写荣国府。故事情节在多线交织中展开，通过人物和事件的交相辉映，使整个故事更加曲折多样。这样的叙事手段使读者在阅读过程中能够目送手接、深陷其中，产生更强烈的阅读愉悦感。

通过对《红楼梦》人物形象现象层的解析，我们不仅深入理解了作品中的人物塑造技巧，还揭示了曹雪芹在文学创作中的独特手法。这种现象层解析有着重要的学术价值，可以为文学研究提供新的视角和方法。同时，对《红楼梦》中人物形象的分析也有助于深入探讨中国古典小说的发展轨迹和文学传统的延续。

3. 意蕴层

作为一部文学巨著，《红楼梦》在意蕴层展现了对人物思想的深刻揭示。通过对人物形象的塑造，曹雪芹将人物的事理和真情写得透彻、生动，突显了每个人物的独特个性和特点。这种深度塑造揭示不仅丰富了人物形象，也使其成为具有感染力的典型形象，使读者更容易产生共鸣。

整部小说弥漫着悲观和虚无的气息，尤其在人物的思想和人生轨迹中体现得淋漓尽致。《红楼梦》描绘了以贾府为代表的四大家族的兴衰荣辱，透过这些家族的命运，折射出封建王朝衰亡的必然趋势。这种悲观和虚无并非单纯存在于个体的悲剧，而是贯穿于整个家族、整个社会，乃至整个人类的悲剧。

《红楼梦》不仅是一个人物悲剧的故事，更是家族社会的悲剧。曹雪芹通过家族的兴衰展示了封建社会内在的弊病和困境。家族社会的悲剧贯穿整个作品，使小说成为对封建制度的一次深刻的思考和揭示。

这种悲观虚无主义对《红楼梦》的影响是深远而巨大的。曹雪芹通过对人物和家族的悲剧的描写，创造了这样一个深刻的文学作品，对后世产生了深远的影响。尤其在思想层面上，悲观虚无主义的表达使得《红楼梦》在文学史上具有开创性的地位，成为后人思考人生、社会和历史的重要参照物。

意蕴层解析揭示了《红楼梦》深沉的思想内涵，将其定位在一个超越个体悲剧的高度，使得作品更富有内涵。这种对悲观虚无主义的表达，不仅是对封建社会的犀利批判，也为后来的文学作品提供了一种思考和表达的模式。在学术上，对《红楼梦》意蕴层的解析有助于更全面地理解这一文学巨著，探讨其中蕴含的深刻思想对文学和社会的影响。

（二）现当代小说与《红楼梦》

中国文学史上很少说"现当代小说"，因为"现当代"是两个概念的合称，即"现代"和"当代"，所以"现当代小说"一般地被认为是有别于文言小说同时在时间上大致为新文化运动至今文学发展过程中小说的总称。这些小说作品日趋散发着时代的精神，更贴近于日常生活，甚至在发展势头上有盛于传统的文学形式诗歌，并在文学上具有举足轻重的地位。这也使小说在曹雪芹所处的年代，只作为文人们解乏的闲书，文人甚至不敢正大光明地从事小说创作，而《红楼梦》却发展到如今的欣欣向荣，甚至是文学的主流。

1. 现当代小说的发展状况

（1）现当代小说的发展状况

在中国文学史上，小说长期以来被视为"小道"，未能与诗文同等看待。然而，随着清末民初的到来，小说开始从文学的边缘地位逐渐向中心地位迈进。1902年，梁启超发起的"小说界革命"旨在提高小说的文学地位。尽管那时小说多依附于文学性刊物，但文体仍然受到文言和章回体的束缚，媚俗倾向逐渐抬头。这是新文化运动以前中国小说界的典型景象。

中国现代白话小说的开山之作可以追溯到1918年，鲁迅先生在《新青年》杂志上发表的《狂人日记》。这标志着中国小说进入了现代化的新纪元，同时为小说的独立地位注入了新的力量。从此，中国小说的现代化进程迅猛加速，各种流派如雨后春笋般涌现，小说独立地位得以逐渐稳固。

中国现当代小说呈现多元化的发展态势。众多流派如问题小说、人生派写实小说、现代乡土小说、自叙传抒情小说、通俗小说等层出不穷。女性小说家的崛起为小说注入了新的视角，使小说创作更加多元。无论是言情写实小说还是武侠小说，革命历史小说还是评书体小说，都展现了现代小说的丰富面貌。然而，尽管现当代小说在数量上繁荣发展，但仍面临着作品优秀而经典作品罕见的尴尬。这在一定程度上受到了文学创作受到商业化运作的影响，导致文学过度浮躁、媚俗。在这一背景下，《红楼梦》作为一部经典之作，对于现当代小说的影响具有积极意义。

（2）《红楼梦》对现当代小说的影响

第一，文学魅力的滋养。《红楼梦》作为经典之作，通过深邃的文学内涵和艺术表达为现当代小说注入了文学的精神滋养。其深厚的思想和情感描写为小说提供了更高层次的追求，使作品更具深度和品位。

第二，文学创作的深层启示。《红楼梦》所展示的深度揭示人物思想的手法为现当代小说的创作者提供了启发。通过对人物形象的深入剖析，现当代小说可以更具思想深度和艺术品位，使作品更为丰富和有深度。

第三，对时代和社会的深刻洞察。《红楼梦》不仅是个别人物的悲剧，更是对整个家族社会、封建制度的深刻洞察。现当代小说可以借鉴《红楼梦》的叙事手法，通过对时代和社会的深刻洞察，使作品更具有时代感和社会关怀。

第四，小说发展的积极引导。在当今文学发展的尴尬境地，《红楼梦》作为一位文学"仙女"以其独特的文学魅力，对现当代小说的发展起到了积极的引导作用。通过汲取《红楼梦》的精华和所蕴含的精髓，现当代小说能够更好地应对商业化的挑战，摆脱媚俗的文学困扰，赋予作品更为深刻的内涵。

第五，思想深刻与文学价值的并重。《红楼梦》通过描绘人物的复杂内心世界，深刻反映了家族、社会的兴衰变迁。现当代小说可以从中汲取创作灵感，使作品不仅在思想深度上有所突破，同时能够保持高度的文学价值。

第六，超越传统文化的启示。随着传统文化的逐渐淡出，现当代小说面临着如何在现代语境中传承与发展的问题。《红楼梦》作为古典名著，为现代小说提供了超越时空的启示。通过对封建家族的描绘，可以在当代背景中加以借鉴，使作品更具有时代性。

第七，激发文学创作者的创新思维。《红楼梦》作为一部富有想象力和创新的作品，激发了文学创作者的创新思维。在现当代小说创作中，可以通过巧妙的叙事手法和独特的文学风格，为作品注入新的活力，使其在文学史上留下独特的一笔。

第八，文学传统与现代元素的有机结合。《红楼梦》以其丰富的文学传统为基础，同时融入了时代的元素，形成了独特的艺术风格。现当代小说可以从中学习，通过对传统与现代元素的有机结合，创作出更具有时代感和文学深度的作品。

2.现当代小说的代表作家、作品与《红楼梦》的影响

（1）巴金家族小说与《红楼梦》

林语堂关于家族制度在中国社会的深刻见解为我们提供了理论基础。他认为，家族制度是中国社会的根底，所有社会特性都源自此。这一观点对于理解中国文学中家族题材的重要性起到了引导作用。家族观念在中国文化中扮演着关键的角色，为人道观念的形成奠定了基础。因此，作为文学创作的源头之一，家族成为古今中外作家们深度关注的文学命题。

巴金的小说《家》以及他的激流三部曲都是中国现代文学中家族题材的经典之作。巴金的成长经历和家庭背景对其文学创作产生了深远影响。他是封建大家庭的逃离者和叛逆者，这一特殊身份使他对家族制度的批判和反思成为其文学创作的重要主题。巴金的人物命运折射出家族的走向，揭示了家族兴衰的自然法则。这与林语堂所言家族与个体生命和社会历史的密切关系相契合。

巴金的家族小说受到《红楼梦》的深刻影响。巴金在少年时期就熟悉了《红楼梦》中的人物和情节，这对他的思想觉醒和反封建精神的培养产生了深远的影响。红楼梦是中国文学的巅峰之作，它以贾府为中心展现了"四大家族"的兴衰，表现了一个时代、一个阶级的共同面貌。巴金的激流三部曲以高家为中心，同样通过描写高家、张家、周家、钱家等家族的变迁，构建了一个复杂的家族结构，展现了官僚地主阶级的没落命运。这种受到《红楼梦》影响的创作方式使巴金的家族小说具有了更多的深度和承续性。

激流三部曲中的形象体系也体现了对《红楼梦》的承续性。《红楼梦》以大观园为中心，通过家族关系展示了整个社会阶级的生活面貌。巴金以高家为中心，通过描述各家族之间的关系，创造了一个丰富而复杂的社会结构。这不仅有助于展现家族的兴衰，也为小说创造了一个丰富的艺术环境，对比《红楼梦》中的大观园。

总体而言，巴金的家族小说在中国现代文学中具有重要的地位，不仅深刻反映了家族制度在社会变革中的角色，也通过对《红楼梦》的继承与创新，为中国文学发展史上增添了独特的文化景观。通过深入研究这些作品，我们能更好地理解中国社会和文学在家族观念影响下的发展历程，为文学研究和社会学提供有益的参考。

（2）张爱玲悲情小说与《红楼梦》

张爱玲作为一位杰出的中国现代女性作家，她的生平经历和文学创作深受《红楼梦》的影响。在她的文学道路上，红楼梦被视为她创作的灵感源泉之一，对她产生了深刻、全面而微妙的影响。张爱玲自己曾明言，《红楼梦》在她的作品中扮演了不可或缺的角色。

首先，张爱玲的小说受到《红楼梦》中悲剧意蕴的深刻影响。她以一种深刻的悲观主义视角审视人生，并通过小说表达了对时代和生命的无奈与矛盾。《红楼梦》中的悲剧元素对张爱玲的小说主题产生了深远的影响。她擅于描绘颓废中的文化，对人生虚假本质的深刻揭示使她成为"彻底的悲观主义者"。

其次，张爱玲小说中的叙事策略也受到了《红楼梦》的影响。她喜欢通过精致的生活细节、华丽的陈设和奢侈的形式来表达对逝去时代的怀旧与忧伤。这一叙事风格与红楼梦中末世奢华的描绘有相似之处。通过对《金锁记》《倾城之恋》等作品的分析，可以看到张爱玲运用了红楼梦式的铺陈手法，将生活的华美与爱情、婚姻等主题紧密相连。

最后，张爱玲小说中家族关系的表达与《红楼梦》有着共通之处。她通过人物命运的起伏来折射家族的走向，揭示家族兴衰的必然结果。曹雪芹写宝玉离家出走，张爱玲写曹七巧被黄金枷锁套牢，这两者都以人物命运折射家族衰亡，以文笔反思社会存在。张爱玲对传统文化的深刻理解，尤其是对家庭的反思，与《红楼梦》共同构成了她小说中家族主题的独特风格。

在语言运用方面，张爱玲的小说语言充满了意象的比喻，这与《红楼梦》中的文字魅力不谋而合。她的文字通过富有诗意的比喻，如"生命是一袭华美的袍，爬满了虱子"，使人物的心理活动得以物化，赋予作品独特的魅力。这一点在《金锁记》中尤为明显，她以独特的意象传达了人物情感的微妙和深刻。

总体而言，张爱玲的小说深受《红楼梦》影响，展现了对悲观主义、家族关系、生活华美的深刻理解。通过分析她的作品，我们可以更好地理解中国现代文学中女性视角下的家族、爱情和人生观念，同时为文学研究提供了有益的参考。通过与《红楼梦》的对话，张爱玲的作品具有了跨越时空的独特价值，成为中国现代文学中不可忽视的重要篇章。

（3）其他现当代作家、作品与《红楼梦》

我们探讨茅盾在中国现代文学中的地位以及他是如何受到《红楼梦》的影响的。茅盾（1896—1981）是中国现代文学的重要代表之一，他在20世纪初为新文化运动的倡导者，对现代文学的发展起到了积极的推动作用。茅盾的代表作之一《子夜》被认为是中国现代小说的经典之一，而他的创作风格和思想观念同样受到了《红楼梦》的深刻影响。

茅盾的文学创作中体现了对《红楼梦》的继承和借鉴。《子夜》以描写吴家大院为背景，通过展现各类人物的命运，揭示了社会的种种弊病和不公，具有强烈的现实主义色彩。这与《红楼梦》通过贾府展示封建社会腐败的手法有着相似之处。茅盾的作品中，尤其是《子夜》的人物塑造和情节发展，可以看到对《红楼梦》中人物复杂性和社会关系深度的一定继承。

茅盾的《子夜》在审美品质上也受到了《红楼梦》的启发。《红楼梦》以其独特的美学气质和诗意叙事而著称，茅盾通过对《红楼梦》的学习，将这种美学特色融入自己的创作中。他注重细腻描写，通过生动的语言和绚丽的描绘，为小说赋予了深刻的文学内涵。这一点在《子夜》中的人物形象和环境描写中表现得尤为突出。

茅盾的小说作品也受到《红楼梦》中悲剧元素的影响。《子夜》通过描写各个家庭的命运变迁，展示了社会阶层之间的悲剧冲突。这种悲剧性的叙述方式在一定程度上可以追溯到《红楼梦》中的悲剧主题。《红楼梦》以其悲剧结局和对封建社会衰亡的深刻揭示，为茅盾提供了一种表达社会矛盾和人性悲喜的手法启示。

茅盾的小说语言运用也受到了《红楼梦》的启发。《红楼梦》以其诗意的文字和丰富的意象而著称，茅盾在《子夜》中也运用了类似的手法。他的文字富有意境和象征，通过意象的比喻，展现了人物心理活动和情感变化，这与《红楼梦》中的文字魅力有着相似之处。

总体而言，茅盾作为中国现代文学的巨匠，受到了《红楼梦》多方面的深刻影响。从人物塑造到审美品质，从悲剧元素到语言运用，茅盾在创作中吸收了《红楼梦》的精华，为中国现代小说的发展做出了卓越的贡献。通过对这两部作品的比较和分析，我们可以更好地理解中国现代文学在传统与现代之间的承接与创新。

3.《红楼梦》的影响

《红楼梦》对现当代小说的积极影响范围之广、程度之深，是必须予以肯定和褒扬的，但《红楼梦》也因其创作时代局限而存在思想上的不足之处，这也应该引起我们的注意。

（1）《红楼梦》的积极影响

可以说《红楼梦》对后世文学的积极影响体现在其思想的博大精深。作为一部封建社会的百科全书，《红楼梦》在文学作品中涵盖了丰富的文、史、哲等多方面内容。这种多元的知识涵盖让后世的作家在创作中受益匪浅。《红楼梦》从多角度揭示了社会矛盾、人性弱点以及家族、爱情等主题，为后来的文学作品提供了深刻的思想基础。在"五四运动"后，中国的文学开始追求现代性，《红楼梦》的思想深度为后来的文学提供了强大的灵感支撑。

《红楼梦》在文学叙事方面的影响也是显著的。《红楼梦》以其丰富的人物关系、情感描写和叙事手法成为中国古典小说的经典之作。这一叙事传统在后来的文学中得到了传承和发扬。许多作家受到《红楼梦》的启发，学习其独特的叙事结构和人物塑造方法。这种叙事传统对中国现代小说的发展产生了深远的影响，丰富了文学的表达方式，使作品更加丰满和生动。

《红楼梦》对中国现代文学中女性形象的塑造有着深远的影响。《红楼梦》中的女性形象丰富而真实，展现了不同性格、命运和人生轨迹的女性。这对后来的文学作家提供了塑造丰富女性形象的范本。在中国现代文学中，对女性形象的塑造逐渐超越了传统框架，更加注重展现女性的独立性、智慧和自主性。这一变化在很大程度上受到了《红楼梦》对女性形象的启发。

《红楼梦》对中国现代文学追求自由精神的影响也是显著的。《红楼梦》中，贾宝玉等人追求自由、追求个性独立的精神在整个故事中贯穿始终。这种对自由的追求在中国现代文学中成为一个重要的主题。在20世纪初，中国社会经历了剧烈的变革，作家们开始关注个体的自由和人权。《红楼梦》中对自由的探讨为后来文学作品提供了重要的参考和启示。

综合来看，《红楼梦》的积极影响体现在其深刻的思想内涵、丰富的叙事传统、对女性形象的塑造以及对自由精神的追求上。这些影响使得中国现代文学在传承传统的同时，不断追求创新与发展，为文学的多元发展提供了坚实的基础。

（2）《红楼梦》在思想上的瑕疵及消极影响

第一，需要对《红楼梦》中存在的一些思想瑕疵进行分析。其中，"色即是空"意味着一切世俗的事物都是虚妄的，具有无常性。在小说中，这种观点表现在对红颜知己的淡漠态度上，如贾宝玉对林黛玉的态度。这种思想可能导致对感情的淡漠和对人生的消极看法。另外，"好就是了"表现在一些人物对于境遇的逆来顺受，对于家族的沉沦视若无睹，缺乏积极的改变和抗争的意愿。这种思想可能使人对社会现实产生麻木和冷漠的态度。最后，"因果报应"表现在小说中对于宿命的强调，使人对于改变命运的积极性产生怀疑，认为一切都是宿命安排，缺乏奋斗的信念。

第二，需要强调的是，这些思想瑕疵并非作者曹雪芹个人的独立选择，而是受到当时封建社会价值观念的影响。《红楼梦》创作于清代，封建思想浓厚，社会制度严格，人们的命运往往受到出身和家族的限制。因此，小说中对于宿命、境遇的描绘反映了当时社会的局限性和人们对于命运的无奈感。尽管这些思想在今天看来可能显得陈旧和保守，但在当时社会背景下，这是一种较为普遍的价值观。

第三，尽管理解了当时社会的特殊性，我们也不能回避《红楼梦》这些思想瑕疵可能对现当代文学产生的一些消极影响。首先，对"色即是空"这种淡漠态度可能使人对情感、人际关系产生过于冷漠的看法，导致社会中人与人之间的关系缺乏温暖和真挚。其次，对于"好就是了"这种逆来顺受的态度可能使人对社会现实产生过于被动的看法，缺乏对社会问题的积极思考和改变的愿望。最后，对于"因果报应"这种宿命思想可能使人对个人努力和奋斗的意义产生怀疑，认为一切都是命中注定，导致对人生态度的消极影响。

综上所述，对于《红楼梦》中存在的这些思想瑕疵，我们在学术研究和文学创作中需要保持辩证的眼光，既能理解其在当时社会背景下的合理性，又要警惕其可能对现当代价值观产生的一些负面影响。在当代文学创作中，我们需要更加强调积极向上、人文关怀的价值观，引导读者形成更加积极、健康的人生观和价值观。

（三）研究《红楼梦》对中国现当代小说影响的意义

探讨《红楼梦》对中国现当代小说的影响问题，对于我们研究当今文学的发展和挖掘红学内涵，具有十分重要的意义，这种意义要分成理论意义和实践意义来谈。

1. 理论意义

（1）重新审视红学观念

通过以中国小说家为主体的影响史角度重新审视《红楼梦》，有助于更新红学观念。这包括对《红楼梦》在文学传统中的地位、其艺术特色和思想内涵的重新解读。这样的观念更新有望为红学研究提供新的理论视角，推动研究范式的更新。

（2）开辟 21 世纪《红楼梦》研究新路径

借助对《红楼梦》的重新观照，可以开辟 21 世纪《红楼梦》研究的新路径。通过深入挖掘其内在影响机制，我们可以更好地理解曹雪芹的创作手法、文学思想，以及作品对后续文学创作的启示。这有望为红学领域注入新的研究动力。

（3）深入探讨古代与现代小说的内在关联

重新审视《红楼梦》对中国小说家及其作品的影响，有助于深入探讨中国古代小说与现代小说之间的内在关联。这不仅包括对古代文学对现代文学生成和发展的内在依据的挖掘，还能重新解释中国现代新文学中存在的疑难问题。这样的深入探讨有助于打破学科之间的壁垒，促进跨学科研究的发展。

2. 实践意义

（1）总结影响规律

通过以中国现当代小说家为主体的影响史角度重新审视《红楼梦》，可以总结其对现当代小说家及其作品的影响规律。了解这些规律有助于揭示《红楼梦》对后世文学创作的持久影响力，为小说批评提供实证性的研究理论基础。

（2）创造性再阐释与艺术经验传承

借助主观能动的创造性再阐释，《红楼梦》的艺术经验得以传承。现当代小说家可以通过对《红楼梦》的重新创作和阐释，将这一经典文本融入当代创作中，使其在艺术上更具时代性和现代感。这种创造性的再阐释既是对经典的致敬，又为文学创作提供新的灵感来源。

（3）推动小说创作走向更大辉煌

通过将《红楼梦》的影响规律和艺术经验传承到当代小说创作中，有望推动小说创作走向辉煌。现当代小说家可以借鉴曹雪芹的创作思想、叙事手法等，使其作品在继承传统的同时，更好地适应当代读者的审美需求，实现文学创作上的艺术创新。

3.结合理论与实践的综合意义

（1）跨学科研究的促进

通过理论和实践的结合，有助于促进跨学科研究。将对《红楼梦》的理论探讨与现当代小说家的创作实践相结合，能够形成更为全面深入的研究视角。这种跨学科研究有望为中国文学研究提供更为全面的理论体系和实证案例，推动学科交叉融合发展。

（2）文学创作的持续繁荣

通过对《红楼梦》影响的理论研究和实践探讨，有望为中国文学创作的持续繁荣提供有力支持。深入理解《红楼梦》的内在机制和艺术特色，再阐释其在当代的意义，将有助于激发现代小说家的创作激情，推动中国文学不断迈向新的高峰。

（3）传统与现代的文学融合

最终，通过对《红楼梦》的理论反思和实践引导，可以实现传统与现代的文学融合。这既包括对传统文学的传承和发展，也涉及对当代文学的创新和拓展。这样的文学融合有望为中国文学的多元发展提供有益启示，实现文学传统的再现与新生。

第八章　结论与展望

第一节　研究结论总结

一、《红楼梦》中的心理学元素回顾

（一）情感共鸣的深刻触发

作为一部充满情感元素的经典之作，《红楼梦》通过对人物内心丰富情感的刻画，成功地引起读者的情感共鸣。小说中塑造了丰富多彩的人物形象，这些人物在爱情、友情、家族关系等方面都经历了复杂的情感冲突。例如，贾宝玉和林黛玉之间的纠葛，贾宝玉与贾琏、贾珠之间的家族矛盾，都展现了深刻而真实的情感体验。这些情感元素深深打动了读者，使他们在阅读的过程中能够与小说中的人物建立起共鸣的情感联系。

作品通过细致入微的情感描写，成功地创造了一种深度共情的情感体验。小说通过细致入微的描写，展现了人物内心世界的复杂性和矛盾性。读者在阅读的过程中不仅被故事情节吸引，更能够感受到人物的内心情感，与之产生情感共鸣。例如，贾宝玉对黛玉的深情厚谊、黛玉对贾宝玉的爱憎交织，这些情感因其真挚而引发读者的情感共鸣。读者能够在小说中找到自己在现实生活中所经历的爱情、友情、家庭纷争等情感冲突的影子，从而产生共情的情感体验。

作品通过对人性的深刻剖析，引发了读者对于人性的共鸣。小说中的人物形象丰满，具有鲜明的个性，每个人物都有其独特的情感特点和命运轨迹。这种对人性的深刻剖析使得读者在阅读中能够找到共通点，认同人物的喜怒哀乐，与之产生情感上的共鸣。贾宝玉的多情善感、林黛玉的聪明敏感、王熙凤的机智聪明等人物形象都触及了人性的深层次，引发了读者对于人性复杂性的思考和情感上的共鸣。

通过对家族、社会背景的描绘，作品引发了读者对于历史、文化的情感关注。《红楼梦》以庞大的家族为背景，通过家族兴衰的描写，反映了封建社会的种种弊端和不公，以及对个体命运的制约。读者通过了解这些历史背景，对社会、文化的发展有了更深刻的理解，并在这些史诗般的故事中找到了对当下社会问题的启示，进而引发了对历史、文化的

情感共鸣。

总地来说，《红楼梦》通过对丰富多彩的情感元素的深刻描绘，创造了一种情感共鸣的阅读体验。作品中的人物形象、情感冲突、人性剖析以及历史、文化背景的描绘都在不同层面上引发了读者的情感关注和情感共鸣。这种深刻触发的情感共鸣不仅丰富了阅读体验，也使读者更深层次地思考人性、社会和文化的诸多问题。

（二）认同感的塑造与加强

在《红楼梦》中，人物性格的塑造发挥了至关重要的作用，成功地激发了读者对作品的认同感。小说中的人物形象丰满而多维，每个角色都拥有独特的性格特征，这些性格的复杂性和丰富性使得人物更具立体感。通过对贾宝玉、林黛玉、王熙凤等主要人物的深入刻画，读者能够在这些虚构的人物身上找到自己的一些影子。例如，贾宝玉的多情善感、林黛玉的聪明敏感，这些性格特征或许与读者自身的某些经历相契合，因此读者更容易产生对人物的认同感。

作品通过对人物经历的描绘，加深了读者对人物的情感认同。人物在小说中经历了爱情、亲情、友情等丰富的情感冲突，这些经历的描绘不仅使人物形象更加生动，也让读者更容易在人物的经历中找到自己的共鸣点。例如，林黛玉的命运多舛、宝玉的离别苦痛，这些情感经历触及了人性的柔软处，使读者更容易与人物产生情感共鸣，从而建立起对作品的认同感。

通过人物的复杂性格，作者巧妙地拉近了读者与作品之间的心理距离。贾宝玉的多情而感性，林黛玉的聪明却敏感、王熙凤的机智和聪慧，每个人物都具有独特的性格特点。这些特点既使人物形象更为立体，也为读者提供了更多的认同点。读者在看到人物的种种行为和反应时，能够找到与自己相似的心理特征，进而产生对人物的认同感。这种心理上的认同感使读者更加沉浸于作品之中，与人物形成一种情感上的契合。

作品通过对人物性格的深刻描写，找到了读者与作品之间的心理共通点。在小说中，人物的性格特征往往超越了具体的时代和社会背景，具有一定的普遍性。例如，贾宝玉的多情善感、林黛玉的纯真敏感，这些性格特点在很大程度上是符合人性的普遍规律的。读者在阅读中能够找到自己与这些普遍性的性格特点的共通之处，这种共通性使认同感更为深厚。通过找到读者与作品之间的共通性，小说成功地将读者引入故事情境之中，使其情感共鸣更为真切。

（三）情感释放的媒介作用

作品中的情感元素在心理治疗中的应用主要表现在对读者情感的投射和宣泄方面。《红楼梦》等作品所展现的复杂情感冲突，如爱恨情仇、生死别离等，为读者提供一个独特的情感投射的媒介。读者通过将自身的情感经历投射到作品中的人物遭遇上，可以更加自由地表达和释放内心深处的情感。这种投射作用有助于读者通过作品中的情感元素，更深刻地理解和认知自己的情感体验，从而实现情感的释放和宣泄。

作品中的情感元素为读者提供了一个安全的情感宣泄通道。在现实生活中，由于各种原因，人们可能面临情感的压抑和控制，难以找到合适的途径进行情感宣泄。而作者创造的虚构世界为读者提供了一个可以尽情宣泄情感的空间。在这个虚构的世界中，读者可以在不受外界压力和评判的情况下，尽情表达和释放自己的情感。这种安全的宣泄通道有助于读者情感的平衡和调适，使其更好地理解和处理自身的情感问题。

作品中的情感元素通过情感宣泄的方式，促使读者更好地理解和处理自身情感。通过投射和释放情感，读者能够更深入地认知自己内心的情感体验，从而更好地理解情感的起因和发展过程。这种情感的认知和理解有助于读者更好地处理自身情感问题，提升情感管理的能力。作品中所呈现的复杂情感冲突，如爱恨情仇、生死别离，提供了一个情感释放的媒介，通过这个媒介，读者能够更加全面地认知和处理自身的情感体验，从而达到情感健康的目标。

作品中的情感元素通过情感宣泄的方式，不仅有益于读者个体的情感健康，也为心理治疗领域提供了一种潜在的辅助手段。在心理治疗过程中，通过引导患者阅读与其情感经历相关的文学作品，特别是那些充满情感元素的作品，可以促使患者更好地释放和表达内心的情感，有助于治疗过程的顺利进行。因此，作品中的情感宣泄媒介不仅对个体读者有积极的心理健康影响，也具备一定的心理治疗能力。

（四）心理治疗中的情绪调节效果

作品在心理治疗中的情绪调节效果主要表现在阅读过程中对读者情感状态的调整。《红楼梦》等作品通过其充满情感张力的情节，将读者带入人物的情感起伏之中。人物在作品中经历的爱恨情仇、生死别离等情感冲突，使得读者能够深切地体验到各种情绪，包括欢乐、悲伤、愤怒、失落等。这种情感体验在心理治疗中起到了情绪释放和宣泄的作用。通过阅读这些情感丰富的情节，读者能够将自己的情感投射到作品中，从而实现对情绪的调节和宣泄，促进情感的平衡和心理上的解脱。

作品中人物的情感经历为读者提供了情感处理的指南。人物在作品中面对各种情感问题时，通过不同的方式来应对，展现了多样化的情感应对方式。有的人物通过坚韧不拔的精神面对困境，有的通过理性思考解决矛盾，有的通过包容化解矛盾。这些人物的情感处理方式为读者提供了一系列的情感应对参考，使其在现实生活中能够更好地理解和处理自身的情感问题。通过借鉴作品中人物的情感经历，读者能够学习更为积极、理性的情感处理方式，提升情感的智慧。

作品通过人物的成长描绘了情感处理的过程。人物在作品中经历了情感的曲折发展，有的经历了爱情的波折，有的经历了友谊的考验，有的经历了家庭的矛盾。这些情感经历并非一帆风顺，而是在反复的挫折和成长中逐渐形成成熟的情感态度。这种情感成长的描绘为读者提供了一种正向的情感模式，使其在面对情感问题时能够更好地理解和接受，从而实现情感的调节和发展。

总体而言，作品在心理治疗中的情感调节效果体现在阅读过程中对读者情感状态的调整上，人物的情感经历为读者提供的情感处理指南以及描绘人物情感成长的过程。通过这些方面的作用，作品为读者提供了一种深层次的情感调节和处理方式，促使其更好地理解和应对自身的情感问题，提升情感的健康水平。

二、对中国文学与心理学研究的启示

（一）文学作为心理学研究的珍贵素材

1. 文学作品的丰富情感表达与认知模式

通过对《红楼梦》的深入研究，我们深刻认识到中国文学是心理学研究的珍贵素材。文学作品提供了丰富多彩的情感表达和认知模式，为心理学研究提供了深入挖掘人类心理世界的途径。作品中通过人物的情感经历，展示了爱、悲、喜、怒等多样的情感，为研究者提供了深入理解和分析情感体验的素材。

2. 文学作品对心理学理论的验证与拓展

文学作品不仅是珍贵的研究素材，还能够成为心理学理论的验证和拓展的依据。通过对作品中情感、认知、人际关系等方面的深入分析，我们能够验证心理学理论在实际情境中的适用性。这种基于文学作品的验证方法为心理学的理论体系提供了更为具体和生动的案例，促进了心理学的跨学科发展。

（二）文学作品在心理治疗中的潜在应用

1. 情感共鸣、认同感和情感释放的新思路

文学作品在心理治疗中具有潜在的应用价值，首先体现在作品中的情感共鸣、认同感和情感释放等元素为心理治疗提供了新的思路和方法。通过引导患者阅读与其情感状态相关的文学作品，治疗者可以帮助患者更深刻地理解和表达自己的情感体验。作品中人物的命运起伏和情感冲突成为患者情感释放的媒介，为心理治疗提供了一种更加丰富和深层次的情感宣泄方式。

2. 阅读文学作品作为情感宣泄和情绪调节方式

通过引导患者阅读相关文学作品，特别是与其情感状态相关的作品，可以成为一种有效的情感宣泄和情绪调节方式。作品中展现的丰富情感体验有助于患者更好地理解和处理自身情感，从而达到情感的平衡和调节。这为临床心理治疗提供了一种创新的方向，尤其适用于那些难以言说情感的患者。

（三）文学作品促进心理健康

1. 情感共鸣与认知提升

文学作品对心理健康的促进具有积极意义。通过阅读文学作品，尤其是情感丰富、人物性格多面的作品，读者在情感共鸣和认同感的共同作用下，能够更全面地认知和理解自身的情感状态。这种认知的提升有助于个体更好地适应生活中的各种挑战，保持良好的心理健康状态。

2. 作品的心理元素为心理健康提供支持

此外，作品中的心理元素，如人物的成长、情感经历等，为读者提供了心理健康的支

持。通过人物的命运起伏，读者能够找到与自身情境相类似的心理元素，进而在作品中获取心理启示。这种启示有助于读者更好地理解和处理自身的心理问题，促进心理健康的发展。作品不仅是一种文学表达，更是一种心理健康的辅助工具，通过对人物经历的体验，读者可以获得力量，更坚韧地迎接生活中的挑战。

第二节 研究的局限性与未来方向

一、对研究的限制和不足之处

（一）《红楼梦》的限制

1. 文学作品的局限性

本研究的局限性在于过于专注于《红楼梦》这一部作品，而不涉及更广泛的文学作品范围。《红楼梦》作为一部经典之作，虽然具有深厚的文学价值，但其情感元素和叙事风格并不代表所有文学作品的典型。不同文学作品具有各自独特的情感表达方式和叙事手法，因此狭窄的研究范围可能会限制对文学作品与读者心理关系的全面理解。

2. 不同类型文学作品的研究需求

由于限定在《红楼梦》中，本研究结果的适用性存在一定的疑虑。不同类型的文学作品可能在情感共鸣、认同感等方面产生不同的影响，因此未来的研究应该拓展研究范围，对不同类型、不同时期的文学作品进行更深入的分析。这将有助于建立更具有普适性的理论框架，从而更好地理解文学作品与读者心理之间的联系。

3. 多元化情感元素的考量

虽然《红楼梦》涵盖了多元的情感元素，但并不意味着所有文学作品都包含相同类型的情感元素。不同的作品可能更强调不同的情感体验，如恐惧、惊奇等。因此，未来的研究可以考虑多元化的情感元素，以建立更全面的情感调节理论。

（二）对作品创作者的研究不足

1. 创作者心理机制的研究缺失

本研究未深入研究文学作品创作者在创作过程中的心理机制，这在理解作品产生的深层原因上存在一定的不足。文学作品的创作是一个涉及创作者个体心理、经验、创造性思维等多方面的复杂过程，而本研究未深入挖掘创作者内心体验的丰富性。

2. 作品创作者的情感体验研究欠缺

对于作品创作者在创作过程中的情感体验，尤其是与作品中情感元素的关联性，研究并不深入。创作者的情感状态、经历对作品中情感元素的塑造可能有着深刻的影响，未来的研究可以更关注创作者的情感表达和情感体验，以获得更全面的理解。

3.创作者认知过程的详细研究缺失

作品创作者在创作过程中的认知过程,包括决策、创意构思、文学语言选择等方面,本研究并未详细研究。这一方面可能涉及创作者的思维模式、创造性思维的特点等心理学层面的因素,未来的研究可以更加细致地揭示这些认知过程对文学作品创作的影响。

二、未来可深入探讨的方向

(一)拓展文学作品范围

1.不同类型文学作品的比较研究

未来的研究可以考虑拓展文学作品的研究范围,包括不同类型的文学作品,如小说、诗歌、戏剧等。通过比较分析不同类型作品对读者心理的影响,可以更准确地探究文学作品在心理学领域的普适性和差异性。

2.跨文化文学作品的比较研究

可以将研究范围扩展至不同文化背景的文学作品,包括中国文学以外的文学作品。通过跨文化比较,可以深入了解文学作品在不同文化语境下对读者心理的塑造方式,为文学心理学的全球化研究提供新的视角。

(二)从创作者角度出发

1.创作者心理状态的深入研究

未来的研究可以深入挖掘文学作品创作者在创作过程中的心理状态。通过采访作品创作者,探究他们在选择和描绘作品情感元素时的心理体验,可以更全面地理解创作者个体差异对作品心理元素的影响。

2.创作者创作动机的解析

此外,研究还可以关注创作者的创作动机,即创作者在创作时追求的目标和意图。了解创作者心理背后的驱动力,可以帮助研究者揭示作品中心理元素的产生和表达机制。

(三)结合现代心理学研究方法

1.脑成像技术在文学作品研究中的应用

未来的研究可以结合现代心理学研究方法,特别是利用脑成像技术,来深入挖掘文学作品对大脑活动的影响。通过观察阅读文学作品时大脑的活动情况,可以更直观地了解文学作品对人的认知和情感的生理影响。

2.心理学实验设计与验证

此外,还可以设计心理学实验,通过实证研究的方式验证文学作品对读者心理的影响。利用实验数据来支持理论性的研究结论,有助于建立更为科学和可靠的文学心理学研究框架。

相信通过以上深入探讨的方向及内容,未来的文学心理学研究将会更加全面、深入,并为理解文学作品与心理学之间的关系提供更为丰富的理论和实证基础。

参考文献

[1] 吴梦雯.梦境文学的审美超越性研究[J].美与时代(下),2022(8):44-46.

[2] 李萌昀.章回小说与重复叙事——以《红楼梦》为中心[J].红楼梦学刊,2018(6):20-36.

[3] 田霞.《红楼梦》开篇神话的叙事修辞研究[J].中国比较文学,2019(2):152-165.

[4] 孔庆庆.《红楼梦》叙事模式的互文性探析[J].明清小说研究,2018(4):137-149.

[5] 王富鹏.论人物构成的偶对和鼎足与《红楼梦》的叙事结构[J].曹雪芹研究,2018(3):42-50.

[6] 王凌.《红楼梦》神话叙事的互文性艺术[J].中南大学学报(社会科学版),2018,24(1):175-182.

[7] 俞晓红.《红楼梦》"戏中戏"叙事论略[J].红楼梦学刊,2018(1):264-284.

[8] 王建华.论《红楼梦》中的视觉化叙事语言与手法[J].红楼梦学刊,2017(6):82-96.

[9] 苗怀明.论《红楼梦》的叙事时序与预言叙事[J].南京大学学报(哲学·人文科学·社会科学),2017,54(3):128-136.

[10] 杨志平.《红楼梦》听觉叙事刍议[J].文艺理论研究,2017,37(1):180-188.

[11] 单学文.断裂与连贯——论整体视野与《红楼梦》叙事的一种策略[J].红楼梦学刊,2016(6):50-63.

[12] 王富鹏.论《红楼梦》影子人物体系的建构与小说叙事结构的形成[J].红楼梦学刊,2016(5):126-149.

[13] 林朝霞.《红楼梦》空间叙事的文化意蕴[J].东南学术,2016(3):178-184.

[14] 藏策.中国叙事研究的丰硕成果——评《红楼梦叙事》[J].中华文化论坛,2016(2):185-190.

[15] 吴梦雯.内审美理论视域下梦的审美意识[J].湘南学院学报,2022,43(6):76-80,87.

[16] 陈达.图像与书写:梦的叙事研究[J].符号与传媒,2021(1):213-224.

[17] 叶钰岐.论《红楼梦》中尤氏姐妹的死亡叙事[J].新纪实,2022(9):29-31.

[18] 张飞盈.论《红楼梦》尤氏姐妹的悲惨命运[J].文学教育(上),2021(10):64-66.

[19] 吴圣哲.探讨尤氏二姐妹在《红楼梦》全书中的作用[J].名作欣赏,2021(24):10-11.

[20] 饶道庆.论《红楼梦》电影中的戏曲因素[J].红楼梦学刊,2007(6):256-270.

[21] 静轩.《红楼梦》中的传统绘画与书法[J].红楼梦学刊,1994(4):271-282.

[22] 陆树仑.《红楼梦》图画拾零[M].天津:天津人民美术出版社,1982:312.

[23] 周汝昌.从"黛玉葬花"说起[J].中华活页文选(高一年级),2012(2):76-78.

[24] 聂焱.《红楼梦》中的画论与画艺[J].东岳论丛,1997(2):92-96.